KB077807

사이케델리아 Second Act

MAGIC CREATOR 매직
크리에이터

매직 크리에이터 3

이상규 판타지 장편 소설

초판 1쇄 찍은 날 § 2006년 8월 1일
초판 1쇄 펴낸 날 § 2006년 8월 10일

지은이 § 이상규
펴낸이 § 서경석

편집장 § 문혜영
편집책임 § 최하나
편집 § 문정흠

펴낸곳 § 도서출판 청어람
등록번호 § 제1081-1-89호
등록일자 § 1999. 5. 31
어람번호 § 제1-0734호

주소 § 경기도 부천시 원미구 심곡1동 350-1 남성B/D 3F (우) 420-011
전화 § 032-656-4452 팩스 § 032-656-4453
http://www.chungeoram.com
E-mail § eoram99@chollian.net

ISBN 89-251-0202-1 04810
ISBN 89-251-0199-8 (세트)

사이케델리아 Second Act

MAGIC CREATOR

매직
크리에이터

3 The Acceleration of a Hero

이상규 판타지 장편 소설

도서출판
청어람

CONTENTS

제16장
포스 변환 코드 /7

제17장
천재의 의미 /47

제18장
예고없는 방문 /95

제19장
예고없는 위험 /139

제20장
참전 제의 /179

제21장
부소대장 레지스트리 /227

제22장
전력 손실 /279

제16장

포스 변환 코드

에이티아이 제국에서 엔비디아 제국으로 향하기 위해서는 에이지피 강을 건너야만 했다. 그래서 우리는 다시 수도인 레이디언으로 돌아왔다. 수도에 돌아온 김에 황궁에 들를 수도 있었지만 전원 만장일치로 황궁에 들르지 않기로 결정했다. 페르키암을 잡아 공을 세우긴 했지만 황제를 만난다는 것은 아무래도 부담스러웠기 때문이다.

"한 시간 뒤에 배가 다시 돌아올 겁니다."

에이지피 강을 건너기 위해 배를 빌리려 했지만, 불행히도 우리가 도착하자마자 배가 선착장을 막 떠나 버린 뒤였다. 그래서 우리는 선착장에서 1시간을 기다려야만 했다.

흐음, 차라리 잘됐군. 1시간이나 남았으니 내가 개발한 포스 변환 코드를 다른 사람들에게 실험해 봐야겠다. 내가 했을 때는 일단 성공한 것 같긴 했지만, 난 스피릿포스나 디바인포스의 성질을 모르니 제대로 변환을 했는지 아닌지 알 수가 있어야지. 디바인포스의 대표주자인 네리안느가 없다는 건 아쉽지만, 일단 엘프 남매를 실험 대상으로 선정해 볼까?

"리엔 씨, 괜찮다면 제 실험에 응해줄래요?"

"또 실험입니까? 이번엔 무슨 실험입니까?"

실험이라는 말에도 리엔은 별다른 거부 반응을 보이지 않았다. 역시 리엔은 내 실험에 관심이 아주 많은 것 같다. 그래서 난 이때를 대비해서 준비해 둔 쪽지를 리엔에게 건네주었다.

"거기에 적혀 있는 코드 중에서 제일 위의 것만 읽으면 되요."

"코드가 짧아 보이는데, 이것만 읽으면 됩니까?"

"예."

코드 길이가 2줄밖에 되지 않아서인지 리엔은 조금 이상하다는 표정을 지었다. 내가 임의적으로 만든 실험용 파이어 월 코드만 접하다 보니 마법 코드는 전부 길 것이다라는 고정관념이 생긴 모양이었다. 하지만 이상하게 생각하면서도 리엔은 별말 하지 않고 2줄짜리 코드를 읽기 시작했다. 스피릿포스의 소유자가 마법 코드를 그대로 읽으면 아무 일도 일어나지 않지만 코드 앞에 '아'를 붙이면 얘기는 달라진다.

```
repeat access string until execute string.
set code with phonetic code magic.
```

본래의 마법 코드는 이랬지만 내가 리엔에게 준 것은 각 코드 앞에 'a'가 붙은 것이었다. 스피릿포스는 마법 코드에 모음이 붙으면 마법을 사용할 수 있는 상태가 되기 때문에 마법 코드임에도 불구하고 리엔의 스피릿포스에 마법 코드가 반응한다. 어차피 코드가 길지 않아 리엔의 낭독은 금방 끝났다.

"……!"

순간 리엔에게서 변화가 일어나기 시작했다. 방금 전까지는 분명 아무런 힘도 느껴지지 않았는데 시간이 흐를수록 리엔의 머리 쪽에서 매직포스가 느껴지기 시작했던 것이다. 그것은 그야말로 리엔의 스피릿포스가 매직포스로 전환되고 있다는 증거였다. 그 전환 속도는 거의 리프레쉬 코드의 실행 속도와 비슷했다.

"……!"

"뭐, 뭐예요?!"

"이, 이건……!"

곁에 있던 레이뮤와 슈아로에, 유리시아드가 갑작스러운

리엔의 매직포스를 느끼고 경악했다. 게다가 시간이 지날수록 리엔의 매직포스가 더 강해지고 있으니 더욱 놀랄 수밖에 없었던 것이다. 그렇게 대략 10분 정도가 흐르자 마침내 리엔의 포스 변환이 모두 끝났다.

"이런 말도 안 되는……!"

매직포스를 가지고 있는 레이뮤, 슈아로에, 유리시아드는 지금 일어난 사태를 믿고 싶어 하지 않는 것 같았다. 그리고 나 역시 다른 면에서는 지금의 상황을 믿고 싶지 않았다. 포스 변환이 모두 끝난 시점에서 보니 리엔의 매직포스가 7서클에 달하고 있었기 때문이다.

흐아~ 레이뮤 씨가 6서클인데 리엔이 7서클? 그럼 10년 아래인 리에네는 적어도 6서클 이상이라는 거잖아? 어쩌면 남매 둘이 나란히 7서클일 수도 있고. 이거, 처음에는 리엔과 리에네를 평범한 정령술사라고 생각했는데 포스 변환을 시켜 놓고 보니 엄청난 고수였잖아? 우리들 중에서 최고의 서클이다!

"지금…… 본인에게 무슨 일이 일어난 것입니까? 갑자기 스피릿포스가 사라져 버렸습니다."

피실험자인 리엔은 많이 당황하고 있었다. 방금 전까지 잘만 느껴졌던 스피릿포스가 사라졌으니 당황해하는 것이 정상이었다. 그런 리엔을 진정시키기 위해 난 차분한 어조로 입을 열었다.

"지금 리엔 씨의 스피릿포스가 전부 매직포스로 전환된 거예요. 그래서 아마 지금은 정령을 소환할 수 없을걸요? 한번 해봐요."

"……티니위습."

내 말을 듣고 나서 리엔은 빛의 정령을 소환하려 했다. 그러나 스피릿포스가 매직포스로 모조리 전환된 상태라 빛의 정령은 모습을 나타내지 않았다. 그렇게 리엔이 정령술을 사용할 수 없음을 확인한 뒤 이번엔 리엔에게 파이어 월 코드가 적힌 종이쪽지를 건네주었다.

"여기 적힌 코드를 읽고 저기 강 위에다 불의 벽을 만든다는 생각을 해봐요."

"……알겠습니다."

리엔은 정령술을 사용할 수 없어서 꽤 답답한 표정을 지었지만 내 요구에 순순히 응해주었다. 난 리엔과 함께 강을 바라본 상태에서 리엔에게 정신력 제어 코드가 있는 파이어 월 코드 낭독을 주문했다.

"Create space range, mapping fire, render hundred."

화악—

실행 코드까지 읊자 곧 강 한복판에 높이 10m, 길이 10m의 불의 장막이 형성되었다. 아마도 리엔이 그 정도 크기의 이미지를 떠올렸기 때문에 그런 파이어 월이 생성된 듯했다. 그러나 리엔이 자신의 파이어 월 사용에 놀란 탓에 원래 지속 시간인 100초를 채우지도 못하고 금방 사라져 버렸다.

"이것이… 마법입니까!"

리엔은 자신이 마법을 사용한 사실을 알아채고 경악에 찬 표정을 지었다. 일단 스피릿포스를 매직포스로 변환하는 것은 성공이었고, 다음 실험을 위해 난 제일 처음 주었던 종이 쪽지의 두 번째 줄을 가리켰다.

"이번엔 리엔 씨의 매직포스를 스피릿포스로 되돌릴 겁니다. 이걸 읽어봐요."

"……알겠습니다."

놀란 가슴을 어느 정도 진정시키자 리엔은 곧바로 두 번째 줄의 코드를 읽기 시작했다.

"Repeat access string until execute string, set code with phonetic code spirit."

첫 번째 사용한 코드와 정확히 맨 뒷글자 하나만 다른 변환 코드. 리엔이 그 코드를 다 읽자 리엔에게서 뿜어져 나왔던 매직포스의 기운이 빠른 속도로 사라지기 시작했다. 그리고 약 10분 후, 리엔의 매직포스는 완전히 사라져 버렸다.

"자, 정령을 소환해 보세요."

난 리엔에게 정령 소환을 부탁했고, 리엔은 고개만 끄덕인 뒤 곧바로 정령을 소환했다.

"티니위습."

팟—

리엔의 말이 끝나기 무섭게 전구 크기만 한 빛의 정령이 우리들 앞에 모습을 드러내었다. 이것은 나의 포스 변환 코드가 매직포스, 스피릿포스 상호 간을 완벽히 지원한다는 뜻이었다. 만약 이 자리에 네리안느가 있었다면 디바인포스와 각 포스 간의 변환까지 다 해봤을 테지만, 우선 각 포스의 상호 변환 관계는 이쯤에서 끝내기로 했다. 대신 이번엔 내공을 실험 주제로 선정했다.

"유리시아드, 상의어 좀 알려주겠어?"

"상의어요?"

내가 갑자기 상의어에 관심을 갖자 유리시아드가 이상한 표정을 지었다. 그러나 그녀의 얼굴에서 거부의 뜻을 찾지 못했기 때문에 난 그녀에게 상의어에 대해 끊임없이 질문을 던졌다. 손에는 필기도구를 든 채.

"반복하다의 뜻을 가진 상의어는?"

"음…… 아마 '재(再)'일 거예요."

"접하다, 연결하다는?"

"'접(接)'이나 '연(連)' 정도겠죠."

"실, 끈, 줄은?"

"'사(絲)'."

……

질문은 계속되었고, 유리시아드는 귀찮아하면서도 내 질문에 일일이 대답해 주었다. 아직 배가 컴백하지 않은 상태이

포스 변환 코드 15

고, 특별히 할 일이 있는 게 아니라서 모두의 관심이 나에게 집중되고 있었다.

"좋아, 일단 이걸로 해볼까?"

매직포스 변환 코드를 상의어로 바꾸는 작업을 마친 후, 난 몇 개의 구결을 정립했다. 내가 만든 이 구결이 정말 통할지는 의문이었지만 시도조차 하지 않는 것보다는 낫다는 생각이 들어 곧바로 구결을 사용했다.

"재연사래행사(再連絲來行絲) 비기여음기마(備氣如音氣魔)."

…….

잉? 이건 아닌가 본데? 그럼 이건 어떠냐!

"재접사래행사(再接絲來行絲) 비기여음기마(備氣如音氣魔)."

내가 두 번째로 준비해 두었던 상의어를 모두 읊자 내 머릿속에 새겨져 있던 마나량이 빠르게 증가하기 시작했다. 그리고 그와 같은 속도로 내 단전에 모여 있던 내공이 사라져 갔다. 그렇게 약 30초 정도가 지나자 내공이 모두 없어지며 2서클이 훨씬 넘는 마나가 새로 생겼다. 그 새로 생긴 마나와 기존의 내 마나가 합쳐지자 내 총 마나량은 5,500 정도가 되어 기준량 4,096의 3서클 마나량을 훌쩍 넘겨 버렸다.

"마, 말도 안 돼!"

내 마나가 순식간에 3서클을 달성해 버리자 슈아로에가 거의 비명을 지르듯이 소리쳤다. 유리시아드 역시 못 믿겠다는 표정을 지었고, 레이뮤는 여전히 담담했으나 눈빛이 많이 흔들리고 있었다. 방금 전까지 2서클이었던 마법사가 한순간에 3서클이 되었으니 놀라지 않는 게 오히려 이상했다. 하지만 나는 그녀들이 놀라든 말든 마나와 내공 간의 정량 관계를 따졌다.

흐음, 휴트로 씨로부터 받은 내공이 10년…… 그걸 모두 변환시켰더니 3,400이 좀 넘는 마나가 생성됐지. 10년 내공이 3,400이면 1년 내공은 340이란 소리겠군. 그렇다면…… 1서클의 마나는 3년 내공 정도가 되겠는걸? 그리고 2서클은 6년 내공, 3서클은 12년 내공. 에… 4서클은 24년 내공이고, 5서클은 48년 내공, 6서클은 96년 내공, 7서클은 192년 내공……. 어이구, 서클이 올라갈수록 내공의 연도가 너무 올라가는데? 슈아로에가 4서클 만드는 데 5년 좀 넘었다는 것과 비교해도 시간이 너무 걸린다. 한마디로 내공은 마나에 비해 축적 효율이 떨어져도 한참 떨어진다는 소리로군.

"설마…… 내공을 마나로 바꾼 건가요?"

내공과 마나의 정량 관계를 따지고 있던 나에게 유리시아드가 질문을 던져 왔다. 마침 유리시아드에게도 변환 상의어가 적용되는지 궁금했던 참이라 난 대답 대신 유리시아드에게 종이쪽지를 건네주었다.

"이번엔 유리시아드도 해봐."

"……."

유리시아드는 내가 준 종이쪽지를 받아 들고 잠시 멈칫거렸다. 이걸 읽어야 하는지, 말아야 하는지 갈등하는 듯한 모습이었다. 그러나 결국 호기심을 이기지 못하고 종이쪽지에 적힌 변환 상의어를 읽기 시작했다.

"재접사래행사(再接絲來行絲) 비기여음기마(備氣如音氣魔)."

그녀가 변환 상의어를 모두 읊자 그녀의 마나량이 빠르게 증가하기 시작했다. 유리시아드의 내공이 아무리 많아봤자 20년 정도일 것이기에 20×340 해서 6,800이고, 본래 그녀가 가지고 있는 마나는 4서클이므로 다 합쳐도 15,000 정도가 되어 기준 마나량 16,384인 5서클을 넘지 않을 것이라 생각했다. 그런데 의외로 유리시아드의 마나 증가량은 계속되더니 어느 순간 5서클을 돌파해 버렸다. 아니, 5서클을 돌파한 수준이 아니라 기준 마나량 32,768의 6서클에 근접했다. 비록 6서클이 되지는 않았지만 유리시아드의 내공이 20년 이상이라는 사실에 난 크게 놀라고 말았다.

"뭐야? 유리시아드, 대체 몇 년 내공이야?"

난 궁금증을 참지 못하고 유리시아드에게 다그치듯 물었다. 그러자 유리시아드는 조금 어안이 벙벙한 표정으로 대답했다.

"50년…… 이에요."

헉! 50년?! 설마 유리시아드…… 레이뮤 씨처럼 나이를 먹지 않는 괴물?!

"어떻게 그 나이에 50년 내공을 가질 수 있어?"

난 재차 질문을 던졌고, 유리시아드는 여전히 어리벙벙한 표정으로 입을 열었다.

"사부님이 그쪽에게 했던 식으로 내공을 주입해 주면 가능해요…… 사부님은 지금 100년 내공이니까, 내가 50년 내공이라도 이상하지는 않죠."

이런 괴수들……. 50년 내공에 100년 내공이라니…… 잉? 근데 그럼 휴트로 씨도 다른 사람들에게 내공을 전수받아서 100년 내공을 가지게 된 건가?

"그럼 휴트로 씨도 다른 사부들에게 내공을 주입받은 거야?"

"아마 그렇겠죠? 그리고 영약 같은 걸 먹으면 내공이 증가되기도 하니까……."

아하, 무협지에서 빠지지 않고 등장하는 기연(奇緣)이라는 게 있었군. 근데 이 세계에도 그런 영약이 있는 거야? 나도 영약을 먹으면 내공이 증가하려나? 다른 무인들에게서 내공을 전수받고 영약까지 먹어서 내공을 최대한 부풀린 뒤에 그걸 마나로 변환시키면 인간이 달성하지 못했다는 8서클까지 이룩할 수 있지 않을까?

"욕망 덩어리 씨."

그때 유리시아드가 정색을 하고 내 얼굴을 쳐다보았다. 난 순간 내가 뭔가 이상야릇파릇한 생각을 했던가, 하고 고개를 갸웃했다. 그러나 유리시아드의 이어진 말은 그런 게 아니었다.

"지금 그쪽의 변환 코드는 어느 한 종류만으로 되는 거잖아요. 나처럼 마나와 내공을 가지고 있는 경우는 어떻게 할 거죠? 두 힘이 하나로 합쳐져서 마법과 무공을 동시에 쓸 수가 없게 됐으니까요."

"……!"

유리시아드의 말을 듣고 난 가슴이 철렁 내려앉는 느낌을 받았다. 그 점에 대해서는 전혀 생각하지 않았기 때문이다. 본래 유리시아드의 전투 스타일은 마법으로 상대의 움직임을 봉쇄하고 무공으로 마무리를 하는 것이기 때문에 두 가지 힘을 동시에 사용하지 못한다면, 아무리 마법 서클이 높거나 내공이 많더라도 제대로 된 싸움을 하기 어렵게 되는 것이다.

"어떻게 책임질 거죠?"

유리시아드의 눈빛은 고요했다. 그러나 나는 그 눈빛이 더 무서웠다. 그 눈빛은 마치 너 때문에 난 죽은 것과 마찬가지다, 라는 말을 하고 있는 것 같았기 때문이다. 그래서 난 허겁지겁 포스 배분 코드 작성에 돌입했다.

"뭐, 뭔가 포스를 배분시키는 방법이 있겠지. 음…… 코드

앞에 숫자 코드를 붙이면 되려나?"

난 일단 하나의 가정을 해놓고 바로 실험에 들어갔다.

"Repeat access string until execute string, set code with two phonetic code magic, repeat access string until execute string, set code with ten physical code."

된다는 확신이 없었기 때문에 내 목소리에는 그다지 힘이 실려 있지 않았다. 그러나 다행히도 코드를 실행시키자 마나만으로 되어 있던 포스가 2서클 마나와 10년 내공으로 분리되기 시작했다. 약 30초가 지나자 내 포스는 본래대로 되돌아왔다.

"됐다. 코드 앞에 숫자 코드를 붙이면 그에 해당하는 포스로 돌아와. 유리시아드 같은 경우에는 Four phonetic code magic하고 Fifty physical code를 쓰면 될 거야."

우하하, 이제 유리시아드에게 맞아 죽는 일은 없어졌구나! 잇힝~!

"……."

그러나 유리시아드는 내 말을 따르지 않고 잠시 생각을 하는 듯했다. 그리고는 마치 뭔가를 알아낸 듯이 여전히 고요한 눈빛으로 날 쳐다보며 입을 열었다.

"그럼 4서클을 넘기고 5서클을 향해 쌓아가던 마나는 어떻게 하죠? Four phonetic code magic이면 4서클까지만이잖아요. 4서클과 5서클 중간에 있는 마나들은 무슨 수로 되돌릴 거죠?"

"……!"

그녀의 반박은 날카로웠다. 난 지금의 위기를 넘기기 위해 필사적으로 머리를 굴렸지만 이미 흔들리기 시작한 머리에서 뭔가를 알아낸다는 것은 불가능했다. 그저 임시방편을 사용할 뿐이었다.

"그건…… 내공이 더 구체적이니까, 일단 포스를 전부 마나로 바꾼 후에 변환 코드로 본래 있던 내공만큼 변환시키면 원래 가지고 있던 포스에 근접하지 않을까……."

"말 그대로 근접이군요."

"어……."

으으, 제발 그런 눈으로 날 쳐다보지 마. 압박감 때문에 죽을 것 같잖아! 이러다가 유리시아드에게 토막 살인당해서 강가에 뿌려질 것 같다……!

"어차피 4서클 이후로는 마나를 모으지 않고 있었으니까 됐어요. 그냥 그쪽이 생각을 제대로 했는지 궁금했을 뿐."

그때 유리시아드가 갑자기 그렇게 말하며 평소처럼 날 싫어하는 표정으로 돌아왔다. 그것은 다행이었지만 그녀가 정말 자신의 말대로 4서클 이후에 마나를 모으지 않고 있었는지에 대해서는 확인할 방법이 없었다. 본래 조금 모아놓은 마나가 있었는데 내가 신경 쓸까 봐 없다고 얘기한 것일 수도 있었기 때문이다.

음, 어차피 날 싫어하는 유리시아드라서 날 굳이 신경 써줄 이유는 없을 테니까 거짓말은 아니겠지만……. 그래도 분명한 건 유리시아드의 본래 포스를 완벽하게 전처럼 되돌리지는 못했다는 점이지. 뭐, 실험이라는 게 늘 그렇지만 일단 해봐야 뭔가 문제점을 알게 되니…… 내가 실험이라는 명목으로 이 실험 도구 인간들에게 피해를 주고 있는 게 아닐까?

"Repeat access string until execute string, set code with four phonetic code magic, repeat access string until execute string, set code with fifty physical code."

그러는 사이 유리시아드는 포스 변환&배분 코드를 통해 포스를 마나와 내공으로 나누었다. 그리고 나는 유리시아드의 지적 때문에 기가 약간 죽어서 조용히 있으려고 했다. 하지만 그런 나를 슈아로에가 불렀다.

"레지 군."

"응? 왜?"

"지금 나 꿈꾸고 있는 거죠?"

"……?"

잉? 얘가 또 왜 헛소리를 하고 있나? 멀쩡히 두 눈 뜨고 있으면서. 하긴, 매직포스를 스피릿포스로 바꾸고 스피릿포스를 매직포스로 바꿀 수 있는 포스 변환 코드를 눈앞에서 봤으니 충격을 먹었겠지. 슈아로에는 포스 변환 코드가 없기를 바랐으니까.

"꿈인지 아닌지 내가 확인해 줄게."

난 그렇게 말하며 슈아로에의 고운 뺨을 쭈욱 잡아당겼다. 그러자 슈아로에는 '아야!' 하면서 뺨을 붙잡았고, 난 실실 웃으며 말했다.

"아프지? 그러므로 현실."

"우잉……."

슈아로에는 거의 울상이 되었다. 그러나 그건 아파서 그런 것이 아니라 순전히 내가 만든 포스 변환 코드 때문이었다. 마법사가 정령술을 쓰고 정령술사가 마법을 쓴다. 이건 이 세계의 기본 상식을 깨뜨리는 행위였던 것이다.

"이잉, 어떡해요, 레이뮤님. 레지 군이 포스 변환 코드란 걸 만들어 버렸어요. 이건 말도 안 돼요…… 훌쩍!"

슈아로에는 레이뮤의 가슴에 얼굴을 묻은 채 울었다. 그야말로 정말 울었다. 그만큼 그녀가 받은 충격이 컸다는 걸 의미했다. 그리고 레이뮤 역시 슈아로에의 머리를 감싸 안으며 그녀를 위로해 주었다.

"이미 어렴풋이 예상했던 일이지 않니. 안타깝지만 사실은 사실대로 받아들일 수밖에 없단다."

"우잉……."

저기…… 두 여성 분, 왜 그렇게 슬픈 분위기를 연출하고 계신가요? 내가 포스 변환 코드를 만들었으면 기뻐해 줘야 정상이 아닌가요? 저기 멀뚱멀뚱 앉아 있는 리엔이나 리에네처럼 그냥 무덤덤하게 받아들이면 안 되나요? 왠지 내가 큰 잘못이라도 저지른 것 같지 않습니까.

"너무 실망하지 마. 레이뮤님의 말씀대로 사실로 받아들여야지."

어느새 포스 변환을 끝낸 유리시아드가 슈아로에에게 위로의 말을 던졌다. 하지만 슈아로에는 고개를 획, 들더니 약간 높은 톤으로 소리쳤다.

"이걸 어떻게 사실로 받아들여요? 마법사가 정령술을 쓰고 정령술사가 마법을 쓰다니! 이건 상식을 깨는 수준이라구요! 우엥! 나 마법사 안 할래!"

그러면서 또다시 레이뮤의 품속에 얼굴을 묻었다. 나로서는 아무 거리낌 없이 레이뮤의 품속에 안길 수 있는 슈아로에가 무지막지하게 부러웠지만, 그 이상의 생각을 하다가는 유리시아드의 살기 어린 눈총을 받을 것 같아 시선을 강 쪽으로 돌렸다.

그때 마침 운항을 마친 배가 선착장에 도착했다. 배라고 해봤자 사람 10명이 탈까 말까 한 크기인 데다 노를 저어서 가야만 하는 구식이었다. 한마디로, 돛단배라 할 수 있다.

흐음, 좋은 타이밍에 배가 왔군. 일단 배에 타면 사공들도 있고 하니까 슈아로에도 더 이상 울지는 않겠지. 남 앞에서 약한 모습을 보이기 싫어하는 슈아로에니까 말이야. 근데 지금은 우리 모두에게 약한 모습을 보이고 있군. 그만큼 우리들이 편하기 때문인 건가?

"오래 기다리셨습니다. 어서 타십시오."

노 젓는 사람이 교대를 한 뒤 우리에게 승선을 권했고, 우리는 두말없이 그 배에 올라탔다. 배에는 세 명의 사공이 있어서 슈아로에는 물론이고 다른 사람들도 아까 전의 포스 변환 사건을 없었던 것으로 치부했다. 아마도 다른 사람들 앞에서 그것에 대해 떠들고 싶지 않아서였을 것이다.

스으…… 스으…….

세 명의 뱃사공 중 두 명이 노를 젓고, 한 명은 방향 조종을 하면서 배를 움직였다. 강의 흐름이 그다지 세지 않아서 배는 별 무리 없이 물살을 직각으로 맞으며 강을 건너기 시작했다. 물론 강을 제대로 건너려면 배의 진행 방향이 상류 쪽을 향해야 하기 때문에 뱃머리는 약간 위쪽으로 향해 있었다.

"음……."

난 신음 소리를 냈다. 배의 요동이 그다지 심하지 않았음에도 머리가 어지럽고 속이 울렁거리기 시작했기 때문이다. 배라고는 생전 타본 적이 없는 나였으니 뱃멀미는 당연한 것이었다. 단지 다른 사람들은 전부 멀쩡한데 나 혼자만 뱃멀미를 하는 게 쪽팔려서 그 사실을 감추기 위해 필사적으로 참고 있었을 뿐이다.

"레지 군, 설마 뱃멀미?"

내 표정이 좋지 않은 걸 보고 눈이 살짝 부은 슈아로에가 내가 뱃멀미를 하고 있다는 사실을 알아챘는지 얼굴에 꽤나 기쁜 표정을 떠올렸다. 그걸 보고 순간 울컥 하는 마음이 들었지만 뱃멀미로 인해 슈아로에와 싸울 기운이 없었다.

"내가 뱃멀미하니까 좋아?"

"네, 아주 좋아요."

내 물음에 슈아로에는 매우 솔직한 대답을 했다. 순간 내 울컥함은 두 배가 되었지만 그에 따라 뱃멀미의 강도도 올라가려고 했기에 난 무조건 참아야만 했다.

"그래, 나만 뱃멀미한다."

어차피 뱃멀미하는 걸 들킨 김에 난 아예 눈을 감고 마음을 진정시키고자 했다. 그때 슈아로에가 자신의 기분을 다른 말로 표현했다.

"레지 군이 뱃멀미하는 걸 보니 사람이 맞긴 맞구나, 하는 생각이 들어요."

"……."

흐으, 그럼 내가 언제 외계인이었냐? 그리고 당신네들은 아무도 뱃멀미를 안 하는데 왜 나만 뱃멀미를 해야 하는 거지? 너무 불공평하다는 생각은 안 들어?

"저기, 혹시 대마법사님 일행이 아니십니까?"

말없이 뱃머리를 조종하던 사공이 우리를 보며 조심스럽게 물었다. 사공이 우리 일행 중에 콕 집어 레이뮤를 언급하기도 했고, 실제로도 레이뮤가 우리 일행 중의 대표이기 때문에 대답은 레이뮤가 했다.

"네, 그렇습니다."

"역시……!"

레이뮤의 대답에 사공은 그러면 그렇지라는 표정을 지어 보였다.

"요즘 대마법사님이나 자유기사님인 것처럼 행세하고 다니는 인간들이 있어서 혹시나 했는데, 역시 진짜 대마법사님 일행이시군요. 처음 뵈었을 때부터 범상치 않은 기운을 느꼈습죠."

사공은 실실 웃으며 자신의 안목을 자화자찬했다. 그러자 뒤에서 노를 젓던 사공 하나가 입을 열었다.

"이번에 드래곤을 잡았다는 거 사실이죠?"

잉? 벌써 소문이 퍼진 거야? 페르키암을 잡은 다음에 지체하지 않고 바로 여기까지 왔는데 우리보다 소문이 먼저 도착하다니……. 이곳에 무슨 전화 같은 통신 수단이 있는 것도 아닌데 말이지. 뭐, 전서구 같은 게 있다면 충분히 가능할지도 모르겠지만.

"그렇습니다."

레이뮤는 사공의 질문에 간단히 대답했다. 그러나 사공의 질문은 거기서 그치지 않았다.

"대마법사님과 제자 분, 자유기사님과 소성녀님, 나그네검객님, 그리고 두 명의 엘프 남매 분들로만 드래곤을 잡았다면

서요?"

"……."

잉? 나머지 사람들은 다 있는데 나하고 쿠탈파 씨만 쏙 빠졌네? 뭐, 나야 존재감이 없어서 그렇다 치고, 드워프인 쿠탈파 씨가 빠졌다는 건 의외인걸? 쿠탈파 씨도 나름대로 독가루를 뿌려서 페르키암을 잡는 데 일조했는데 말이야. 그만큼 쿠탈파 씨가 대외적으로 활동하지 않았다는 뜻인가? 뭐, 솔직히 대외적으로 활동을 할 만한 실력인지는…… 흐음…….

"단 7명만으로 드래곤을 잡다니 놀랐습니다! 200년 전인가? 그때 드래곤 새끼를 잡을 때에는 많은 수의 마법사와 전사들이 도전해서 간신히 새끼를 잡았는데 말이죠. 정말 놀랍습니다!"

"대마법사님은 그때도 계셨는데, 지금은 드래곤 따위는 한 방에 잡으시는군요!"

사공들은 입을 모아 우리들—나만 빼고—을 칭찬했다. 아마도 소문이 전해지면서 정체를 알 수 없었던 나와 쿠탈파 씨는 드래곤 슬레이어의 이름에서 제외된 듯싶었다. 물론 리엔과 리에네 역시 정체가 거의 알려지지 않았겠지만, 순전히 엘프라는 점이 그들의 존재감을 살려주었을 것이다. 즉, 본래라면 '대마법사, 화이트 케이프 마법 학생, 자유기사, 나그네검객, 소성녀, 두 엘프 남매, 드워프, 이상한 놈이 드래곤을 잡았다' 였겠지만 기존에 잘 알려져 있지 않았던 '드워프, 이 상한 놈'은 소문이 왜곡되면서 그 존재가 사라져 버린 것이 다.

"……."

"……?"

슈아로에가 날 뚫어져라 쳐다보는 걸 알아채고 난 그녀의 얼굴을 쳐다보았다. 슈아로에가 날 쳐다보는 이유를 알지 못했기 때문이다. 내가 얼굴에 물음표를 띄우고 멀뚱멀뚱 쳐다만 보고 있자 슈아로에가 먼저 조그만 목소리로 입을 열었다.

"레지 군에 대한 소문이 빠졌는데 아무렇지도 않아요?"

"……?"

잉? 내가 소문에서 영구 제명된 걸 가지고 왜 슈아로에가 태클을 걸지?

"뭐, 그럴 수도 있지. 쿠탈파 씨도 빠졌는데."

"쿠탈파 씨는 별로 도움이 되지 않았으니까 당연한데, 레지 군은 아니잖아요?"

어이, 슈아로에. 그 소리를 쿠탈파 씨의 면전에서 했다가는 맞아 죽는다고. 독 가루를 드래곤에게 뿌리고 무리하게 돌격하다 드래곤의 꼬리에 맞고 날아간 쿠탈파 씨의 희생을 없는 걸로 치면 안 되지. 나름대로 도움이 되긴 했으니까 인정해 주자고.

"레지스트리, 궁금한 게 있습니다."

뱃멀미 때문에 머리가 어지러움에도 불구하고 내가 슈아로에게 쿠탈파의 그 위대한 업적에 대해서 말해주려고 할 때 조용히 있던 리엔이 느닷없이 나에게 질문을 던져 왔다. 그래서 난 슈아로에에게서 리엔에게로 시선을 돌렸다. 내 반응을 확인한 리엔은 곧바로 질문 내용을 밝혔다.

"유리시아드는 왜 레지스트리를 욕망 덩어리라고 부르는 것입니까?"

"……!"

"……!"

순간 나와 유리시아드는 서로의 얼굴을 쳐다보았다. 그렇게 나와 유리시아드가 대답을 하지 못하고 있을 때 우리들 대신 레이뮤가 입을 열었다.

"유리시아드는 사람의 마음속에 숨겨져 있는 욕망을 느낄 수 있다고 합니다. 그런데 레지스트리 군의 마음속이 욕망으로 가득 차 있기 때문에 유리시아드가 그렇게 부르는 것이지요."

"……."

으으…… 레이뮤 씨, 너무 그런 식으로 말하지 말라구요. 나 이래 봬도 건전한 인간이라니까?

"레지스트리의 마음속에는 어떤 욕망이 자리하고 있습니까?"

"……!"

이번엔 리엔이 좀 더 구체적인 질문을 해왔다. 당사자인 내가 내 욕망을 말해줄 수는 없는 노릇이라 이번 대답은 유리시아드가 하게 되었다.

"말로 설명할 수 없을 정도로 지저분한 욕망이에요. 알아서 좋을 게 하나도 없어요."

"그렇습니까?"

"그럼요. 레지 군은 가끔씩 음흉한 눈으로 여자들을 쳐다보거든요. 안 그래요, 레이뮤님?"

"부정할 수는 없구나."

"……."

아니, 지금 이 인간들이 연합해서 날 깎아내리는 거야? 왜 가만 있던 슈아로에와 레이뮤 씨까지 가세하냐고! 물론 내가 몰래 여자들을 훔쳐봤다는 건 인정하지만, 그건 남자로서 당연한 거야! 남자의 숙명이라고!

스으…… 스으……

일행이 담합하여 날 놀리는 가운데 배는 순항을 계속했고, 약 1시간 뒤에 반대편 선착장에 도착하게 되었다. 강을 건너 국경을 넘었으나 매트록스 왕국 때처럼 국경을 넘었다는 실감은 느낄 수 없었다. 어차피 그 도시가 그 도시고, 그 인간들이 그 인간들이기 때문이었다. 어쨌거나 바로 출발하기 위해 우리는 근처에 있는 마차 대기소로 향했고, 거기서 마차 하나를 전세내서 이동을 시작했다.

　　　　　*　　　　　*　　　　　*

　무난히 엔비디아 제국의 수도 '지포스'에 도착한 후 황궁으로 들어가 엔비디아 제국의 황제와 대면했다. 에이티아이 제국에서 했던 것처럼 레이뮤가 황제에게 보고를 올리는 형식으로 일정을 마쳤다. 엔비디아 제국 황제는 우리들에게 더 오래 머무르다 가라고 했지만, 페르키암 사건으로 시간을 많이 지체한 상태였기 때문에 우리는 이틀 정도 머물다가 곧바로 매트록스 왕국으로 기수를 돌렸다.

　"리에네 씨, 실프 좀 소환해 주세요."

　아직 엔비디아 제국 영토 내에 있는 마을에서 점심을 먹은 뒤 잠깐의 휴식 시간 중 난 리에네에게 부탁했다. 가능하면 리엔에게 부탁하고 싶었지만 바람의 정령을 소환할 수 있는 사람이 리에네뿐이라서 그녀에게 부탁할 수밖에 없었다. 이제 내가 리에네에게 질문을 하면 리엔이 대신 대답하지 않고 리에네가 직접 입을 열어 대답해 주었다. 이번에도 리에네가 직접 의사 표시를 했다.

　"티니실프."

　리에네는 좋다, 싫다는 말없이 곧장 바람의 정령을 소환했다. 내가 티니, 에버, 레아 중 어떤 녀석을 소환하라고 말하지도 않았는데 리에네는 묻지도 않은 상태에서 티니실프를 소환했고, 그것은 내 의도와 적중하는 행위였다.

"전에 읽었던 실험용 파이어 월 코드를 실프가 읽도록 시키세요."

"……?"

내 부탁을 이해하지 못한 리에네는 말없이 내 얼굴을 쳐다보았다. 그래서 난 그녀를 위해 보충 설명을 했다.

"원래 소리란 건 공기를 진동시켜서 내는 거거든요? 그러니까 리에네 씨가 실프에게 바람의 진동을 이용해 말소리를 내도록 명령하면 되는 거예요. 정령을 의사전달 수단으로 쓴다고 했으니까, 정령이 소리 내게 하는 건 가능하지 않나요?"

"네, 그렇습니다. 티니실프에게 파이어 월 코드를 읽게 하도록 하겠습니다."

내 말뜻을 이해한 리에네는 곧바로 티니실프에게 실험용 파이어 월 코드를 읽도록 명령을 내리려 했다. 이미 파이어 월 코드 정도는 술술 외우고 있는 천재적인 머리의 리에네였기 때문에 가능한 일이었다. 하지만 스피릿포스로 되어 있는 정령이 마법 코드를 그대로 읽어봤자 아무런 소용이 없기 때문에 난 그녀의 행동을 제지시켰다.

"아니, 그냥 읽지 말고 코드 앞에 'o'를 붙이세요."

"알겠습니다."

리에네는 내 지시대로 티니실프에게 파이어 월 코드 앞에

'o' 자를 붙여 소리 내어 읽도록 시켰다.

《오크리에이트 오박스, 오위드 오제로 오닷 오원…….》

인공적으로 만든 소리이다 보니 티니실프에게서 흘러나오는 목소리는 건조하고 딱딱했다. 그래도 난 정령이 말하는 장면을 처음 보기 때문에 애정(?)을 가지고 지켜보았다. 그런데 티니실프가 모음이 붙은 파이어 월 코드를 모두 소리 내어 읽자 놀라운 일이 벌어졌다.

화악―

티니실프의 앞에 약 10초 정도 작은 불의 벽이 형성되었다. 그것은 예전 리엔 쇼크를 조사할 때 빛의 정령은 'a' 이고, 땅·불의 정령이 'i 혹은 e', 바람·물의 정령이 'o 또는 u'의 앞모음을 가진다는 기존 연구 결과에서 바람의 정령이 모음 'o'를 취하며, 자연적으로 물의 정령이 모음 'u'를 가진다는 사실을 도출할 수 있게 해주었다.

물론 물의 정령이 'o'와 'u'를 동시에 취할 수도 있겠지만, 어쨌든 그것보다 더 중요한 것은 소환된 정령도 코드를 읽을 수 있으면 마법을 사용할 수 있다는 사실이었다.

"아아…… 레지 군이 또 저질렀다……."

티니실프가 파이어 월 사용에 성공하는 걸 보고 슈아로에가 이마를 짚으며 고개를 설레설레 흔들었다. 나의 위대한 업적을 '저지르다'라는 말로 표현하는 것이 마음에 들지는 않았지만 그것도 다 나의 업적을 시샘하는 것이라고 얼렁뚱땅

넘겨짚기로 했다.

후후, 마법학회에서는 정신력 제어 코드 없는 마법을 철저히 무시했지만 의외로 정신력 제어 코드 없는 마법 코드가 아주 중요한 역할을 하고 있는걸? 어차피 정령이란 건 자아를 가지고 있지 않아서 정신력 제어 코드로 이루어진 마법을 사용할 수는 없지만, 내 코드는 단순히 읽을 수만 있으면 발동되는 단순 코드니까 말이야. 자, 이제 정령도 마법을 사용할 수 있다는 사실을 알았으니 내가 정령술을 배우면 되겠군. 정령술이 효율적인 능력이라면 마법과 연동시키는 방법도 만들어낼 수 있을 테니까.

"리엔 씨, 정령술 좀 가르쳐 줄래요?"

마법과 정령 간의 연동을 위해 난 리엔에게 정령술 교육을 요청했다. 그런데 내가 리엔에게 말을 걸자마자 리에네의 얼굴에 불쾌하다는 표정이 떠올랐다. 웬만한 일이 아니면 무표정으로 일관하는 리에네가 갑자기 감정을 드러냈다는 사실에 난 놀라고 말았다.

잉? 리에네가 왜 그러는 거지? 난 그냥 리엔에게 정령술을 가르쳐 달라고 말한 것뿐인데? 혹시 엘프도 아닌 녀석이 엘프에게 정령술을 가르쳐 달라는 게 불쾌한 건가?

"레지스트리는 언제나 오라버니에게 먼저 물어봅니다."

내가 리에네의 불쾌함을 해석하려고 발버둥치는 사이, 리에네가 싸늘한 한마디를 날렸다. 그 말을 통해 난 리에네가 불쾌한 표정을 지은 이유를 대강 알 수 있었다.

흐음, 리에네와 얘기하던 도중에 내가 갑자기 리엔에게 시선을 돌려서 무시당했다고 생각했나? 아니면 정령술은 자기도 알려줄 수 있는데 리엔에게 그런 부탁을 해서 화난 것일 수도 있고. 근데…… 동일 조건이면 남자가 남자에게 부탁하는 게 더 편하거든? 리에네에게 정령술을 가르쳐 달라고 하면 리엔이 '내 동생에게 마수를 뻗치려고?' 라고 생각할 수도 있잖아?

"아니, 별 뜻이 있는 건 아니고 리엔 씨가 연상이다 보니 그런 거죠."

난 리에네에게 변명을 했지만 리에네는 여전히 불쾌한 표정을 풀지 않았다. 그런 나를 위기에서 구하기 위해 리엔이 내 요청을 수락했다.

"본인이 레지스트리에게 정령술을 가르치도록 하겠습니다. 레지스트리는 이미 매직포스를 스피릿포스로 변환할 수 있으니 정령술을 배울 자격이 충분히 있습니다."

"예, 어차피 리엔 씨하고 같은 방을 쓰니까 그 편이 더 낫겠네요."

나 역시 리엔의 생각에 동의하면서 리에네가 미덥지 못해서가 아니라는 의사를 분명히 표명했다. 그래서인지 리에네는 화난 표정을 풀고 본래의 무표정으로 돌아왔다. 하지만 눈빛만은 여전히 불만에 차 있었다.

"정령술도 좋지만, 이젠 출발을 해야 하니 그만 일어나도록 해요."

그때 레이뮤가 자리에서 일어서며 출발을 종용했다. 덕분에 우리들은 난감한 상황을 종료시키고 마차에 올라탈 수 있었다. 마차에 올라타서 출발할 때까지만 해도 리엔는 불만의 눈빛으로 날 쳐다보았지만 리엔이 나에게 정령술을 가르치기 시작하자 그런 눈빛이 사라졌다.

"스피릿포스를 느낄 수 있다면 정령의 존재를 느낄 수 있을 것입니다. 그리고 더 나아가서 정령계 자체를 느낄 수 있습니다. 우선 정령계를 느껴보도록 합니다."

"예."

리엔의 말투를 듣고 있으니 꼭 군대의 조교한테서 훈련받는 것 같은 기분이 들었지만, 난 마음을 가다듬고 일단 포스 변환 코드로 매직포스를 스피릿포스로 변환시켰다. 내공으로 모은 힘은 상의어가 아니면 반응을 하지 않기 때문에 포스 변환 코드를 사용하더라도 결과적으로 내공은 그대로, 마나 2서클만이 스피릿포스로 변환되었다.

흐음…… 2서클의 마나를 변환시켰더니 똑같은 양의 스피릿포스가 형성되었군. 그거야 당연한 건데 스피릿포스는 기본 단위가 뭐지? 마법과 같이 서클인가? 아니면 내공처럼 연도?

"리엔 씨, 스피릿포스도 마법처럼 힘의 양이 구분되어 있어요? 마법은 1서클, 2서클 이러고 내공은 1년, 10년 이러는데."

"정령술사들은 영력의 단위를 나누지 않습니다. 기준 마나량을 채워야 마나를 사용할 수 있는 마법과는 달리 정령술은 모은 영력만큼 정령술을 사용할 수 있기 때문입니다. 하지만 본인의 스피릿포스가 매직포스로 바뀌었을 때와 비교해 보면 매직포스와 스피릿포스는 그 힘의 크기가 비슷한 것 같습니다."

내가 마법에 대해 어느 정도 가르친 보람이 있어서인지 리엔은 자신감있는 어조로 매직포스와 스피릿포스를 비교했다. 나 역시 리엔과 같은 생각이었기 때문에 포스 배분 코드의 스피릿포스도 매직포스의 서클과 동일하다고 결론을 내렸다.

"정령과 정령계를 느끼도록 합니다."

리엔은 나에게 그렇게 말했고, 난 정령계를 느끼기 위해 눈을 감았다. 그러나 흔들리는 마차 안에서 뭔가를 느낀다는 건 결코 쉬운 일이 아니었다.

흐으, 뭔가 이상한 감각이 들긴 하지만 마차의 흔들림 때문에 방해가 되는군. 하지만 마차 안에서 많은 시간을 보내니까 여기서 실패하면 소용이 없어. 무조건 성공시키는 수밖에!

……

그다지 많은 시간이 흐른 건 아니었지만 기다리는 사람의 입장에서는 지루할 수 있는 시간이었다. 어쨌든 나의 필사적인 집중 때문인지 다른 사람들은 아무 말 없이 내 행동을 지켜보기만 했다. 덕분에 난 정령계 느끼기에만 집중할 수 있었다.

"……!"

죽어라고 정령계 느끼기를 시도하던 내 머릿속으로 어떤 이미지들이 떠올랐다. 물속에 있는 듯하면서도 바람 속에 있고, 땅속에 있는가 하면 불속에 있으며, 빛으로 둘러싸여 있는 듯한 느낌. 그 느낌들이 시시각각으로 변하는 이미지를 포착했다. 그것은 두말할 것도 없이 정령계의 이미지였다.

"정령계를 찾았어요. 이제 어떻게 해야 되죠?"

난 리엔에게 미션 클리어를 알렸고, 리엔은 다음 미션을 던져 주었다.

"우선 빛의 이미지를 따라가서 계약을 합니다."

"계약은 어떻게 하는데요?"

"자연히 하게 됩니다."

"……."

무책임한 리엔의 발언에 어이를 상실할 뻔했지만, 난 일단 리엔의 말에 무조건 따르기로 하고 시시각각으로 변하는 다섯 가지의 이미지 중에서 빛의 이미지에 정신을 집중시켰다. 마치 빛의 이미지를 따라간다는 느낌이었다.

그렇게 빛의 이미지만을 느꼈을 때 갑자기 내 머릿속으로 전구 모양의 위습의 이미지가 떠올랐다. 마치 자신과 계약할 것이냐고 묻는 듯한 위습의 모습. 난 당연히 머릿속으로 계약하고자 한다라고 말했고, 그에따라 내 머릿속에는 티니위습이라는 언어가 떠올랐다. 마치 자신을 소환하고 싶으면 그 말을 외치라고 말하는 듯했다.

"......!"

빛의 정령 위습과 계약을 완료시키자 내 스피릿포스가 미묘하게 변하기 시작했다. 그 변화를 느끼고서야 정령술에는 빛―땅―불의 1계열과 빛―바람―물의 2계열이 존재한다는 사실을 떠올렸다. 그것은 빛의 정령 이후의 선택에 따라 다른 계열의 정령은 포기해야 한다는 의미였다.

"빛의 정령과 계약하고 나서 다음에는 땅의 정령과 계약하느냐, 바람의 정령과 계약하느냐에 따라서……."

내가 미션 클리어에 성공했다는 것을 알았는지 리엔은 다음 설명을 신나게 했다. 그러나 난 그 설명을 듣지 않고 필사적으로 잔머리를 굴렸다.

음, 리엔이 스피릿포스를 매직포스로 변환하고 다시 스피릿포스로 복원시켰을 때 리엔은 여전히 1계열의 정령을 부릴 수 있었지. 그건 포스 변환 코드가 이전 데이터를 날리는 게 아니고 그대로 남겨둔다는 뜻. 따라서 지금 빛의 정령 후에 다른 정령을 선택하면 다른 계열의 정령은 포기해야겠지.

하지만 그건 단일 스피릿포스일 때 얘기. 하나의 하드디스크 드라이브에 파티션을 두 개 이상으로 나눠서 각각 OS를 따로 깔아 쓰게 되면 두 가지 운영 체제를 번갈아가면서 쓸 수 있는 것과 마찬가지로, 내 스피릿포스도 파티션으로 나누면 2가지 계열의 스피릿포스를 모두 쓸 수 있을 거야. 물론 그만큼 하나의 스피릿포스에서 쓸 수 있는 영력이 줄어든다는 뜻이지만, 대신 두 가지 계열의 정령을 모두 소환할 수 있다는 말씀!

"잠깐만요."

난 리엔의 설명을 중단시킨 뒤 종이에다 포스 변환 코드를 적었다. 그리고 나서 그것을 읽었다.

"Arepeat aaccess astring auntil aexecute astring, aset acode awith aone aphonetic acode aspirit, aset acode awith aone aphonetic acode aspirit."

지금 난 'a' 모음을 가지는 스피릿포스 상태였기 때문에 각 코드에 a를 붙여서 코드를 읽었다. 단순히 스피릿포스를 2개로 나누는 코드였지만 내 머릿속에는 마치 스피릿포스가 두 개로 쪼개진 듯한 느낌을 받았다. 그것은 1계열과 2계열 정령을 동시에 소환할 수 있다는 느낌이었다.

"레지스트리?"

내가 정령술을 배우다 말고 갑자기 마법 코딩을 하자 리엔이 조금 당황한 표정을 지었다. 그러나 나는 개의치 않고 다시 정령계로 들어갔다. 이미 빛의 정령과 계약했기 때문인지 흔들리는 마차 안에서도 금방 정령계를 느낄 수 있었다. 거기서 나는 우선 땅의 이미지를 따라가 땅의 정령과 계약을 하고, 곧이어 불의 이미지를 따라가 불의 정령과 계약했다. 그렇게 1계열 정령과 계약을 마친 뒤 난 곧바로 바람의 이미지를 따라갔다. 내 예상대로 하나의 스피릿포스만 1계열 영력으로 변했고, 다른 스피릿포스는 아직 그대로였기 때문에 2계열 정령과도 계약할 수 있다는 확신을 가졌다.

"레지스트리는 1계열을 택하였습니다. 보통 남자들이 1계열을 많이 선택하는 편이고, 여자들은 2계열을 선호하는 편입니다. 그 이유는……."

내가 1계열 정령을 선택했음을 알고 리엔은 1계열 정령에 대해 장황히 설명하기 시작했다. 하지만 난 그 설명에는 전혀 귀 기울이지 않고 바람의 이미지를 따라가 바람의 정령과 계약했다. 바람의 정령과 계약할 때 아무런 문제도 일어나지 않았기 때문에 난 곧바로 물의 이미지를 따라가 물의 정령과도 계약했다. 그렇게 2계열 정령과도 무사히 계약을 끝내자, 결과적으로 5대 정령 모두와 계약을 하게 되었다.

"티니위습, 티니노움, 티니샐러맨더, 티니실프, 티니언딘."

난 5대 정령의 이름을 모두 불렀고, 그 말이 끝나자마자 5대 정령이 내 앞에 모습을 드러내었다. 일단 가장 위력이 없는 '티니'였기 때문인지 5대 정령을 한꺼번에 소환해도 문제가 없었다. 그리고 티니위습 같은 경우에는 1계열의 영력을 소모하면서 소환되었다. 그것은 느낌상 랜덤하게 1계열의 영력을 소모하거나 2계열의 영력을 소모하면서 소환되는 것 같았다. 어쨌거나 5대 정령을 한번에 소환했다는 사실에 내가 의기양양하는 것과는 달리 리엔과 리에네는 아무 말도 하지 못하고 입만 벌렸다. 정령술에 대해서 잘 모르는 레이뮤와 슈아로에는 그냥 '제법인데?' 하는 표정이었고, 자신의 애마를 타고 따로 움직이는 유리시아드는 내가 뭘 했는지 알지 못하는 상태였다.

"어떻게…… 5대 정령을 한번에……!"

리엔과 리에네는 자신의 눈앞에서 벌어진 사태를 도저히 믿지 못하겠다는 표정을 지었다. 하나의 계열을 선택하면 다른 계열을 포기해야 한다는 상식이 무너졌기 때문이다. 그래서 난 간단히 상황을 설명해 주었다.

"포스 변환 코드를 두 개 사용해서 스피릿포스를 두 종류로 나누었기 때문에 두 가지 계열의 정령과 모두 계약할 수 있었던 거예요. 근데 안타깝게도 리엔 씨와 리에네 씨는 이미 모든 스피릿포스가 그 계열로 인식되어 버렸기 때문에 지금 스피릿포스를 두 개로 나눈다고 해도 소용이 없어요."

"그…… 그런 것입니까……."

내 설명을 어느 정도 이해했는지 리엔은 비로소 납득이 된다는 표정을 지었다. 그리고 자신과 리에네는 더 이상 다른 계열의 정령을 소환할 수 없다는 사실에 안타까워했다. 만약 자신이 정령술을 배우기 전에 날 만났더라면 두 계열의 정령을 모두 소환할 수 있었을 텐데, 라며 아쉬워하는 표정이었다.

"이제 더 이상 1계열, 2계열 정령의 구분은 필요가 없겠습니다."

리엔은 허탈한 어조로 입을 열었다. 분명 앞으로 모든 정령술사들이 5대 정령을 소환할 수 있는 상태가 되면 그럴지도 몰랐다. 하지만 내 생각은 조금 달랐다.

"아뇨. 두 가지 계열의 정령을 모두 소환할 수 있다는 것은 그만큼 하나의 계열을 선택한 사람보다 적은 영력을 사용할 수밖에 없다는 뜻이에요. 이제는 계열 하나를 택해서 최대의 효율을 발휘하느냐, 두 가지 계열을 모두 선택해서 정령의 다양화를 취하느냐의 차이죠."

"…그렇게 볼 수도 있겠습니다."

리엔 역시 내 생각에 동의했다. 물론 레이뮤와 슈아로에는 나와 리엔이 지금 무슨 대화를 하고 있는 것인지 전혀 이해하지 못했다. 그렇게 나의 정령술 수업은 5대 정령 소환이라는 업적을 이루고 종료되었다.

제17장

천재의 의미

매트록스 왕국.

슈아로에의 고국이기도 한 그곳은 왕국이라는 이름이 무색하게 엔비디아 제국과 에이티아이 제국의 지배하에 있다고 해도 과언이 아니었다. 그래도 아직 엔비디아 제국과 에이티아이 제국이 팽팽하게 맞서고 있는 상태라 매트록스 왕국은 어느 정도 자유를 되찾고 있는 상태였다.

"저번에도 왔었지만…… 정말 오랜만이에요!"

자신의 고국으로 돌아오자 슈아로에가 기쁜 표정을 지었다. 그러나 마법학회에 참석하고 미스틱 지방으로 가서 본의 아니게 푸가 체이롤로스와 싸우게 되어서인지 난 매트록스 왕국이 별로 좋지는 않았다. 사실 매트록스 왕국뿐만이 아니라 내가 좋아하는 국가는 전혀 없었다. 난 어디까지나 이 세계에 온 지 얼마 안 된 이방인이므로.

"레이뮤님! 이왕 퍼미디어에 들른 김에 우리 성에서 쉬었다 가요!"

에이지피 강을 따라 매트록스 왕국에 진입한 결과, 가장 먼저 퍼미디어에 도착했다. 그곳은 바로 슈아로에의 고향이었다. 그래서 슈아로에는 우리들을 자신의 집으로 초대하려 했고 그 말을 듣자마자 난 눈을 반짝반짝 빛냈다. 그도 그럴 것이, 지금까지 쉴 새 없이 마차를 탄 채 이동만 해서 피곤했기 때문이다. 의외로 여독이라는 게 무서워서 단순히 마차를 타고 이동했을 뿐인데도 온몸에 피로가 누적되어 가고 있었던 것이다.

"그렇구나. 그럼 잠시 쉬어가도록 하자."

레이뮤 역시 여독이 쌓여 있었는지 슈아로에의 제안에 찬성했다. 아무래도 경비를 아끼기 위해 싸구려 여관에서만 지내다 보니 제대로 된 시설이 갖추어진 곳에서 잠시 쉬었다 가고픈 생각이 든 모양이다. 어쨌거나 그런 이유로 우리들은 퍼미디어를 지나치지 않고 퍼미디어 성으로 방향을 틀었다.

"워워―"

히이잉―

몇십 분을 이동한 끝에 퍼미디어 성에 도착했고, 마차는 성

앞에서 멈추었다. 마차가 성 앞에 멈추는 것을 보고 성문을 지키고 있던 두 명의 병사 중 하나가 우리 쪽으로 걸어왔다. 보초병답게 중장갑을 입고 손에는 도끼가 달린 긴 창을 들고 있어서 위압감을 주기에 충분했다.

흠, 근데 예정에도 없이 찾아온 거라 저쪽에서 우릴 반겨줄지 의문인걸? 설마 저 보초병이 슈아로에를 알아보지 못하는 건 아니겠지? 그래도 명색이 이 성 주인의 딸인데 말이야. 그래도 만약 보초병이 슈아로에를 알아보지 못한다면……!

"누구십니까?"

내가 마음속으로 불안함을 느끼고 있을 때 보초병은 별 감정 없는 어조로 우리들의 신원을 확인하려 했다. 어차피 이곳은 슈아로에의 고향이자 집이기 때문에 슈아로에가 대표로 입을 열었다.

"난 이 성의 주인이신 이안트리 백작의 영애 슈아로에 이안트리입니다. 그리고 이분들은 대마법사 레이뮤 스트라우드님과 함께 각국 방문을 하고 있는 동행자들입니다."

"……."

슈아로에의 설명을 듣고 보초병은 잠깐 고개를 갸웃했다. 순간 난 가슴이 덜컥 내려앉았다. 보초병의 그 태도는 500%의 확률로 슈아로에를 알아보지 못한다는 뜻이었기 때문이다. 그리고 그런 나의 예감은 불행히도 적중했다.

"당신이 성주님의 딸이라는 증거를 대보시오."

"에……."

보초병은 슈아로에에게 어이없는 요구를 했다. 이 세계에서 주민등록증 같은 신분 확인증이 있을 리도 없는데 그런 요구를 하는 보초병의 정신 세계가 심히 의심스러웠다. 말하자면, 보초병으로서 기본이 되어 있지 않은 자세였다.

"아저씨, 성주님의 딸이 매지스트로 마법학교에 다니는 거 알아요?"

보초병이 하도 답답했기 때문에 내가 슈아로에 다음으로 나섰다. '아저씨' 라는 말에 보초병은 조금 불쾌한 표정을 지었지만 태도까지 거칠어지지는 않았다.

"압니다만."

"거기 교복이 어떻게 생겼는지 알아요?"

"……."

"그럼 성주님의 딸이 그 학교에서 화이트 케이프를 얻었다는 건 알아요?"

"압니다."

"아저씨의 눈에는 이게 뭘로 보여요?"

난 슈아로에가 걸친 흰색의 케이프를 가리키며 보초병에게 물었다. 그러나 보초병은 케이프가 어떻게 생겨먹은 옷인지 잘 모르는 것처럼 보였다.

"흰옷, 아닙니까?"

"……."

아아, 대화가 안 되는군. 아니, 도대체 이런 허접한 보초병이 왜 성문 경비를 하고 있는 거야? 아무리 그래도 성주의 딸이 어떻게 생겼고, 어디에 다니는지, 어떤 특징을 가지고 있는지 정도는 알고 있어야지! 이놈의 보초병, 개념을 안드로메다 저 멀리로 관광을 보냈냐?

"이 성이 어떻게 생겼고, 누가 있는지 말한다면 보고하겠소."

보초병은 좀 더 구체적인 증거 제시를 원했다. 난 기분이 매우 언짢았기 때문에 입을 다문 상태였고, 슈아로에는 그 보초병의 말에 차분히 대답하려 했다. 그런데,

빠악!

"으윽!"

느닷없이 보초병의 투구 위로 기다란 창이 떨어져 내렸다. 꽤 빠른 속도로 휘둘러진 창이라서 보초병은 머리를 부여잡고 땅바닥에 주저앉았다. 갑작스런 사태에 우리 모두 당황하고 있을 때 뒤에서 보초병을 기습한 또 다른 보초병이 주저앉은 보초병에게 소리를 질렀다.

"야이, 병신아! 너 눈깔 삐었냐?!"

나중에 모습을 드러낸 보초병은 망설임없이 주저앉은 보초병에게 욕을 해댔다. 처음의 보초병보다 키도 작고 덩치도 작았지만 말투나 행동을 보니 나중에 온 보초병이 처음 보초병보다 선임병인 듯했다. 보통 군대에서 경계 근무를 설 때

선임병과 후임병을 묶어 사수—부사수로 두는 것처럼, 이곳도 보초를 설 때 선임병과 후임병을 같이 세우는 것 같았다.

"죄송합니다, 이안트리 아가씨. 이놈은 여기 들어온 지 얼마 되지 않아서 아가씨를 잘 모릅니다. 용서해 주십시오."

선임 보초병은 슈아로에에게 허리를 숙이며 용서를 구했다. 선임 보초병에게 신나게 맞고 신나게 욕을 먹은 후임 보초병은 슈아로에가 이곳 성주의 딸이라는 사실에 찍소리도 못하고 무릎을 꿇었다. 만약 여기서 슈아로에가 '당신, 한번 죽어볼래?'라고 말하면 후임 보초병은 그날로 목숨이 날아가는 상황이었다.

"괜찮아요. 나도 성에 있는 사람들을 모두 알고 있는 건 아니니까요. 아무튼 아버님께 내가 도착했다고 알려줘요."

다행히도 슈아로에는 후임 보초병을 나무라지 않았다. 그렇게 이번 사건이 무마되자 선임 보초병은 슈아로에에게 감사의 인사를 한 뒤 후임 보초병에게 소리쳤다.

"넌 여기서 보초나 서고 있어! 난 보고하러 갈 거니까."

"예……."

선임 보초병은 보고를 위해 큰 성문 옆에 나 있는 조그만 쪽문을 통해 성안으로 들어갔다. 그 쪽문은 아마도 보초병들이 교대를 할 때 쓰는 것 같았다. 보초병이 교대할 때마다 일일이 성문을 여는 건 비효율적이기 때문이었다.

"어서 안으로 들어가십시오."

약 5분 정도 시간이 흐른 뒤 쪽문을 통해 성안으로 들어갔던 선임 보초병이 모습을 드러내며 그렇게 말했다. 그가 다시 쪽문으로 나오기 전부터 성문이 열리고 있었기 때문에 우리는 성안으로 들어갈 채비를 하고 있었다. 그리고 성문이 완전히 열렸을 때 우리는 각자의 짐을 챙겨 성안으로 들어갔다. 마차 역시 우리와 함께 성안으로 진입했다.

끼이이―

우리가 성안으로 들어가자 성문은 다시 닫혔고, 몇 명의 시녀들과 두 명의 중년 부부가 우리를 마중했다. 한눈에도 슈아로에의 부모라 느껴질 정도로 잘생기고 아름다운 중년 부부였다. 그들은 슈아로에를 보자마자 반가운 표정을 지었다.

"슈아야."

"아버님! 어머님!"

중년 부부는 내 예상대로 슈아로에의 부모였고, 슈아로에는 날아가듯이 그들의 품에 안겼다. 부모와 자식 간의 이상적인 상봉 모습이었기에 우리들은 모두 말없이 그들의 상봉이 끝나기만을 기다렸다. 그렇게 한동안 부모의 품에 안겨 있던 슈아로에가 우리들에게로 시선을 돌려 부모에게 우리들을 소개하기 시작했다.

"아버님, 이분은 매지스트로 마법학교 총대표이신 대마법사 레이뮤 스트라우드님이세요."

"오오, 슈아가 그토록 칭찬했던 분이 바로 이분이시구나!"

이안트리 백작은 얼굴 가득 호의를 띠며 레이뮤를 바라보았다. 그리고는 놀란 표정으로 입을 열었다.

"정말 소문대로 아름다우십니다. 500년 이상을 살아온 분이라고는 도저히 믿겨지지 않는군요."

"과찬이십니다."

레이뮤는 지극히 담담한 표정으로 이안트리 백작과 인사를 나누었다. 그러는 사이 슈아로에의 소개는 계속되었다.

"이분은 자유기사 유리시아드 케리만 씨예요. 무공과 마법을 동시에 쓰시는 분이죠."

"자유기사님이셨군요. 자유로이 여행하는 젊고 아름다운 여마법기사라는 소문을 많이 들었습니다. 실제로 보니 그 소문이 맞군요."

"별말씀을."

유리시아드 역시 이안트리 백작과 간단한 인사말을 주고받았다. 평소에도 그런 비슷한 칭찬을 많이 들어서인지 유리시아드의 표정은 별반 달라지지 않았다. 사실 첫 대면에서부터 '소문과는 달리 영 아닌뎁쇼?' 라고 말하는 개념을 밥 말아 먹은 인간이 있을 리 없기 때문에 그들의 인사는 매우 형식적이었다.

"이분들은 노스브릿지의 엘프예요. 본래 엘프는 이름이 없지만 우리가 임의적으로 리엔 씨와 리에네 씨라 부르고 있어요."

슈아로에가 별 특이한 사항이 없는 엘프 남매를 소개했지만 이안트리 백작 부부의 반응은 매우 격렬했다.

"오오! 엘프 분들이시군요!"

레이뮤가 젊다는 사실보다도 더욱 놀라는 듯한 모습에서 난 이 세계에서 엘프 보기가 하늘의 별따기만큼이나 어렵다는 사실을 깨닫게 되었다. 그런 엘프를 두 명이나 동시에 만나고 이야기까지 나누는 나는 행운아일까라는 생각을 잠시 해보는 가운데, 당사자인 리엔과 리에네는 이안트리 백작 부부가 어떤 반응을 보이든지 상관하지 않고 마냥 마네킹처럼 서 있었다. 만약 다른 사람이 귀족 앞에서 그렇게 가만히 있었다면 당장 처형감이었지만, 순전히 엘프라는 점 때문에 모두들 그러려니 하고 넘어가 버렸다.

"그리고 이 사람은 같은 학교에 다니는 레지스트리 군이에요."

"……."

어이, 슈아로에. 왜 나만 '이 사람' 이야? 나하고 너하고 나이가 8살이나 차이 난다고. 물론 그만큼 신분 차이도 커서 뭐라 할 말은 없다만…… 그래도 나도 '이분' 이라고 불러보고 싶어.

"흐음……."

내 소개가 끝났음에도 불구하고 이안트리 백작 부부는 조금 당황하는 표정을 지었다. 일단 슈아로에보다 등급이 낮은 블루 케이프인 데다가 얼굴이 잘생긴 것도 아니고, 계급이 높아 보이지도 않고, 그렇다고 엘프 같은 특이한 종족도 아니었기 때문에 어떤 것을 가지고 날 칭찬해야 할지 난감해했던 것이다. 슈아로에 역시 나에 대한 설명이 부족했음을 느끼고 추가 설명을 했다.

"레지스트리 군은 나랑 같이 레이뮤님에게서 직접 마법을 배우고 있어요. 마법을 배우기 시작한 지 두 달밖에 안 됐는데 벌써 블루 케이프일 정도예요."

"그럼 마법 천재라는 말이구나."

슈아로에의 말을 이안트리 백작은 그렇게 받아들였다. 진짜 천재인 슈아로에를 앞에 두고 그런 소리를 듣자 난 괜히 쑥스러워졌고, 슈아로에는 고개를 갸웃했다.

"레지 군이…… 마법 천재?"

어이, 슈아로에. 뭐 그런 말을 되뇌고 그러나? 아무리 인정하기 싫다고 해도 남 앞에서 대놓고 '이 녀석 바보예요~'라고 하면 안 된다고. 그 정도 센스는 가지고 있겠지? 응?

"천재……."

웬일인지 슈아로에는 계속해서 그 말에 집착했다. 그러는 사이 이안트리 백작 부부는 우리와의 인사를 끝내고 우리를 성안으로 들였다.

"언제까지 이 성에서 지내실 수 있는지 알고 싶습니다. 본인으로서는 가능하다면 여러분이 오래 머물렀으면 싶습니다만."

이안트리 백작은 그렇게 자신의 의사를 밝혔다. 아마도 딸과 오랜만에 만났으니 좀 더 같이 있고 싶다는 생각인 듯했다. 그러나 각국 방문 일정이 남아 있는 우리들로서는 이곳에서 오래 시간을 지체할 수는 없었다.

"이틀 정도 이곳에서 쉬었다 갔으면 합니다. 일정상 그 이상은 무리일 듯싶습니다."

"그렇습니까."

이안트리 백작과 레이뮤가 대화를 주고받는 동안 슈아로에는 이안트리 백작 부인의 품에서 떨어질 줄을 몰랐다. 슈아로에와 그녀의 어머니를 보고 있자니 확실히 슈아로에는 어머니를 많이 닮았음을 알 수 있었다. 아무리 아버지가 잘생겼다고 해도 딸이 아버지를 닮으면 조금 난감하기 때문에 어머니를 닮은 편이 훨씬 나았다.

"어서 이분들이 묵을 방을 준비하라."

규모가 큰 저택 안으로 들어선 이안트리 백작은 집사로 보이는 나이 든 남자에게 지시를 내렸고, 이에 집사는 공손히 허리를 숙인 뒤 다시 사라졌다. 그가 방을 준비하는 동안 우리는 이안트리 백작을 따라 접견실로 보이는 방으로 들어갔다. 그 방 안에 있는 테이블에 둘러앉아 시간 보내기를 하자는 뜻이었다.

"마법수석을 불러라."

이안트리 백작은 접견실에 앉자마자 나이 든 시녀에게 지시를 내렸고, 그녀 역시 공손히 허리를 숙인 뒤 접견실을 빠져나갔다. 그녀가 나간 것을 보고 이안트리 백작이 우리들을 향해 입을 열었다.

"대마법사님이나 슈아에게 소개해 주고 싶은 마법사가 있습니다. 대마법사님, 혹시 '루노게리 비에이라'를 아십니까?"

"루노게리 비에이라……."

레이뮤는 그 이름을 곱씹으며 옛 기억을 더듬었다. 그리고는 생각이 났는지 담담한 표정으로 입을 열었다.

"기억하고 있습니다. 매지스트로 학교 학생이었으며, 학생 신분으로 화이트 케이프를 얻을 수 있었던 수재였지요."

"그 사람이 우리의 수석 마법사가 되었습니다. 본래는 왕궁 마법사가 되어도 손색이 없는 사람이지만 슈아에 대한 소문을 듣고 우리에게로 왔지요."

잉? 그게 뭔 소리래? 설마, 슈아로에에게 흑심을 품고 그녀를 손에 넣기 위해 왕궁 마법사를 마다하고 이곳으로 왔다는 뜻?

픽—!

내가 그런 생각을 하자 내 옆에 앉아 있던 유리시아드가 내 옆구리를 주먹으로 쳤다. 순간 신음이 터져 나올 뻔했으나 난 초인적인 인내력으로 그 고통을 참았다. 사실 내가 이상야리

꾸리한 생각을 하면 유리시아드가 어떤 형태로든 제재를 가할 것이다라고 예상하고 있었기 때문에 그러한 갑작스러운 폭력을 견뎌낼 수 있었다.

똑똑—

"수석 마법사입니다."

그때 접견실 문을 두드리는 소리와 함께 굵직한 남자 목소리가 들려왔다. 목소리의 굵기나 억양을 보니 절대 젊은 사람 같지는 않았다.

"들어오게."

이안트리 백작의 허락이 떨어지자 수석 마법사 루노게리라는 사람이 접견실 안으로 들어왔다. 한눈에 보기에도 40대 정도 되는 아저씨였다. 키도 그렇게 크지 않고 얼굴도 평범해 보이는 사람이었는데, 수석 마법사라는 지위에 걸맞은 화려한 색의 로브가 눈에 띄었다. 어찌 되었든 루노게리에 대한 내 첫인상은 이상하게 별로 좋지 못했다.

"퍼미디어 성의 수석 마법사 루노게리 비에이라입니다. 정말 오랜만입니다, 대마법사님."

우리들에게 자기소개를 하던 루노게리가 느닷없이 시선을 레이뮤에게로 돌렸다. 난 그가 슈아로에에 대한 소문을 듣고 왔다 길래 당연히 슈아로에에게 관심을 보일 줄 알았는데, 의외로 레이뮤에게 관심을 보이자 조금 당황스럽기도 했다. 그러나 같은 학교 내에 있었던 레이뮤와 루노게리이다 보니 서

천재의 의미 61

로 안면이 있는 것은 당연했다. 단지 지금 그들이 짓고 있는 표정은 스승과 제자가 오랜만에 만나 기쁘다는 쪽보다는 만나서 기분 나쁘다는 쪽에 가까웠다.

잉? 둘 다 왜 저런 거시기한 표정을 짓는 거지? 설마 예전에 둘이서 죽어라 싸웠던 원수지간이었나? 레이뮤 씨가 격투를 잘할 리 없으니 주먹질을 하지는 않았을 테고, 뭔가 이념이 맞지 않아서 논쟁이라도 벌였던 건가? 어쩌면 루노게리라는 사람이 학생 시절에 굉장한 문제아였을 수도 있겠지. 아무튼 분위기가 참 묘하구만.

"오랜만이군요, 비에이라."

레이뮤는 루노게리의 이름을 부르지 않고 성을 불렀다. 그것은 레이뮤가 루노게리와 가깝게 지낼 생각이 없음을 알려주는 것이나 마찬가지였다. 물론 이 세계에서는 처음 만난 사람일 경우 이름보다 성을 부르는 게 일반적이기 때문에 제3자의 입장에서 보면 별 문제되지 않는 장면이었다. 그러나 그들이 한때 스승과 제자였다는 사실이 지금 상황의 이질감을 그대로 드러내고 있었다.

"슈아로에예요."

"자유기사 유리시아드 케리만입니다."

"레지스트리입니다."

"리엔입니다. 그리고 이쪽은 본인의 여동생 리에네입니다."

우리는 차례대로 루노게리에게 자기소개를 했다. 많은 사람이 차례대로 자기소개를 해서 이름과 얼굴 외우는 것도 힘들 텐데, 루노게리는 우리들의 이름과 얼굴을 모두 외웠다는 듯한 여유로운 표정을 지어 보였다. 그것만을 보더라도 레이뮤가 '수재'라는 표현을 쓸 정도로 루노게리는 머리가 좋은 듯했다.

"우리 마법수석은 매지스트로 졸업 이후 누구의 도움 없이 6서클을 이룩하고, 혼자서 몬스터를 퇴치하는 등 많은 업적을 쌓았습니다. 어떤 마법이든 한 번 들으면 절대 잊어버리지 않는 천재이지요."

이안트리 백작은 조금 과하다 싶을 정도로 루노게리를 추켜세웠다. 처음에는 그 이유를 알지 못했지만 이안트리 백작 스스로 그 이유를 우리들에게 밝혔다.

"대마법사님이 고금을 통틀어 가장 훌륭한 마법사이시긴 하지만 다른 마법사들도 충분히 훌륭합니다. 슈아가 굳이 매지스트로에서 공부하지 않고 우리 마법수석에게 배워도 충분할 것이라 생각합니다."

"……!"

헉! 그 말뜻은……!

"아버님! 저보고 학교를 그만두라는 소리이신가요?!"

슈아로에가 내 생각을 대신해서 이안트리 백작에게 되물었다. 그러자 이안트리 백작은 진지한 표정으로 답변했다.

"그렇다. 꼭 대마법사님이 아니더라도 우리 마법수석에게서 네가 원하는 수준의 마법을 배울 수 있다. 그러니 이제 그만 집으로 돌아오거라."

"그래, 1년에 잠깐밖에 네 얼굴을 보지 못하니 그동안 너무 쓸쓸했단다."

이번엔 이안트리 백작 부인까지 가세했다. 그것은 마치 가출한 딸을 다시 집으로 데려오려는 부모의 모습 같았다. 그러나 슈아로에는 섣불리 판단을 내리지 못하고 오히려 당황했다. 성인이 되기 전까지 당연히 매지스트로에 다닐 것으로 알고 있다가 느닷없이 뒤통수를 맞았기 때문이다. 슈아로에가 대답하지 못하자 이번엔 루노게리까지 나섰다.

"나 역시 대마법사님과 마찬가지로 6서클입니다. 그리고 현존하는 대부분의 마법을 알고 있다 자부하고 있습니다. 아가씨의 마법 스승으로서 전혀 부족함이 없다고 생각합니다."

완전히 자화자찬을 하고 있는 루노게리를 보니 괜한 꼬투리라도 잡고 싶어졌다. 그 정도의 말로도 충분히 오만한데 루노게리는 덧붙여 타인 비하까지 하고 나섰다.

"500년이 넘도록 6서클을 넘지 못하고 학교라는 틀에 갇혀 제자리걸음만 하고 있는 사람보다 자유로운 환경에서 무한한 발전이 있는 내가 더 낫다고 생각합니다만."

"……!"

이것은 명백한 도발이었다. 어쩌면 대담하다고도 볼 수 있었다. 천하의 대마법사를 눈앞에 두고 그런 말을 함부로 하는 사람은 여태까지 존재하지 않았기 때문이다. 루노게리의 편을 들고 있는 이안트리 백작조차 루노게리의 발언에 태클을 걸었다.

"이보게, 마법수석. 아무리 그래도……!"

아무리 귀족의 수석 마법사라고 해도 대마법사 레이뮤 스트라우드의 사회적 영향력에는 발끝도 미치지 못하기 때문에 이안트리 백작으로서는 걱정이 되지 않을 수 없었다. 나중에 레이뮤가 다른 마법사들에게 루노게리에 대한 험담이라도 한다면, 그를 마법수석으로 앉힌 자신에게도 타격이 돌아오기 때문이었다. 그리고 루노게리가 레이뮤를 깎아내림으로써 도리어 슈아로에에게 역효과를 초래할 수도 있었다.

"말이 지나치군요!"

이안트리 백작과 우리들의 예상대로 슈아로에는 발끈하여 소리쳤다. 실력은 제쳐 놓더라도 인격적으로 레이뮤를 존경하는 슈아로에로서는 참을 수 없는 발언이었기 때문이다. 그럼에도 불구하고 루노게리의 레이뮤 깎아내리기는 계속되었다.

"사실을 말한 것뿐입니다. 500년 이상 살아왔다고는 해도 6서클에 머물러 있으면 무슨 소용이 있습니까? 현 마법사 중에 7서클을 이룩한 사람도 많습니다. 단순히 오래 살아 있다는 이유만으로 대마법사라고 불리는 건 어불성설이 아닌지?"

"……!"

허어, 루노게리 이 양반… 레이뮤 씨를 극도로 싫어하는 모양이군. 뭐, 요즘에도 선생을 존경하는 학생이 전무한 실정이고, 나도 그중의 하나였으니 할 말 없다만……. 그래도 옛 스승을 저렇게 대놓고 비하하는 건 봐줄 수가 없는걸?

"수석 마법사 씨는 자신이 훨씬 낫다는 투로 말씀하시는군요."

"……!"

여태까지 가만히 앉아 있기만 했던 내가 갑자기 입을 열자 모두들 경악했다. 특히 '수석 마법사 씨'라는 말이 문제였다. 단순히 평민일 뿐인 하찮은 신분의 인간이 귀족 신분의 사람에게 반말을 한 것이나 다름없었기 때문이다. 사실 나 역시 그것을 알고 있고, 웬만해서는 나서고 싶지 않았으나 레이뮤가 마냥 당하고 있는 것을 두고 볼 수만은 없어서 대담하게 입을 놀려 버렸다.

"500년의 시간이 멋으로 있는 게 아닙니다. 그 500년 동안 레이뮤 씨는 수석 마법사 씨가 겪지 못한 다양한 경험을 했습니다. 이번 마법학회에서 코드 마나량을 확립한 것과 예전에 해츨링과 싸웠던 일, 그리고 최근 그린 드래곤 페르키암을 잡은 일까지. 수석 마법사 씨는 그런 경험들을 별것 아닌 걸로 치부할 생각이신지?"

"……."

중간에 푸가 체이롤로스를 때려잡은 일도 있었지만 그에 대해 알고 있는 사람은 매우 극소수이기 때문에 난 그 사실을 숨겼고, 어쨌든 내 말에 루노게리는 반박을 하지 못했다. 그의 나이가 40대 정도인 것을 감안했을 때 그는 레이뮤의 10%도 되지 않은 삶을 살아온 것이다. 그런 그가 경험에서 레이뮤를 앞선다는 것은 가장 어불성설한 일인 것이다. 그러나 루노게리는 여전히 자신의 태도를 고치지 않았다.

"후후, 내가 너무 경솔했군요. 확실히 아무리 실력이 없더라도 오래 산 만큼 경험이 풍부하다는 것은 인정해야지요."

"……."

아니, 인정한다면 좋은 말로 인정할 것이지 그 빈정대는 말투는 뭐야? 저 인간은 아무리 좋게 봐주려고 해도 봐줄 수가 없어. 수석 마법사라는 지위만 아니었다면 발가벗겨서 인간 통구이를 만들었을 텐데. 아, 그러고 보니 늙은 고기는 맛이 없지. 방금 한 말 취소.

"경험은 뒤처지더라도 나의 실력은 분명 대마법사님보다 위입니다. 아가씨, 계속 제자리걸음을 하고 있는 사람보다 계속 진보하는 본인에게 마법을 배우는 것이 장래를 위해서 훨씬 이익일 겁니다."

루노게리는 슈아로에를 향해 재차 자신의 제자가 될 것을 종용했다. 그러나 슈아로에는 그런 루노게리의 꼬임에 넘어가지 않았다.

"수석 마법사 씨가 레이뮤님보다 진보하고 있다는 증거가 어디 있죠? 그 증거를 보여준다면 생각해 보겠어요."

"호, 증거 말입니까? 허허, 그것참……."

어떤 식으로 자신의 실력을 과시해야 할 것인지에 대해 루노게리는 고민했다. 뭔가 강렬한 임팩트를 주어야 슈아로에가 마음을 바꿔먹을 것임을 예감했기 때문이다. 물론 난 어떤 식으로든 슈아로에가 레이뮤의 곁에 남길 원한다고 예상했지만.

똑똑—

"영지관리총관입니다."

루노게리와 슈아로에가 신경전을 벌이고 있을 때 접견실 문의 노크 소리와 함께 굵은 남자 목소리가 들려왔다. 마침 현재의 긴장 상태를 해소시킬 필요성을 느끼고 있던 이안트리 백작은 곧바로 그 남자를 불러들였다.

"들어오게, 총관."

끼이—

허락이 떨어지자 50대쯤 되어 보이는 남자가 접견실 안으로 들어왔다. 영지관리총관이라는 남자는 우리들의 살벌한 분위기를 아는지 모르는지 약간 찌푸려진 표정을 짓고 있었다. 뭔가 심각한 문제라도 발생한 모양이었다. 그의 표정을 보고 이안트리 백작이 물음을 던졌다.

"무슨 일이오?"

"예의 언덕 개간 건입니다만……."

영지관리총관은 우리들이 접견실에 있는 것을 보고 눈치를 보았다. 이 일을 우리들의 앞에서 보고해도 되는지 아닌지 이안트리 백작에게 묻는 것이나 다름없었다. 하지만 이안트리 백작은 현재 분위기의 긴장 해소가 목적이었기 때문에 이 자리에서 보고받기를 원했다.

"말해보시오."

"예…… 음, 처음에는 대략 한 달 정도면 될 것이라고 생각했지만 그 언덕이 생각보다 단단한 암석으로 되어 있어서 개간에 상당한 시일이 걸릴 듯합니다."

"어느 정도 더 걸릴 것 같소?"

"아마도…… 1년은 넘게 걸리지 않을까 합니다."

영지관리총관은 면목없다는 표정을 지었다. 그러자 이안트리 백작도 곤란한 표정을 지었다.

"그 언덕을 제거해야 농지를 늘릴 수 있는데…… 이러면 주민들은 늘어나는데 농지는 부족하게 되지 않은가."

흐음, 농지를 늘리려고 언덕을 없앤다라…… 그거 완전히 자연 파괴에 맞먹는 행위 아닌가? 뭐, 어차피 지금 이 세계는 환경 오염과는 하등의 관련도 없으니 별문제 안 되겠지만.

"언덕 크기가 얼마만 하죠?"

"……!"

그때였다. 영지관리총관과 이안트리 백작의 얘기를 듣고

있던 슈아로에가 갑작스러운 질문을 날렸다. 딸에게 숨길 만한 일은 아니라서 이안트리 백작은 사실대로 대답했다.

"우리 성보다 약간 작은 정도다. 그런데 무슨 방법이 있는 거냐?"

"네, 그 언덕을 마법으로 날려 버리면 되니까요."

"……!"

슈아로에의 말에 모두들 경악했다. 그 말은 결국 내 캐논 슈터로 언덕을 통째 날려 버리겠다는 소리였기 때문이다. 물론 캐논 슈터의 존재나 위력 따위를 전혀 모르는 루노게리는 어이없다는 표정을 지어 보였다.

"최강의 마법 콜랩스를 제외하고는 언덕을 한번에 제거하는 마법은 없습니다. 파이어 볼이나 폭발 마법의 발현을 극대화시킨다고 하더라도 그걸 유지하는 것도 어렵고, 성공시키는 것도 어렵지요. 이제 4서클밖에 안 되는 아가씨가 할 수 있는 일이 아닙니다."

루노게리의 말대로 지정 공간을 아예 없애 버리는 콜랩스가 아닌 이상 언덕을 날려 버릴 수 있는 마법은 없었다. 물론 파이어 볼이나 폭발 마법의 발현을 100배 이상으로 한다면 가능할지도 모르겠지만 그러기 위해서는 매우 많은 마나량이 필요하고, 마법 사용 시에 파이어 볼이나 폭발 마법의 형태를 유지하고 실행시키는 일에 애로사항이 꽃필 수 있다. 발현을 극대화한다는 건 좁은 공간에 사람을 잔뜩 밀어 넣는 것과도 같아서 자칫 잘못하면 마법의 형태 유지에 실패할 수 있기 때문이다.

뭐, 그렇긴 하지만 슈아로에나 레이뮤 씨나 매핑을 극대화시키는 걸 안정적으로 잘하는 편이지. 만약 그걸 제대로 못했으면 푸가 체이롤로스나 페르키암을 잡는다는 건 무리였을 테니까. 그런 면에서 둘 다 천재라고도 볼 수 있지. 나야 매핑을 극대화시킬 마나를 가지고 있지 않은 데다 해본 적도 없으니 매핑 극대화에 대해서는 할 말이 없고.

"4서클의 마법사와 2서클의 마법사 두 명이 모이면 언덕을 날려 버릴 수 있는 마법 사용이 가능하다는 사실을 증명해 드리죠!"

루노게리의 말에 자극을 받았는지 슈아로에는 자신감에 찬 어조로 큰 소리를 쳤다. 그러고 나서 자리를 박차고 일어서더니 영지관리총관을 향해 거의 강압적으로 지시를 내렸다.

"어서 그 언덕으로 가요!"

"예? 하지만……."

"괜찮죠, 아버님?"

영지관리총관이 머뭇거리자 슈아로에는 이안트리 백작의 허락을 구했다. 지금 상황이 어떻게 돌아가려고 하는지 예상도 하지 못하는 이안트리 백작이었으나 어쨌든 자신감에 넘쳐 있는 딸의 모습을 보아서인지 그녀의 요청을 수락해

주었다.

"모두 그 언덕으로 갑시다."

"백작님……!"

영지관리총관 및 루노게리, 그리고 옆에 있던 시녀들이 예정에 없는 이안트리 백작의 결정에 당황한 표정을 지었다. 그러나 백작이라는 지위는 밑의 사람들이 알아서 기도록 만드는 힘을 가지고 있었다.

"알겠습니다. 저를 따라오시지요."

할 수 없다는 표정을 잠깐 짓던 영지관리총관은 그렇게 말하며 우리를 이끌고 접견실을 빠져나왔다. 그리고 문제의 언덕이 있다는 장소까지 마차를 타고 갔다. 성내에 마차 두 대가 대기 상태였기 때문에 그걸 이용했다. 단지 한창 쉬고 있던 마부들이 갑작스러운 비상 발령 때문에 허둥지둥 마차를 준비하느라 나와 레이뮤, 리엔과 리에네는 약간 지저분하고 정리가 덜 된 마차에 올라타야만 했다.

덜컹덜컹—

이안트리 백작 부부와 슈아로에, 그리고 루노게리와 영지관리총관이 타고 가는 마차는 별로 흔들림이 없어 보이는 것에 비해 내가 타고 가는 마차는 심하게 덜컹거렸다. 출발 준비를 할 시간이 촉박했던 마부들이 백작 부부가 타는 마차는 제대로 준비하고, 다른 사람들이 타는 마차는 대충 준비했기 때문이다. 그리고 마차를 몰고 있는 마부의 실력이 꽤 많이 차이 난다는 점도 있었다. 어쨌거나 이럴 때에는 자기 말을 타고 유유히 따라오고 있는 유리시아드가 부러웠다.

"근데 수석 마법사가 계속 레이뮤 씨를 힐뜯었는데 왜 가만히 있었어요?"

마차를 타고 가는 동안 난 레이뮤에게 궁금했던 점을 물었다. 알게 모르게 자존심이 강한 레이뮤가 상대의 공격을 받고도 가만히 있었던 이유를 알고 싶었기 때문이다. 처음에는 대답을 할까 말까 망설이던 레이뮤는 결국 내 질문에 대답하기 위해 입을 열었다.

"루노게리 비에이라는 머리가 좋은 아이였습니다. 가르치면 가르치는 족족 다 외우고 이해할 정도였으니까요. 그래서인지 그 아이는 언제나 최고의 스승 밑에서 배우고 싶어 했어요. 현 대륙에서 대마법사라는 칭호를 가지고 있는 사람은 나뿐이라 그 아이는 매지스트로에 입학했습니다."

"……."

"처음에는 정말 열심히 공부를 했지요. 입학할 때부터 2서클의 마나를 가지고 있었고, 자신의 노력으로 입학 1년 만에 블루 케이프를 얻었습니다. 마법에 대한 열정과 재능이 있어 모두들 화이트 케이프감으로 내심 인정하고 있었어요. 하지만 그 아이는 내가 6서클밖에 되지 않고 오히려 다른 마법사들이 7서클을 이룩했다는 소문을 듣고 나서부터는 마법 공부를 하지 않더군요. 내가 더 이상 최고가 아닌 것을 깨달았기 때문에 내 밑에서 배울 가치가 없다고 판단한 것이겠지요."

"……."

"그가 너무 공부를 게을리 하자 학교 선생들과 협의해서 그를 조기 졸업시켰습니다. 사실 퇴학이나 마찬가지였죠. 학교 수업에 모두 빠지고 마을로 내려가 하루 종일 있었으니까요. 큰 문제를 일으키기 전에 내쫓은 것이지요. 그렇게 학교를 떠난 뒤로 그를 만난 건 오늘이 처음입니다."

"예……."

흐으, 참 어리석은 생각을 가지고 있는 인간이로군. 최고가 아니면 자신의 스승이 될 자격이 없다는 건가? 아무리 그 방면에서 최고라 불리는 사람이라도 자신이 직접 하는 것하고 남에게 그것을 가르치는 건 전혀 다른 일이라고. 학문적 깊이가 있는 사람이 학생들을 잘 가르친다고 볼 수 없고, 학문적 깊이가 얕은 사람이라도 학생들을 잘 가르칠 수 있으니까. 그리고 2류, 3류 선생들에게서도 뭔가를 배우는 게 있지. 사실 1류에 가까운 사람들일수록 성격에 문제가 많거든. 그건 3류쪽으로 가도 마찬가지이긴 하지만. 뭐니 뭐니 해도 중간이 최고야.

"워워!"

히이잉—

대략 10여 분을 이동했을 때 마차가 멈춰 섰다. 우리가 도착한 곳은 퍼미디어의 변두리라고 볼 수 있었는데, 사방이 거의 평지로 되어 있었다. 게다가 근처에는 조그만 강이 흐르고 있어서 농사짓기에는 최적의 장소였다. 평지 한가운데에 떡하니 자리잡은 작은 언덕만 빼면.

"바로 저 언덕입니다. 바위 언덕이죠."

우리들이 마차에서 내리자 영지관리총관은 그렇게 말했다. 흙과 언덕으로 포장되어 있어서 얼핏 보면 일반 언덕 같았지만 인부들이 파놓은 구멍들을 보니 완전히 돌덩이였다. 척 봐도 쉽게 깨질 것 같지 않았다.

"저런 암석을 무슨 수로 없앤다는 것입니까? 드래곤이 아닌 이상 언덕을 파괴시킨다는 건 불가능합니다."

단단해 보이는 바위 언덕을 가리키며 루노게리는 슈아로에의 생각을 비난했다. 그렇지만 슈아로에의 얼굴에서는 여전히 자신감이 흘러넘쳤다.

"드래곤을 잡은 우리라구요. 저 정도 언덕쯤은 아무것도 아니에요!"

"……."

그녀의 말대로 우리는 인간에게 마법을 가르쳤다는 드래곤을 순수 마법만으로 때려잡았다. 그것은 마법으로 마법을 가속시키는 변칙 작전이긴 했지만, 어쨌든 캐논 슈터도 마법인 것만은 분명했다. 게다가 페르키암을 잡기 전에 했던 캐논 슈터 연습에서 조그만 언덕을 날린 경험이 있기 때문에 슈아로에가 자신있어 하는 것도 무리는 아니었다.

"레지 군! 준비해요!"

"예이……."

힘찬 슈아로에의 외침과는 달리 난 건성으로 대답하면서 그녀의 옆에 섰다. 내가 가까이 오자마자 슈아로에는 곧바로 파이어 볼을 사용하려고 했다. 그러나 난 그녀의 행동을 제지시킨 후에 이안트리 백작을 향해 소리쳤다.

"백작님! 이 마법을 쓰면 폭발이 엄청나기 때문에 주변의 사람들을 전부 멀리 피신시켜야 합니다! 적어도 200미터 이상 떨어지도록 만들어주세요!"

"아, 알겠네."

이안트리 백작은 내 요구에 응하며 영지관리총관을 시켜 주변에서 일하고 있는 사람들을 전부 멀리 대피시켰다. 아직 농지 개간이 덜된 상태라 일하고 있는 사람들이 많지 않아서 대피 작업은 금방 끝났다.

"자, 리엔 씨! 리에네 씨! 뒤를 부탁할게요!"

난 마지막으로 우리들을 덮칠 후폭풍을 막기 위해 리엔과 리에네를 불렀다. 마법사인 레이뮤나 유리시아드가 마법 장벽을 쳐서 막는 방법도 있지만 그녀들보다 엘프 남매의 능력이 더 우위에 있다는 걸 포스 변환 사건을 통해 알고 있었기 때문에 그들에게 부탁했다.

"저번에 썼던 것보다 약간 더 발현을 높여봐. 바위니까 잘

안 깨질 수도 있잖아."

난 슈아로에의 뒤에 서며 그렇게 말했다. 생각 같아서는 귀에다 속삭여 주고 싶었지만 그러면 슈아로에가 발작이라도 일으킬까 봐 정상적으로 얘기해 주었다. 슈아로에는 내 말에 고개를 끄덕이며 내 의견을 물었다.

"그럼 12배로 할게요. 13배는 조금 힘들 것 같으니까요."

"그래, 그렇게 해."

"그럼 시작해요!"

의견 조율을 마치자 슈아로에는 곧바로 파이어 볼 코드를 외웠다. 매핑을 12배로 하고 파이어 볼의 크기를 20㎝ 정도로 축소시킨 것이었다. 그것이 푸가 체이롤로스를 상대했을 때, 그리고 조그만 언덕을 날려 버렸을 때 사용했던 파이어 볼이었다.

"Execute 추진!"

슈아로에가 파이어 볼을 실행하자마자 난 힘차게 추진 마법을 발동시켰다. 추진 마법 자체의 용량이 1,500 조금 못 미치기 때문에 총 마나량이 2,048밖에 되지 않는 나로서는 추진 마법 이외의 마법은 사용할 수 없었다. 포스 변환 코드로 내 내공을 마나로 전환하면 사용 가능 마나량을 4,000까지도 늘릴 수 있지만, 그럴 생각이 없기에 현재는 추진 마법만 사용할 수 있는 상태였다.

퍼펑— 퍼펑— 퍼펑—

10미터에 걸쳐 총 5번의 폭발이 파이어 볼 뒤쪽에서 일어났고, 그 추진력을 받은 파이어 볼은 빠른 속도로 바위 언덕까지 날아갔다. 그리고 바위 언덕에 부딪치는 순간 맹렬한 폭발을 일으켰다.

콰아앙―!

지축이 흔들리는 폭발음과 함께 산산조각이 난 바윗덩어리가 사방팔방으로 튀기 시작했다. 우리들과 바위 언덕 사이의 거리가 100미터 정도였는데, 캐논 슈터의 의한 폭발력은 그 거리를 아주 가뿐히 뛰어넘었다.

"방어!"

"방어!"

후폭풍이 날아오자 리엔과 리에네는 미리 소환한 정령으로 방어벽을 쳤다. 후폭풍의 위력이 그다지 세지 않다는 점도 있고, 페르키암 때보다도 엘프 남매의 방어벽이 훨씬 견고해졌다는 점이 플러스되어서 우리들은 아무런 타격도 받지 않았다.

투툭― 툭―

허공으로 날았다가 떨어져 내리는 돌 조각 때문에 앞쪽 상황은 알 수 없었다. 대신 주위를 둘러보니 멀리 대피해 있던 사람들이 폭발에 휘말려 여기저기 흩어져 있는 모습을 볼 수 있었다. 그래도 그나마 죽거나 다친 사람은 없어 보였고, 사실 있어도 내 책임은 아니기 때문에 난 그들에게서 신경을 꺼

버리고 바위 언덕을 쳐다보았다.

"오오ㅡ!"

돌 먼지가 가라앉고 시야가 확보되자 이안트리 백작이 경악에 가까운 탄성을 터뜨렸다. 그도 그럴 것이, 평지 한가운데에 떡하니 버티고 서 있던 바위 언덕이 흔적도 없이 사라져 버렸으니 놀라지 않을 수 없었던 것이다. 물론 바위 언덕이 있던 자리가 10미터 깊이로 움푹 파여져 있다는 점이 옥에 티이긴 했지만.

"이럴…… 수가……!"

루노게리는 자신의 눈으로 확인하고도 믿을 수 없다는 반응을 보였다. 발현 12배의 파이어 볼로는 이 정도의 파괴력을 낼 수 없어야 정상이었다. 한마디로, 이 세계의 마법 상식으로는 도저히 이해할 수 없는 일이 벌어졌으니 그의 반응은 매우 당연했다.

"어때요? 정말 언덕을 마법 한 방에 날려 버렸죠?"

바위 언덕의 최후를 확인한 슈아로에는 의기양양한 표정으로 루노게리를 압박했다. 그녀의 말이 사실로 판명되었기 때문에 루노게리로서는 인정하지 않을 수가 없었다. 지금의 상황만으로도 충분히 슈아로에가 레이뮤 밑에서 마법 공부를 할 가치가 있다는 것이 입증되었다. 그럼에도 슈아로에는 루노게리를 향해 연설을 하기 시작했다.

"수석 마법사 씨는 자신이 진보하고 있다고 말했지만 그렇지 않아요. 수석 마법사 씨는 단순히 남이 만들어낸 마법을 빨리 배우고 있을 뿐이에요. 그건 학습 속도가 빠른, 그러니까 머리가 좋다는 의미이지 천재는 아니에요."

"……."

어이, 슈아로에. 대체 뭔 소리를 하려고 그래? 그냥 가만히 있어도 될 걸 괜히 긁어 부스럼 만들 필요는 없을 것 같은데…….

"하지만 레지 군은 그 반대예요. 머리는 나쁘지만 지금까지 누구도 생각하지 못했던 마법을 만들어내죠. 방금 보여주었던 마법도 사실은 레지 군이 고안한 거예요. 그 외에도 레지 군은 우리들이 생각하지도 못한 마법적인 개념들을 많이 가지고 있어요."

"저 아이가 말입니까?"

갑자기 슈아로에가 나를 거론하며 띄워주자 루노게리는 어리둥절한 표정을 지었다. 루노게리로서는 당연히 캐논 슈터를 레이뮤가 만들었다 생각하고 있다가 새파랗게 어린것이 새로운 마법을 만들어냈다는 소리를 들으니 당황한 것이었다. 그리고 느닷없는 슈아로에의 칭찬에 나 역시 당황하고 있었다. 그것을 아는지 모르는지 슈아로에의 말은 계속되었다.

"나도 그렇고, 수석 마법사 씨도 그렇게 천재는 아니에요. 그저 남들보다 마법 습득 속도가 빠른 거죠. 진짜 천재는 남들이 모르는 걸 알아내거나 만들어내는 사람이에요. 지금까지 누구도 생각지 못했던 마법을 개발해 내는 레지 군이야말로 진정한 천재지요."

"……."

저기, 슈아로에 양? 왜 갑자기 절 띄워주시는지? 오늘 아침에 뭘 잘못 잡수셨습니까? 소인을 그렇게 띄워주시면 소인은 몸 둘 바를 모르겠나이다.

"그래서 전 매지스트로에 남을 거예요. 레이뮤님이나 레지 군에게서 배울 게 아직 많으니까요. 아버님, 어머님. 부디 제 뜻을 이해해 주세요."

"으음……."

슈아로에의 부탁에 이안트리 백작은 갈등하는 표정을 지었다. 루노게리 정도면 슈아로에가 마음을 바꿔 성으로 돌아올 것이라 생각했으나 의외의 복병으로 인해 그것이 어렵다는 것을 깨달았기 때문이다. 그래서인지 이안트리 백작은 할 수 없다는 표정으로 입을 열었다.

"알겠다. 그럼 슈아가 돌아오고 싶어 하기 전까지는 그 얘길 꺼내지 않으마."

"고마워요, 아버님."

자식 이길 부모 없다는 논리가 적용된 이안트리 백작 부부와 슈아로에는 또다시 포옹을 하며 화기애애한 분위기를 연출했다. 언덕 제거가 끝난 마당에 이곳에 남아 있을 이유가 없어 우리들은 멍한 표정을 짓고 있는 주변 사람들을 내버려

둔 채 다시 마차에 올라탔다. 먼저 마차에 올라타는 우리들을 보고 이안트리 백작 가족이 뒤따라 마차에 올라타자 곧 마차는 왔던 길을 되돌아가기 시작했다. 이미 슈아로에의 향후 거처가 매지스트로로 정해진 관계로 우리들은 퍼미디어 성에서 이틀 동안 편히 지낼 생각이었다.

"여러분의 방으로 안내해 드리겠습니다."

퍼미디어 성으로 돌아오자 이안트리 백작은 우리들의 방을 배정해 주었다. 중규모 도시의 성주답게 각자 방 하나를 얻을 수 있었다. 방 하나하나가 고급 여관 못지않았기 때문에 싸구려 여관방을 전전했던 우리들로서는 감격, 그 자체였다. 그렇게 방 배정이 끝나고 우리들은 이안트리 백작 부부와 같이 저녁 식사를 했다. 그러나 예정에 없던 바위 언덕 제거 사건으로 행정 업무가 밀렸는지 이안트리 백작 부부는 저녁을 서둘러 끝낸 뒤 먼저 자리를 떴다. 그래서 식당에는 나, 슈아로에, 레이뮤, 유리시아드, 엘프 남매만이 남게 되었다.

"후우……."

얌전히 식사를 하던 슈아로에가 느닷없이 한숨을 내쉬었다. 때마침 하고 싶은 말도 있고 해서 난 슈아로에에게 말을 걸었다.

"왜 한숨을 쉬어? 슈아의 배가 차려면 아직 멀지 않나?"

"흥, 누구 때문인데 그래요?"

"……?"

잉? 왜 갑자기 날 째려보는 거지? 다짜고짜 '너 때문이야'
라고 말하면 내가 이해할 것 같냐? 네 말대로 난 머리가 나빠
서 자세히 설명하지 않으면 모른다고.

"내가 레지 군을 천재라고 하다니……. 내 평생의 오점으
로 남을 거예요. 으으……."

슈아로에는 분하다는 표정을 지으며 그렇게 말했다. 나 역
시 그 말이 신경 쓰였기 때문에 그 문제에 대해 심도있는 논
의를 했다.

"원래 난 천재가 아닌데 상황상 어쩔 수 없이 날 띄워줬다
는 뜻?"

"물론이죠. 레지 군이 머리가 나쁜 건 모두들 알고 있는 사
실인데요, 뭘."

"어? 진짜? 리엔 씨하고 리에네 씨도 그렇게 생각해요?"

레이뮤나 유리시아드에게 물어보면 100% '당신, 바보야'
란 말이 튀어나올 게 뻔했기 때문에 난 엘프 남매에게 사실
여부를 물었다. 진실만을 말하는 그들이라면 내 모습을 객관
적으로 설명해 줄 것이라 생각했기 때문이다.

"레지스트리는 머리가 좋은 편은 아닙니다."

"본인 역시 그렇게 생각합니다."

리엔과 리에네의 대답은 그러했다. 그러나 그 대답은 내가
원한 것이 아니었기 때문에 난 그들에게 구체적인 증거 제시

를 요구했다.

"엇, 왜요? 어떤 면에서?"

"간단합니다. 레지스트리는 암기를 잘 못합니다. 그리고 가끔씩 자신이 무엇을 하고 있었는지, 뭘 해야 하는지 잊어버립니다. 본인 생각에는 레지스트리의 기억력은 노인들과 거의 비슷하다고 생각합니다."

"아하하!"

리엔의 날카로운 지적에 슈아로에가 박장대소를 터뜨렸다. 레이뮤와 유리시아드도 소리는 내지 않았지만 손으로 입을 가리며 어깨를 들썩들썩거리는 것으로 보아 웃고 있는 게 확실했다. 나로서도 거짓말을 하지 않는 리엔이 날 그렇게 평가했기 때문에 속으로 어마어마한 충격을 받았다. 문제는 나 스스로도 그 사실을 인정해 버리고 있다는 점이었다.

"리에네 씨도 리엔 씨처럼 생각해요?"

난 마지막 구세주인 리에네를 붙잡고 늘어졌다. 물론 리에네는 리엔의 생각과 비슷한 경우가 대부분이라 별 기대는 하지 않고 심한 말만 안 해주기를 바랐다. 그런데 리에네에게서 흘러나온 말은 뜻밖의 것이었다.

"레지스트리는 머리가 좋습니다. 단지 그 좋은 머리를 자신이 하고 싶은 것에다 모두 쏟아 붓기 때문에 다른 것을 할 때는 많이 부족합니다. 그러나 한 가지 확실한 것은 레지스트리가 하고자 하는 바에서는 다른 이가 따라올 수 없을 정도로 앞서 나갑니다. 그런 면에서 레지스트리는 바보임과 동시에 천재입니다."

"……."

이거, 칭찬으로 받아들여야 할지 그냥 하는 소리인지 알 수가 없군. 그래도 칭찬 쪽에 가까운 말 아닌가? 칭찬이라고 생각하니 괜히 기분이 좋아지는걸? 이래서 사람들은 칭찬을 좋아하는 건가?

"본인도 같은 생각입니다. 레지스트리의 능력 여하에 따라서 이 세계의 기본 상식이 모두 바뀔 수도 있습니다."

이번엔 리엔까지 가세해서 날 띄워주었다. 두 엘프 남매가 하도 띄워주어서 난 정신이 어질어질할 지경이었다. 그러나 우리의 슈아로에는 내 기대를 저버리지 않고 날 허공에서 끌어내렸다.

"두 사람 다 잘못 생각하고 있는 거예요. 레지 군은 천재가 아니라 사고를 치는 문제아라구요. 언제 또 이상한 개념으로 사고를 칠지 모르는 사람이니까요. 저러다가 분명 죗값을 치를 거예요."

"……."

어이, 슈아로에. 아무리 그래도 죗값을 치르다니, 너무하지 않아? 마치 내가 범죄자인 것처럼 말이지. 아니, 그런데 왜 레이뮤 씨랑 유리시아드는 맞다는 듯이 고개를 끄덕이는 거야? 모두들 내가 범죄자가 되길 바라고 있는 거야? 난 저 사람들을 내 동료로 생각했는데 이렇게 배신을 당하다니⋯⋯. 결국 난 저들에게 빌붙어 사는 수밖에 없는 것인가!

"그렇다고 너무 기죽을 건 없어요. 레지 군이 나쁜 길로 빠지지 않게 내가 잘 돌봐줄 테니까요."

"⋯⋯."

슈아로에는 내 머리를 쓰다듬으며 애 취급을 했다. 나보다 8살이나 어린 여자 아이에게 애 취급을 받으니 상당히 기분이 묘했음에도 난 그녀의 손을 뿌리치지 않았다. 대신 슈아로에에게 말로써 반격기를 날렸다.

"키가 크려면 식사를 하셔야죠, 아주머니."

"앗! 이제 15살밖에 안 된 여린 소녀에게 아주머니라뇨!"

만 15세의 슈아로에는 하라는 식사는 하지 않고 나하고 말다툼을 벌였다. 다른 사람들은 식사하는 데 여념이 없었던 관계로 나와 슈아로에의 말다툼은 식사가 끝날 때까지 계속되었다. 그러나 그 말다툼은 상대방을 진심으로 깎아내리기 위한 것이 아닌 심심풀이용이어서 그것을 가지고 나와 슈아로에의 사이가 나쁘다고는 말할 수 없었다. 오히려 매우 친하기 때문에 어느 정도의 인신공격은 가볍게 웃어 넘겼다.

*　　　*　　　*

퍼미디어 성에서 하룻밤을 자고 난 뒤 난 조금 일찍 일어나 매직포스와 내공을 스피릿포스로 변환했다. 맨 처음 스피릿포스를 두 개로 쪼갰기 때문인지 스피릿포스로 포스 변환을 하자 스피릿포스가 두 종류로 갈렸다. 어쨌든 난 정령 소환이 목적이었기 때문에 포스 변환을 끝내자마자 정령을 소환했다.

그러나 추진 마법을 저장시켜 놓아서 남아 있는 매직포스만으로는 정령 소환이 힘들어 내공도 한꺼번에 변환시켜야만 했다. 아직 아무에게도 말하지 않았지만 난 실프에게 모음 'ㅇ'를 붙인 마나 생성 코드를 읽게 시켰고, 그 결과 실프의 몸에 마나가 새겨졌다. 사실 새겨졌다기보다는 코드를 실행시켜서 내 변환된 영력이 소모되었는데 술사인 나에게서 그 어떤 반응도 없었으니 실프에게 마나가 새겨졌다고 결론을 내린 것이다.

"안녕?"

난 티니실프라 불리는 작은 엘프 소녀에게 인사를 했다. 단순히 내 느낌일 뿐이었지만 실프에게 마나 생성 코드를 읽게 한 후에 다시 바람의 정령을 소환하면 전혀 다른 바람의 정령이 소환되는 것이 아니라 이전에 소환했던 바람의 정령이 다시 소환되는 듯했다. 그렇기 때문에 난 실프를 소환할 때마다 아는 척하며 계속 말을 걸었다. 물론 여태까지 실프는 그런 내 아는 척에 반응한 적이 단 한 번도 없었다.

"오늘은 네가 1서클의 마나를 모을 때까지 그대로 있을 거야."

"……."

"자, 저번에 했던 대로 마나 생성 코드를 소리 내어 읽어."

"……."

실프는 여전히 특별한 반응을 보이지 않았지만 주인의 명령이 떨어지자 곧바로 모음이 붙은 마나 생성 코드를 읽기 시작했다. 공기의 진동으로 만들어내는 소리라서 거칠고 탁했지만 계속 듣다 보니 어느덧 그 기괴한 소리가 귀에 익어버렸다.

《Ocreate otrue, osubstitute otrue ofor ocode, ocreate ofalse, osubstitute ofalse ofor ocode, orender ofifty othousand.》

렌더링 시간을 50,000초, 대략 14시간으로 잡은 코드였다. 오늘은 실프의 마나 생성을 위해서 잠자기 전까지 정령술사인 척할 생각이었다. 당연한 얘기지만 내가 잠들어 버리면 실프도 사라지기 때문에 난 무조건 눈을 뜨고 있어야 하고, 스피릿포스를 계속 유지해야만 한다. 즉, 앞으로 14시간 동안 마법을 전혀 쓰지 못한 채로 실프와 같이 놀아야 한다는 소리였다.

똑똑─

"들어오세요."

내가 흐릿해서 잘 보이지 않는 실프의 알몸을 보며 흐뭇한 표정을 짓고 있을 때 누군가 방문을 두드렸다. 이 성에 있는 방에는 자물쇠가 없기 때문에 난 여전히 침대에 앉은 채 입만 놀렸다. 내가 므훗한 표정을 정상으로 되돌린 순간 방문을 열고 시녀 한 명이 방 안으로 들어왔다.

"아침 식사가 준비되었습니다."

아하, 밥 먹으라는 소리였군.

"예, 지금 갈게요."

난 실프를 데리고 시녀를 따라 방을 나섰다. 정령이 내 근처에서 둥둥 떠 있는 것을 보고 시녀는 호기심 어린 표정을 지었지만 이내 자신의 신분을 떠올리고 조용히 날 식당까지 끌고 갔다. 그렇게 내가 시녀와 함께 방을 나섰을 때 내 방 바로 옆에 있는 리엔의 방에서 리엔이 시녀와 함께 방문을 열고 나왔다. 그 모습을 보고 순간 '리엔이 시녀와 그렇고 그런 짓을?!' 이란 생각이 들었지만, 나 역시 마찬가지 상황이라는 것을 깨닫고 그 생각을 머릿속에서 지웠다.

"레지스트리, 티니실프를 소환한 것입니까?"

내가 실프와 같이 있는 것을 보고 리엔이 그렇게 물었다. 그러나 내 대답을 듣기도 전에 리엔이 재차 입을 열었다.

"모든 포스를 스피릿포스로 변환시켰습니까? 그리고 티니실프는 아무런 힘도 낼 수 없는 것처럼 보입니다."

잉? 남이 소환한 정령의 상태를 한 번 보고 알아맞히다니, 역시 고레벨의 정령술사답군. 흐음, 리엔에게는 말해줘도 상관없겠지?

"지금 실프에게 마나 생성 코드를 실행시킨 상태예요. 정령도 마법을 사용한다는 건 저번에 알아냈지만, 그때는 술사의 영력을 소모시키면서 한 것이죠. 이번에는 실프에게 마나 생성 코드를 읽게 했는데 내 영력이 소모되면서 내 몸에는 마나가 새겨지지 않았어요. 그래서 실프의 몸에 마나가 생성되고 있다는 생각을 하게 됐죠. 오늘은 그걸 한 번 확인해 보려고 그래요."

"그렇습니까."

생각보다 리엔의 반응은 약했다. 그의 얼굴에는 '역시 또 이상한 짓을 하고 있군'이라는 표정이 떠올라 있었다. 어쨌든 나와 리엔은 가끔씩 대화를 주고받으면서 식당까지 걸어갔다. 그렇게 식당에 도착했을 때 다른 사람들은 이미 모두 식당에 모여 있었다.

"역시 레지 군이 제일 늦네요."

내가 자리에 앉자마자 슈아로에가 보란 듯이 날 비꼬았다. 그래서 난 곧바로 반론을 제기했다.

"리엔 씨하고 같이 왔는데 왜 내가 제일 늦어?"

"원래 잘생긴 사람은 모든 걸 다 용서해 주는 법이에요."

"……."

흐으, 반론의 여지가 없는 말을 하는구나. 그래, 내가 꼴찌다.

"에? 왜 말이 없어요? 뭔가 반박을 하고 싶지 않아요?"

내가 너무 쉽게 물러서는 게 의아했는지 슈아로에는 오히려 날 자극했다. 그러나 다른 것이라면 몰라도 외모에 대해서는 논할 것이 없기 때문에 난 슈아로에의 도발을 무마시켰다.

　"여기 있는 사람들 중에 나만 빼면 다 미남미녀인데 내가 무슨 토를 달겠냐. 그냥 항복."

　"……."

　내 말을 듣고 슈아로에는 뭔가를 더 말하려다가 입 밖으로 내지 않고 그냥 입을 다물었다. 그러한 슈아로에의 분위기가 미묘했기 때문에 난 분위기 반전을 위해 즉시 말을 바꿨다.

　"정정할게. 나하고 꼬마 한 명 빼고 전부 미남미녀."

　"…그 꼬마란 게 누구죠?"

　순간 슈아로에의 눈에서 불똥이 튀었다. 그러나 난 그 불똥을 두려워할 필요가 없었다. 여태까지 나와 슈아로에의 말다툼을 가만히 지켜보기만 하던 유리시아드가 다른 것으로 화제를 돌렸기 때문이다.

　"아까부터 신경 쓰였는데, 그 정령은 뭐죠? 욕망 덩어리 씨가 소환했나요?"

　유리시아드의 궁금증은 왜 실프를 소환해 놓았냐는 것이었다. 마침 슈아로에와의 말다툼을 종결시킬 필요성을 느끼고 있었던 나는 유리시아드의 질문에 즉각적인 대답을 날렸다.

　"정령이 마나를 모을 수 있는지 없는지 알아보려고."

"네? 그럼 지금 마나 생성 코드를 쓴 거예요?"

눈치 빠른 슈아로에가 구체적인 질문을 했고, 난 고개를 끄덕였다.

"시간이 많이 흘러야 확인이 가능하니까 기다려야지."

자신의 이야기를 하는 걸 아는지 모르는지 실프는 내 주변에 둥둥 떠 있기만 했다. 내가 행하고 있는 이번 실험의 목적을 눈치 챈 슈아로에가 깊은 한숨을 내쉬었다.

"정령도 마나를 모을 수 있다는 게 확인되면 정령에게 추진 마법을 저장시킬 거죠?"

"……."

우힛, 정확히 맞혔군. 슈아로에의 눈치가 점점 날카로워지고 있는걸? 조심해야지.

"백작님께서 들어오십니다."

그때 식당 밖에 있던 시녀의 목소리가 들려왔다. 그리고 얼마 안 있어 이안트리 백작 부부가 식당 안에 모습을 드러냈다. 우리들이 모두 테이블에 옹기종기 모여 있음을 확인한 이안트리 백작은 우리들 전체에게 아침 인사를 던졌다.

"모두들 편안한 밤 보내셨는지요?"

"덕분에 편히 쉬었습니다."

대답은 역시 대표인 레이뮤가 했다. 이안트리 백작은 껄껄 웃으며 의자에 걸터앉았고, 동행한 시녀들은 음식을 가져오기 위해 뒤로 물러났다. 이안트리 백작 부부의 눈에 띄지 않도록 실프를 내 옷 속에 숨겨두었기에 두 사람은 내가 실프를 소환한 사실을 알지 못했다. 마법사가 정령을 소환한 것을 알면 귀찮은 질문에 시달릴 것 같았기 때문이다. 그런 내 마음을 아는지 모르는지 이안트리 백작은 우리들에게 한 가지 제안을 했다.

"오늘 저녁에 무도회가 있는데 여러분 모두 참가하지 않겠습니까?"

잉? 무도회? 무도회라면 춤추고 먹고 하는 파티? 근데 웬 느닷없이 무도회?

"말씀은 고맙지만 우리는 내일 파헬리아로 갈 예정이기 때문에 사양하겠습니다."

이안트리 백작의 제안을 레이뮤는 정중히 거절했다. 확실히 저녁에 무도회에 참가하고 다음날 바로 출발하면 피로가 쌓일 수밖에 없었다. 아무래도 먹고 나서 그냥 자는 것보다 먹으면서 춤을 추는 건 후자 쪽이 더 피곤할 수밖에 없었다.

"허허, 내일 점심때쯤에 출발하면 오늘 무도회에 참가해도 괜찮지 않습니까?"

"그렇군요."

이안트리 백작은 우리의 출발 시간 변경을 제안했고, 레이뮤는 결국 그의 제안을 받아들이고 말았다. 백작이 저렇게까지 참가해 달라고 하는데 계속 안 가겠다고 버티는 건 무리가 있다고 판단한 모양이었다. 그렇게 레이뮤의 승낙이 떨어지자 이안트리 백작은 환한 웃음을 지었다.

"고맙습니다. 무도회 의상은 우리 성에도 많이 있으니 원하시는 걸 입으십시오."

"폐를 끼치는군요."

"별말씀을. 이번 무도회는 꽃들의 잔치가 될 것 같습니다."

허어, 나이도 많이 드신 분이 여자 타령을 하면 안 되지. 뭐, 여기 있는 아낙네들의 미모가 워낙 출중하다 보니 어쩔 수 없는 일이긴 하지만. 근데, 나 춤 전혀 못 추는데? 그리고 설령 내가 춤을 아주 잘 춘다고 해도 그건 내 세계에서의 춤이잖아? 이런 중세 시대쯤의 무도회에서 헤드 스핀이나 윈드밀, 아니면 웨이브나 떨기 춤을 할 수는 없을 거 아냐? 했다가는 '저 무슨 해괴망측한 짓인고!' 하고 죽도록 얻어맞을 텐데?

"제가 모두에게 맞는 옷을 골라줄게요!"

무도회라는 말을 듣고 가장 들떠 있는 사람은 단연 슈아로에였다. 그 모습을 보니 왠지 이번 무도회 참가 제안은 슈아로에가 이안트리 백작을 뒤에서 꼬드겨서 시킨 일인 것 같았다. 그러나 그것은 나만의 심증뿐이었기에 사실 확인은 하지 않고 그냥 조용히 아침 식사만 했다.

제18장

예고없는 방문

운명의 저녁이 밝았다(?).

난 내 방에서 시녀가 가져다준 옷을 쳐다보았다. 모든 옷이 거의 몸에 달라붙는 정장 스타일이었기 때문에 약간 헐렁한 옷을 추구하는 내 취향에는 맞지 않았다.

하아~ 내가 이런 쫄티, 쫄바지 비슷한 옷을 입어야 하다니……. 원래 이런 옷은 적당히 근육이 있거나 아예 미끈하게 잘 빠진 남자들한테나 잘 어울린다고. 나처럼 근육도 별로 없고, 그렇다고 잘 빠진 것도 아닌 어정쩡한 보통 인간한테는 독(毒)이야!

"후우……."

난 우선 깊은 한숨을 내쉰 후에 옷 하나를 집어 들었다. 생각 같아서는 지금 입고 있는 옷으로 무도회에 나가고 싶었지만 무도회라는 자리에 맞게 옷을 입는 게 예의 같았다. 그래서 마음에 들지는 않지만 그나마 제일 헐렁해 보이는 정장을 하나 골라 입기로 한 것이다.

"그 옷으로 하시겠습니까?"

"아, 예."

내가 옷을 고르자 시녀는 즉시 내 옷을 벗기려고 했다. 아마도 시녀들이 직접 나에게 옷을 갈아입혀 줄 생각인 듯했다. 그것이 이곳의 관습이라고 해도 내 어머니뻘의 시녀들에 의해서 옷을 갈아입는 건 매우 거시기 했기 때문에 난 그녀들을 방밖으로 쫓아냈다. 물론 시녀들이 한 미모 했다면 얘기는 달라졌을지도 모르지만.

끼이—

옷을 모두 갈아입고 방을 나서자 시녀들은 조금 안절부절하지 못하는 모습을 보였다. 내 수발을 잘 못해서 나한테 찍혔다고 생각하는 모양이었다. 그래서 난 그들을 안심시키기 위해 부드러운 어조로 입을 놀렸다.

"난 옷 갈아입을 때 누가 있으면 부담스러워서요. 그러니 너무 신경 쓰지 마세요."

"알겠습니다. 그럼 저를 따라오시지요."

내 말에 일단 안심을 한 시녀들은 나를 이끌고 무도회장으로 향했다. 무도회장은 이안트리 백작 부부가 기거하는 성에서 조금 떨어진 성에 마련되어 있었다. 그래 봤자 어차피 퍼미디어 성의 내부에 있기에 걸어가는 데 5분도 걸리지 않았다. 시녀들 없이 나 혼자 걸었다면 2분 이내에도 주파할 수 있을 만한 거리였다.

웅성웅성—

무도회장에 도착하자마자 많은 수의 사람들이 옹기종기 모여 이야기를 나누는 모습을 볼 수 있었다. 무도회장은 생각보다 넓어서 100여 명이 일제히 윈드밀을 돌아도 될 만큼의 크기였다. 어쨌든 이번 무도회에 참여한 사람들은 전부 정장 아니면 드레스 차림이었다.

흐음, 젊은 남녀도 있고 나이 든 노인들도 있군. 그래도 전부 얼굴에서 귀티가 흐르는 걸 보니 귀족들인 건 확실하구만. 나 같은 평민이 끼기에는 매우 부담스러운 자리인걸? 그냥 얌전히 음식 테이블 쪽으로 가서 게걸스럽게 식사나 하자.

"아, 역시 꼴찌."

내가 음식이 차려진 테이블 쪽에 접근했을 때 근처에서 익숙한 말소리가 들려왔다. 소리가 난 쪽으로 고개를 돌려보니 레이뮤를 비롯한 일행 전원이 테이블에 옹기종기 모여 있는 모습을 볼 수 있었다.

반가운 마음에 그들에게로 향했을 때, 난 여성 전원이 화려한 이브닝 드레스를 입고 있다는 사실을 알아차렸다. 레이뮤야 원래 드레스 비슷한 옷을 입고 있었기 때문에 그렇다 치더라도 항상 매지스트로 교복만 입고 있던 슈아로에, 경장갑의 유리시아드, 간단한 복장의 리에네까지 드레스를 입고 있어서 꽤 놀랐다.

오호, 전부 어깨가 드러나는 이브닝 드레스를 입으셨군. 드레스도 드레스지만 워낙 옷걸이들이 좋다 보니 한 폭의 그림 같구만. 그나저나 드레스를 입혀놓으니 전부 요조숙녀처럼 보이는걸? 슈아로에와 유리시아드조차 요조숙녀처럼 보이다니……. 역시 여자들의 무기는 화장발과 옷발인가!

"아, 레지 군, 생각보다 정장이 어울리네요."

내가 잠시 딴생각을 하는 사이 슈아로에가 날 보며 그렇게 말했다. '생각보다'라는 말이 꽤나 마음에 걸리기는 했지만 그냥 덤덤히 칭찬으로 받아들이기로 했다. 일단 칭찬을 받았으니 칭찬해 주는 건 인지상정.

"슈아도 예쁘네."

"……!"

내 칭찬의 말을 듣고 슈아로에의 눈이 휘둥그레졌다. 뭔가 받아칠 줄 알았는데 칭찬만 하니 그녀로서는 의외였던 모양이다. 그것은 그녀의 다음 말에서 나타났다.

"레지 군, 뭐 잘못 먹었어요? 머리가 이상해진 거 아니에요?"

"정상."

"아, 레지 군이 이상해졌다……!"

슈아로에는 여전히 호들갑을 떨며 내 말을 믿지 않으려 했다. 하도 호들갑을 떨어서 난 결국 그녀의 바람대로 진심이 들어 있지 않은 농담을 던지기로 했다. 내가 타깃으로 삼은 것은 슈아로에가 다른 사람들보다 훨씬 높은 하이힐을 신고 있다는 점이었다. 그것 때문에 작은 슈아로에의 키가 꽤 커 보였다.

"근데 갑자기 높은 쪽의 공기를 마시니까 머리가 어질어질 하지 않아?"

"……!"

내가 무슨 뜻으로 한 말인지 금방 알아차린 슈아로에는 곧바로 눈에서 불길을 발산했다. 그러나 의외로 그 불길을 나에게 점화시키지는 않았다. 오히려 드디어 내 머리가 정상적으로 돌아왔다는 것에 안도해하는 표정을 지었다. 그렇게 나와 슈아로에의 분위기가 진정되었을 때 유리시아드가 날카로운 표정으로 입을 열었다.

"정령을 어깨 위에 올려놓고 다니면 사람들의 시선이 모이 잖아요. 그렇게 관심받고 싶었어요?"

"……?"

그녀의 말에 난 내 어깨를 쳐다보았다. 목이 360도로 돌아 가지는 않기 때문에 내 어깨를 내 눈으로 완전히 본다는 건 거의 불가능했다. 그래도 내 오른쪽 어깨 위에 멍하니 앉아 있는 실프의 모습은 볼 수 있었다.

"아, 그냥 내버려 뒀더니 그래."

"자기 정령인데 신경 좀 쓰지 그래요?"

"내 정령이니까 자기 앞가림은 자기가 해야지."

"……."

자유방임을 추구하는 나는 실프를 내버려 두자는 입장이었고, 유리시아드는 주변의 시선이 모이니까 실프를 소환 해제하라는 입장이었다. 그러나 이미 마나 생성 코드를 걸어놓은 상태라 내가 잠을 자거나 기절을 하지 않는 한 실프를 되돌려 보낼 수는 없었기 때문에 좋든 싫든 실프는 내 주변에서 놀아야만 했다.

"근데 유리시아드도 드레스를 입었네? 안 입을 줄 알았더니."

실프를 화젯거리에서 제외시키기 위해 난 일부러 유리시아드의 드레스에 대화의 초점을 맞추었다. 그러자 유리시아드의 눈썹이 조금 꿈틀거렸다.

"왜 내가 드레스를 입지 않을 거라고 생각하죠? 나도 귀족출신이라 무도회에는 많이 참여한다구요."

"그래? 아니, 뭐 유리시아드가 갑옷 이외의 옷을 입은 걸 본 적이 없어서. 아, 그러고 보니 잠옷 입은 건 봤구나."

"……!"

난 마지막 말을 일부러 작게 했다. 그래서 그 말을 들을 수 있는 사람은 우리 일행뿐이었다. 만약 그 말이 다른 사람들의 귀에 들어간다면 커다란 오해가 생길 수밖에 없는 민감한 사항인데 그걸 대놓고 말할 만큼 난 멍청하지 않았다. 거의 혼 잣말로 중얼거린 것이라 유리시아드의 매서운 공격을 피할 수 있을 것이라고 확신했다. 그러나 의외의 복병은 내 근처에 있었다.

"레지스트리는 언제 유리시아드의 잠옷 입은 모습을 보았……!"

터억!

리엔이 말을 끝내기 전에 그의 어깨에 내 손을 잽싸게 올렸다. 그리고 나서 매우 진지한 표정으로 입을 열었다.

"그 얘기는 공석에서 거론해서는 안 되는 겁니다. 하게 되면 유리시아드에게 살해당해요."

"……"

내 표정이 진심으로 얼룩져 있는 것을 보고 리엔은 더 이상 입을 열지 않았다. 그러나 이번엔 유리시아드가 가만히 있지 않았다.

"누가 누구한테 살해당한다는 거죠?"

"아니, 누굴 딱 집어서 말한 게 아니라 상황이 그렇다는 거지."

"무슨 상황이죠? 말 한마디 잘못해서 목이 날아갈 상황인 가요?"

"뭐……."

난 최대한 얼버무리며 다른 화제를 찾기 위해 노력했다. 그런 내 눈에 내 어깨 위에 멍하니 앉아 있는 실프의 모습이 들어왔다.

"자, 그럼 실프의 마나가 얼마나 모였는지 확인해 볼까? 아, 아직 코드 실행 시간이 다 지나지 않아서 확인할 수는 없겠구나. 어? 아니지, 유리시아드는 마나를 가지고 있으니까 실프에게 마나가 모였는지 모이지 않았는지 알 수 있잖아?"

약간 횡설수설을 한 격이 되긴 했지만 유리시아드에게서 실프의 마나 존재 여부 확인을 받으면 되기 때문에 그녀를 쳐다보며 부탁했다.

"유리시아드, 실프의 마나 상태가 어떤지 봐줘."

"나한테 그런 걸 부탁할 입장인가요?"

"아니, 뭐…… 그래도 같이 위기를 헤쳐 온 사이인데 그 정도는 들어줬으면 하고."

"……."

유리시아드는 상당히 마음에 들지 않는다는 표정을 지었지만, 실제로 같이 동고동락한 사이인지라 할 수 없이 내 부탁을 수락했다. 마나 생성 코드로 인해 실프에게 마나가 생성되었다고 하더라도 그 양은 극히 미미한 수준이라 고도의 정신 집중이 필요했다. 그래서 유리시아드는 눈을 감고 실프의 마나를 느끼려고 노력했다.

"…있어요. 아주 조금이지만."

잠깐 동안 눈을 감고 있던 유리시아드가 눈을 뜨면서 말했다. 그것은 내가 원하는 대답으로, 정령도 마나를 모을 수 있다는 소리였다.

이제 앞으로의 문제는 마나를 모아두었던 실프를 소환 해제하고 재소환했을 때, 재소환된 바람의 정령이 전에 모은 마나를 가지고 있느냐 가지고 있지 않느냐였다. 정령을 소환할 때마다 정령계에서 새로운 정령이 만들어진다는 이곳의 정령 법칙에 의거했을 때에는 거의 가망성이 없는 얘기였다.

하아, 만약 실프가 다음 소환 때에 마나가 없어서 처음부터 다시 마나를 모아야 한다면 정말 비효율적이잖아. 어차피 잠들면 사라지는 정령이라 그 소환된 상태의 시간은 많아봐야 16시간 내외. 16시간의 마나 생성 코드로 새길 수 있는 마나량은 57 정도. 1서클이 1,024니까 5% 정도밖에 안 되는 마나량. 이 마나량으로 뭘 하냐 이거지. 아아, 안타까운 일이다.

빵빠방—

"백작님께서 나오십니다!"

그때 나팔 소리가 울려 퍼짐과 동시에 우렁찬 사내의 목소리가 무도회장에 메아리쳤다. 무도회장 내의 사람들은 전부 하던 짓을 중단하고 무도회장의 제일 끝에 마련되어 있는 단상을 쳐다보았다. 그쪽 옆에서 약간 평범해 보이는 정장과 드레스 차림의 이안트리 백작 부부가 천천히 걸어나왔다.

"오늘 친목 파티에 참여해 주신 여러분께 감사드립니다."

일단 운을 그렇게 뗀 이안트리 백작은 계속해서 말을 이었다.

"개인적으로 걱정하던 일도 잘 풀렸고, 뜻하지 않은 반가운 손님들도 찾아와 매우 기분이 좋습니다. 그럼 여러분께 귀한 손님들을 소개해 드리도록 하지요. 슈아야, 대마법사님 일행을 모셔오거라."

이안트리 백작은 슈아로에게 우리들을 단상으로 데려올 것을 지시했다. 그러자 슈아로에가 레이뮤 일행을 이끌고 단상으로 걸어갔다. 원래 한 미모 하는 여성들이고, 거기에 이브닝 드레스까지 차려입은 그녀들의 자태는 매우 아름답다고밖에 설명할 수 없었다.

흠, 근데 귀족들이 오기 전에 레이뮤 씨 일행이 있었으니 여타 귀족들하고 대충 인사 정도는 주고받지 않았을까? 그런데 뭘 굳이 소개까지…… 뭐, 저 사람들이 대마법사 일행이 맞나 아닌가 생각하는 사람도 있을 테니까 소개가 필요할 수도 있겠지.

"레지스트리는 안 갑니까?"

여성 일행을 따라가려던 리엔이 음식 테이블에 붙어서 가만히 있는 날 보고 한마디 했다. 그래서 난 쓴웃음을 지으며 입을 열었다.

"아니, 난 저런 자리가 부담스러워서요."

"부담스럽기는 모두 마찬가지입니다. 가도록 합니다."

툭—

리엔은 내 말을 가볍게 무시한 채 날 끌고 레이뮤 일행의 뒤에 붙었다. 거의 반강제적이었기 때문에 난 할 수 없이 리엔을 따라가야만 했다. 속으로는 '으악! 가기 싫어!' 를 연발하면서.

웅성웅성—

슈아로에를 선두로 레이뮤, 유리시아드, 리에네, 리엔, 그리고 내가 차례대로 단상에 올랐다. 그런 우리들을 보고 무도회장에 있는 귀족들이 작은 목소리로 이런저런 말을 주고받기 시작했다. 그들이 무슨 얘기를 하고 있는지 듣지 않아도 뻔했다.

"내 여식인 슈아로에 이안트리입니다."

이안트리 백작은 슈아로에를 시작으로 차례차례 우리들을 소개하기 시작했다. 각자의 소개가 끝날 때마다 귀족들은 저마다 '역시!', '과연!' 이라는 감탄사를 내뱉었다. 이들에게 잘 알려지지 않은 리엔과 리에네는 순전히 엘프라는 점 때문에 귀족들로부터 찬사를 받았다. 그러나 내 소개를 할 차례가 되자 그들의 반응은 매우 썰렁했다.

"이 소년은 대마법사님에게서 직접 마법을 배우고 있는 천재 마법사 레지스트리 군입니다."

으으, 군대까지 갔다 온 아저씨가 소년 소리를 들으니 온몸에 벌레가 기어가는 것 같군. 서양인이 동양인보다 늙어 보이기는 하다만, 난 이제 만 23세라고. 적어도 청년 취급은 해줘야 하지 않아? 그리고 왜 하필이면 날 천재 마법사라고 소개한 거야? 여기 있는 사람들이 그 말을 듣고 뭐라고 생각하겠어? 얼굴이 출중한 것도 아니고 카리스마가 있는 것도 아닌데 그런 소리를 믿을 것 같아?

"천재 마법사? 검은 머리는 마법이나 다른 능력은 사용할 수 없지 않나요?"

"저 소년의 어깨 위에 있는 건 바람의 정령 같은데?"

"정령술사를 마법사로 잘못 말한 것 아닐까요?"

"매지스트로의 블루 케이프를 입고 있는 걸로 봐서는 마법사가 맞을 텐데?"

장내는 순식간에 혼란에 빠졌다. 일단 아무런 능력도 사용할 수 없는 걸로 알려진 검은 머리의 소유자가 마법사라는 점, 마법사라면서 정령을 부리고 있는 것, 천재 마법사라면서 블루 케이프인 점 등이 사람들을 혼란스럽게 하고 있는 것이었다. 그러한 소란을 잠재우기 위해 권위있는 레이뮤가 직접 입을 열었다.

"레지스트리 군은 마법사이면서 정령술도 다룰 수 있는 능력자입니다."

"오~ 두 개의 능력을 동시에 사용하는 사람이군요!"

레이뮤의 해명이 있고 나서야 장내 귀족들은 어느 정도 수

긍하는 표정을 지었다. 비록 어째서 검은 머리가 마법과 정령술을 사용할 수 있는지에 대한 답변은 없었지만 모두들 그 문제는 더 이상 논하지 않았다. 검은 머리라고 해서 반드시 마법을 사용할 수 없다는 법칙은 존재하지 않기 때문이다.

"하하! 자, 그럼 모두 즐거운 시간을 보내시기 바랍니다."

약간 당황한 이안트리 백작의 말을 끝으로 무도회장에서 음악이 연주되기 시작했다. 하프를 비롯한 트럼펫, 플루트 등의 다양한 악기를 가지고 악사들이 연주를 시작했는데, 그 음악은 느린 템포의 부드러운 곡이었다. 사람들은 곧 남녀 한 쌍씩 짝을 이루어서 느긋한 춤을 추었다.

"저와 춤을 추지 않으시겠습니까?"

쌍쌍 댄스가 시작되자 젊은 귀족 몇 명이 레이뮤를 비롯한 아가씨들에게 춤 신청을 했다. 그러나 레이뮤는 자신의 나이가 지나치게 많다는 것을 내세우며 청년들의 춤 신청을 모두 거절했고, 유리시아드는 검술 훈련 때문에 춤을 추지 않는다고 하면서 청년들의 애간장을 태웠다. 반면 리에네는 다른 귀족 청년이 말을 걸기도 전에 리엔과 함께 엘프족의 춤을 추고 있었다. 춤 자체는 느리고 심심했지만 워낙 두 사람의 인물이 출중해서 둘이 춤을 추는 모습은 한 폭의 그림 같았다.

하하, 여인네들의 고생이 참 심하군. 뭐, 한 명하고 춤을 추게 되면 신청자들이 줄을 이을 테니까 아예 처음부터 거절하는 편이 낫지. 어차피 내일 파헬리아로 출발할 예정이기도 하고. 흐음, 할 일 없는 나는 음식이나 맛볼까?

"레지 군, 춤 안 춰요?"

"……?"

내가 음식을 먹으려고 할 때 슈아로에가 나에게 말을 걸어왔다. 뭔가 슈아로에의 분위기가 평소와는 달랐기 때문에 난 집으려던 음식을 도로 놓고 입을 놀렸다.

"춤출 사람도 없고, 춤도 못 춰. 몸이 막대기처럼 뻣뻣해서."

"그래요? 그럼 나랑 춰요."

"……."

아아, 역시 이상한 기운을 풍기더니 그렇게 나오시겠다? 아무리 귀족 남자들의 춤 신청을 거절하기 귀찮다고 하더라도 춤도 못 추는 나에게 춤 신청을 하다니 대체 무슨 센스? 내가 출 수 있는 춤이라고는 어설픈 탭댄스밖에 없다고. 뭐, 가장 잘하는 건 숨쉬기 춤이지만.

"나 여기 춤 전혀 모른다니까."

"그냥 나만 따라해요."

"난 바보라서 따라하는 것도 못해."

"레지 군이 바보라는 거 다 알아요. 그러니까 따라와요."

난 춤을 추지 않겠다고 버텨보았지만 슈아로에는 막무가내로 날 끌고 나왔다. 굽이 높은 하이힐을 신어서 나하고 키 차이가 별로 나지 않는 상태였고, 이브닝 드레스를 입어 성숙

한 분위기를 풍기고 있었기 때문에 사람들의 시선이 전부 슈아로에에게 집중되었다. 그리고 그런 슈아로에의 춤 상대가 허접하게 생긴 인간이라는 사실에 고개를 갸웃하고 있었다. 그런 그들의 시선을 아는지 모르는지 슈아로에는 나에게 춤을 지도하기 시작했다.

"자, 오른손을 내밀어요. 그리고 왼손으로는 내 허리를 가볍게 감싸 안아요."

"어…… 이렇게?"

난 왼손으로 슈아로에의 허리를 살짝 감싼 뒤 오른손으로 슈아로에의 왼손을 가볍게 쥐었다. 어딘가에서 많이 보던 자세였기 때문에 이 정도쯤은 별 무리 없이 할 수 있었다.

"그 다음에는……."

내가 잘 따라한다고 생각했는지 슈아로에는 본격적으로 나에게 춤을 가르치기 시작했다. 처음 할 때는 뭐가 뭔지 헷갈려서 스텝이 엉키는 등의 실수를 많이 했지만 몇 번을 반복하다 보니 나중에는 어설프지만 어느 정도 슈아로에와 호흡을 맞출 수 있게 되었다. 그리고 춤이란 것은 추면 출수록 재미를 느낄 수도 있겠구나라는 생각을 했다. 주변 사람들의 따가운 눈총만 없다면.

"헤에, 의외로 금방 따라하네요?"

춤을 추는 와중에 슈아로에가 모처럼 날 칭찬했다. 그러나 그 춤을 제대로 구현하기 위해 난 혼신의 힘을 다하고 있었기 때문에 그녀의 칭찬을 들어도 크게 기뻐할 수 없었다. 그렇게 대략 30분 정도 슈아로에와 춤을 추고 나니 머리가 어질어질 했다.

"이제 좀 쉬자."

"네, 그래요."

나의 제안에 슈아로에가 찬성했고, 우리는 곧장 레이뮤 등이 기다리고 있는 음식 테이블로 향했다. 원래 소식을 하는 사람들이다 보니 음식 테이블에는 음식이 많이 남아 있었다. 평소 같으면 좋아라 하면서 음식을 입속에 우겨 넣었겠지만 춤추느라 진이 다 빠져서 그다지 식욕이 없었다.

"난 잠깐 바람 좀 쐬고 올게."

난 그렇게 말하고 누구의 허락도 받지 않은 채 무도회장을 빠져나갔다.

무도회장의 공기가 나쁘지는 않았지만 신선한 바깥 공기를 쐬니 어질어질했던 머리가 많이 상쾌해졌다. 슈아로에와 춤을 출 때 가장 힘들었던 점은 사람들의 시선이었다. 그들이 '꼴에 백작님 딸하고 춤을 춰?' 라고 말하는 것 같았기 때문이다.

저벅저벅.

그때였다. 어둠으로 둘러싸인 무도회장 앞 정원에서 남자의 발자국 소리가 들려왔다. 무도회장으로 걸어오고 있는 걸로 봐서는 무도회장에서 빠져나갔다가 다시 들어가려는 사람이라고 볼 수도 있겠지만, 내 느낌은 그렇지 않았다. 그리고 보초병은 보통 2명씩 짝을 지어 움직이기 때문에 보초병이라고도 볼 수 없었다.

"오호, 마침 나와 있었군. 역시 너와는 인연이 있는가 보다."

내가 무도회장 앞에 서 있는 것을 보고 남자 쪽에서 먼저 반갑게 입을 열었다. 무도회장의 빛이 남자의 모습을 밝혀 주었고, 그 남자는 평범해 보이는 얼굴과 평범한 톤의 목소리를 지닌 청년이었다. 그러나 얼굴만 드러나는 검은 로브를 입고 있는 그의 모습은 어디선가 본 듯한 느낌을 받게 했다.

"아, 넌⋯⋯!"

잠시 그의 얼굴을 살피던 나는 그가 매지스트로에서 날 습격하고 마나를 복사시켰던 의문의 청년이라는 것을 알아차리고 바로 경계 태세를 취했다. 저번처럼 어이없이 복부 공격 한 방에 쓰러지고 싶지는 않았기 때문에 최대한 주의를 기울였다.

아니, 그런데 어째서 저 녀석이 여기 있는 거지? 경비병들은 대체 뭘 한 거야? 그리고 녀석은 내가 여기 있다는 걸 알고 찾아온 것 같은데? 대체 어떻게?

"너무 그러지 말라고. 오늘은 그냥 네 상태를 파악하려고 왔으니까."

"……?"

의문의 청년은 그렇게 말하며 5미터 정도 떨어진 거리에서 내 모습을 찬찬히 뜯어보았다. 그러다가 매우 이상한 점을 느끼고 고개를 갸웃했다.

"어? 분명히 내가 너한테 1서클의 마나를 복사해 줬을 텐데? 어째서 마나가 하나도 없는 거지?"

"……."

"그리고 그 어깨 위에 있는 건 바람의 정령 아닌가? 어째서 네놈이 바람의 정령을 가지고 있는 거지? 설마 정령술을 쓰는 거냐? 엇? 그러고 보니…… 그 정령, 마나를 가지고 있군?"

의문의 청년은 날 훑어보는 정도로 그런 사실들을 알아내었다. 실프에게 모인 마나의 양이 워낙 적기 때문에 웬만큼 집중을 하지 않으면 마나의 존재를 알아차릴 수 없다. 그런데도 의문의 청년은 특별한 정신 집중없이 실프의 마나를 단번에 파악했다. 이 세계에서 아무도 모르는 마나 복사 코드를 사용할 때부터 알아봤지만, 그만큼 의문의 청년의 마법 실력은 매우 뛰어나다는 뜻이었다.

"너… 참 재미있는 녀석이구나."

의문의 청년이 기분 나쁜 미소를 지으며 고개를 끄덕거렸다. 뭔가가 꽤나 마음에 든 듯했다.

"좋아, 마침 녀석도 요양 중이니 한동안 널 가만히 놔두마. 네 능력껏 성장해라."

"무슨 소리지? 녀석이라니?"

난 이번에야말로 의문의 청년에 대한 비밀을 풀기 위해 곧바로 그에게 질문을 던졌다. 그러나 의문의 청년은 이번에도 애매모호한 대답을 했다.

"녀석은 드래곤하고 피 터지게 싸워서 지금 요양 중이다. 원래는 네놈이 버지에 있을 때 찾아가서 제물로 삼으려고 했는데 말이지."

잉? 버지? 버지라면 그…… 페르키암과 싸운 마을 아닌가? '녀석'이 드래곤과 싸웠다? 설마 페르키암과 싸우기 전에 일어났던 그 의문의 폭발들이 '녀석'과 드래곤의 짓이었단 말인가?

"네놈이 하도 약해서 그냥 후다닥 제물로 삼고 다음 녀석을 소환할 생각이었는데……. 지금 보니 그럴 필요가 없을 것 같다. 흐흐, 재미있겠는걸?"

의문의 청년은 그렇게 말하며 낄낄거렸다. 조금만 있으면 의문의 청년이 사라질 분위기였기 때문에 난 급히 그에게 물음을 던졌다.

"제물이라는 게 무슨 뜻이지? 날 제물로 삼는다고 해도 악마 같은 건 소환할 수 없잖아?"

"엉? 뭔 소리냐?"

내 질문에 의문의 청년은 어이없다는 표정을 지었다.

"넌 우리가 악마라도 소환해서 이 세상을 지배할 거라 생각하고 있냐?"

"아닌가?"

"생각이 참 유치하군. 네놈의 소환은 전부 녀석이 한 짓이고, 녀석을 위한 것이다. 나에겐 아무런 이득이 없어."

"그럼 넌 왜 '녀석'과 같이 움직이는 거지?"

조금만 더 파고들면 뭔가를 알아낼 것 같아 난 질문 공세를 늦추지 않았다. 그러나 의문의 청년은 내 질문 의도를 가볍게 간파하고 두리뭉실하게 대답했다.

"녀석과 손잡는 편이 내가 활동하기 편해서다, 후후."

철커덕— 철커덕—

나와 의문의 청년이 사이좋게 문답을 주고받고 있을 때 의문의 청년이 걸어왔던 쪽에서 갑옷 마찰음이 들려왔다. 그 마찰음이 두 종류였기 때문에 보초병 두 명이 이리로 오고 있음을 알게 되었다. 그들의 발걸음이 일정하게 들리는 걸로 봐서는 아마도 다른 보초병들과 교대를 하고 숙소나 어딘가로 향하는 것 같았다.

"이런, 방해꾼이 왔군. 하도 떠들었더니 들켰나?"

의문의 청년은 말은 그렇게 하면서도 보초병의 모습이 보일 때까지도 그 자리에서 전혀 움직이지 않았다. 그런 그의 모습을 보니 왠지 그가 보초병들을 살해해 버릴 거라는 생각이 들었다.

"중력."

보초병들이 우리의 모습을 확인할 수 있을 만한 거리까지 도착했을 때 의문의 청년의 입에서 한마디의 단어가 흘러나왔다. 그러자 보초병 둘은 나지막한 비명과 함께 땅바닥에 주저앉았다. 그것을 확인하고 의문의 청년은 두 번째 단어를 내뱉었다.

"체인 라이트닝."

번쩍—

의문의 청년의 머리 위에 형성된 번개가 곧장 보초병에게로 날아갔다. 이 세계 마법의 한계상 아무리 번개 공격이라고 하더라도 그 속도는 초당 50미터 이상을 넘을 수 없다. 따라서 훈련이 잘된 병사라면 그다지 어렵지 않게 피할 수 있다. 그러나 중력 마법에 의해 몸을 움직일 수 없는 보초병들은 의문의 청년의 번개 마법을 피할 수 없었다.

"크억!"

"헉!"

제일 먼저 보초병 한 명이 번개를 맞았고, 그 번개는 Snap 기능에 의해 다음 보초병을 강타했다. 만약 번개가 보초병들이 입은 갑옷에만 맞았다면 정전기 차폐 현상에 의해 보초병들은 멀쩡할 수도 있었다. 그러나 불행히도 번개는 보초병의 몸에도 직격으로 맞아버렸기 때문에 몸에도 전류가 흘렀고, 그 결과 보초병들은 그대로 목숨을 잃고 말았다.

"이 정도는 되어야 나랑 싸움이 된다. 그리고 녀석은 이보다 더 강하지. 사실 지금의 나도 드래곤과 일 대 일로 맞상대할 능력은 안 되거든."

보초병 둘을 가볍게 저승으로 보낸 의문의 청년은 의미심장한 미소를 지으며 그렇게 말했다. 그러나 난 그의 말보다는 그가 방금 전에 했던 마법 실행 방식에 대해서 생각하고 있었다.

이런…… 지금 저 녀석은 마법 코드를 새겨 넣은 마법 장신구를 전혀 가지고 있지 않아. 설령 가지고 있다 해도 두 개의 마법을 쓸 동안 손 하나 까딱하지 않았으니 마법 장신구를 쓴 건 절대 아니다. 그렇다는 건 녀석이 단순히 말 한마디로 마법을 실행시켰다는 소리고, 결국 녀석도 마법 코드를 저장해서 필요할 때마다 불러 쓰는 단축키 코드를 사용하고 있다는 뜻이다. 나보다 명백하게 많은 마나를 가지고 있다는 확정적인 가정에서 단축키 코드까지 사용하고 있다면……. 지금의 내가 녀석을 이길 방법은 전혀 없어!

"하하, 놀랐나? 내가 매직 오너멘트도 없이 간단명료한 말로 마법을 구현해서?"

"……."

의문의 청년은 내가 단축키 코드를 모를 것이라는 가정에서 그렇게 말했지만 난 이미 녀석의 수법을 짐작하고 있었기 때문에 전혀 놀란 표정을 짓지 않았다. 단지 녀석이 나에게 마법을 날리는 짓거리만 하지 않기를 바라야 했다. 그사이 의문의 청년은 나에게 작별 인사를 했다.

"자, 어차피 볼일도 끝났고 벌레들이 꼬이기 전에 사라져야겠군. 레이뮤에게 안부나 전해주게. 그럼."

"……."

어이, 레이뮤 씨한테 무슨 안부를 전하는데? 어떤 이상한 놈이 레이뮤 씨한테 안부 전해 달래요, 할까? 네놈 신상명세를 밝혀야 안부를 전하든 말든 할 거 아니냐고!

"텔레포트."

말을 끝마치고 단어 하나를 외치자마자 의문의 청년의 모습은 한순간에 사라졌다. 그것은 누가 보기에도 순간 이동 마법이었다. 아직 이 세계에서는 그 누구도 실행한 적이 없다는 순간 이동 마법. 그걸 아무렇지도 않게 사용하는 의문의 청년을 보고 있자니 그의 마법 실력이 얼마나 무서운지 새삼 알 수 있었다.

하아, 그런데 난 이제 어떻게 해야 되지? 범인이 모습을 감추어 버렸으니 졸지에 내가 보초병 둘을 죽여 버린 셈이잖아? 물론 진짜 범인이 살인한 뒤에 범행 장소에서 가만히 서서 경찰을 맞이한다는 바보 같은 상황을 믿지 않는, 머리가 제대로 된 사람이라면 모르겠지만, 이곳 사람들은 단순해서 범행 현장에 있는 날 범인 취급할 것 같은데. 아아, 이 난감하기 그지없는 상황이여!

"레지 군! 언제까지 밖에 있을 거예요?"

그때 마침 천상에서의 목소리가 들려왔다. 그래서 난 즉시 슈아로에게 소리쳤다.

"슈아! 큰일 났어! 보초병이 당했어!"

"네? 그게 무슨 소리예요?"

무도회장에서 나오던 슈아로에는 내 말을 듣고 고개를 갸웃했다. 그러나 곧 내 앞에 중장갑의 보초병 두 명이 쓰러져 있는 것을 보고는 기겁했다.

"에?! 왜 레지 군이 이런 짓을……!"

커헉! 명색이 천재라는 슈아로에조차 그런 단순한 생각을 하다니! 아무리 뜻밖의 상황이라지만 날 너무 못 믿는 거 아니야? 진짜 다른 사람들이 먼저 봤다면 난 100% 범인 취급받았겠구만.

"내가 보초병 둘을 처리할 능력이 있을 것 같냐? 저번에 날 습격했던 이상한 녀석이 이렇게 한 거라고!"

난 슈아로에게 내 결백을 주장했다. 정말 내 능력이 그 정도밖에 되지 않는다고 생각하는지는 모르지만, 어쨌든 그녀는 내가 범인이 아니라는 것을 믿어주었다.

"알았어요. 일단 이 사실을 다른 보초병에게 알려야겠어요."

어느새 침착함을 되찾은 슈아로에가 다른 구역의 보초병을 찾아가 적의 침입 사실을 알렸다. 지금 무도회장에 있는 사람들에게 적이 침입했다고 알리면 아수라장이 될 것이 뻔했기 때문에 우선 보초병에게만 알린 것이었다. 또한 많은 수의 귀족들이 모인 퍼미디어 성에서 치안이 허술하다라는 소리가 나오면 이안트리 백작의 위신이 땅에 떨어진다는 점도 고려했다.

"어떻게 이런 일이……!"

두 보초병이 죽어 있는 것을 보고 다른 보초병들은 믿을 수 없다는 표정을 지었다. 그도 그럴 것이, 적의 기척을 전혀 느끼지 못한 데다가 자신의 동료가 죽었다는 사실조차 슈아로에의 연락을 받고서야 알아차렸기 때문이다. 잘못하면 근무 태만으로 낙인찍힐 수 있는 사태라 보초병들의 표정은 딱딱하게 굳어졌다.

"주변을 샅샅이 뒤져 봐요! 다른 귀족들에게 알려지지 않도록 최대한 조용히!"

"옛!"

슈아로에는 훈계를 하듯이 보초병들에게 지시를 내렸고, 보초병들은 긴장한 눈빛으로 주변 조사를 시작했다. 그러나 실제 범인은 텔레포트로 성에서 완벽하게 빠져나간 데다가 설령 빠져나가지 않았다고 하더라도 귀족들 사이에 섞여 있을 확률이 높았다. 때문에 소란 피우지 않고 범인을 잡는다는 건 불가능했다. 그래서 10여 분을 보초병들이 싸돌아다녔지만 얻은 성과는 아무것도 없었다.

"찾아도 없을 거야. 그러니까 그만두게 해."

"무슨 뜻이에요?"

내가 한마디 하자 슈아로에가 의문의 빛을 띠고 날 쳐다보았다. 그래서 난 간단명료하게 대답했다.

"그 녀석, 텔레포트로 빠져나갔어."

"텔레포트? 설마…… 순간 이동 마법?"

"그래."

"말도 안 돼! 인간이 순간 이동 마법을 쓴다는 건 있을수……!"

"마나 복사 코드로 나한테 마나도 주는 녀석인데 텔레포트를 쓴다고 이상하지는 않지."

"……!"

내 말을 계속 부정하던 슈아로에는 결국 내 말을 인정하고 말았다. 텔레포트란 것은 개념이라도 만들어져 있는 마법이지만, 마나 복사 코드란 것은 사람들에게 개념조차 심어져 있지 않은 마법이다. 때문에 마나 복사 코드를 만들 정도란 것은 텔레포트 코드를 만들어도 전혀 이상하지 않다는 뜻이라고 볼 수 있는 것이다.

"무슨 일이죠?"

언제 나왔는지 레이뮤와 유리시아드, 리엔과 리에네까지 밖으로 나와서 보초병들의 모습을 쳐다보았다. 내가 무도회장에서 나가고 난 뒤에 슈아로에까지 나가 그녀마저 돌아오지 않자 모두들 같이 무도회장을 빠져나온 듯했다.

흐으, 지금 그 의문의 청년에 대해서 알고 있는 사람은 슈아로에와 레이뮤 씨밖에 없는데 말을 해줘야 하나? 잘못하면 내가 다른 세계에서 흘러들어 온 인간이라는 걸 들킬 수도 있는데……. 에이, 함께 위기를 겪어온 동료 사이인데 들키면 어떠리!

"그 녀석이 찾아왔어요. 전에 매지스트로에서 날 급습했던 청년이요."

"그자가?"

기억력 좋은 레이뮤는 내 말을 이해하고 흠칫한 표정을 지었다. 아무래도 그녀 역시 지금 상황에서 말을 잘못하면 내 정체를 들킬 위험이 있다는 것을 느꼈기 때문에 앞으로 말을 신중히 할 수밖에 없었다.

"이번엔 뭔가를 알아냈어요?"

"뭐, 그다지 알아낸 건 없어요. 단지 녀석은 동업자가 한 명 있고, 그 동업자는 드래곤과 맞장 떠서 싸울 수 있을 정도의 실력자라는 것. 그리고 그 동업자는 날 제물로 이용하려 한다는 것. 의문의 청년은 내가 개발했던 단축키 코드를 사용하고, 아무도 성공한 적이 없다는 순간 이동 마법을 가볍게 구사하는 무서운 실력의 마법사라는 것뿐이에요."

"……!"

내 설명을 듣고 레이뮤를 비롯한 모든 이들이 놀란 표정을 지었다. 페르키암이라는 드래곤과 직접 싸운 적이 있는 사람들이었기 때문에 내 설명이 얼마나 말도 안 되는지 몸서리치게 깨닫고 있는 것이었다.

"그런 인간이 존재할 수 있어요?"

유리시아드는 내 말의 진실 여부를 판별하려는 듯이 날카로운 눈초리로 날 쳐다보았다. 그러나 내 표정에서 거짓을 찾을 수 없자 머리를 절레절레 흔들었다.

"드래곤과 싸워서 무사할 수 있는 인간이라니……!"

"꼭 레지스트리 같은 사람인 듯합니다."

그때 느닷없이 리엔이 그런 말을 입에 담았다. 처음에는 무슨 소리인가 했다가 내가 캐논 슈터로 페르키암을 물리쳤기 때문에 나 역시 '드래곤과 싸워서 무사할 수 있는 인간'의 범주에 포함된다는 사실을 깨달았다. 유리시아드를 비롯한 다른 사람들도 리엔의 말에 수긍하는 분위기였다. 그러다가 유리시아드는 무엇인가를 떠올렸는지 날 보며 진지한 표정으로 물었다.

"그러고 보니…… 욕망 덩어리 씨는 대체 누구죠?"

"……?"

잉? 뭔 소리? 나야 현재는 매지스트로 마법학교 도서실에서 잡일을 도맡아 하고 있는 잡부…… 라는 대답을 원하는 건 아니겠군. 내가 어느 나라 소속인지, 어디에서 살다 왔는지 그것을 알고 싶어 하는 눈초리인걸? 하하, 이를 어쩐다? 이 사람들에게 '난 슈아로에의 먼 친척이에요'라고 말해봤자 씨알도 안 먹히겠고…… 결국 사실대로 얘기하는 수밖에 없는 것인가?

"레이뮤 씨."

난 유리시아드의 물음에 대답하기 전에 레이뮤를 쳐다보았다. 일단 그녀가 현재의 내 보호자(?)이기 때문에 그녀의 생각을 듣기 위해서였다.

"…할 수 없군요. 사실대로 말해요."

마침내 레이뮤에게서 사실 고백을 하라는 허락이 떨어졌다. 아마도 같이 위기를 겪어왔던 동료들에게 뭔가를 숨기는 건 옳지 않다고 생각한 듯했다. 나 역시 동료인 만큼 사실을 알려주는 게 좋을 것 같아서 내 입으로 직접 설명을 시작했다.

"원래 난 다른 세계의 사람이에요. 진짜 이름은 최고수이고, 컴퓨터학과 학생이죠. 이유는 모르지만 누군가 날 이 세계로 소환했고, 처음 만난 사람이 레이뮤 씨와 슈아로에였기 때문에 레지스트리라는 이름으로 매지스트로 학교에서 머물고 있는 중이에요."

"……"

난 일단 그 정도로 내 소개를 마쳤다. 어차피 지금 한 말을 이들이 전부 믿어줄 것이라고는 생각지 않았기 때문에 여러 가지 의문 사항을 질문받으면서 추가 설명을 할 생각이었다. 그런데 이상하게 유리시아드와 엘프 남매는 나에게 전혀 질문을 던지지 않았다. 오히려 뭔가 의심스러웠던 점이 깔끔하게 해결된 듯한 표정을 짓고 있었다.

"이상하다고 생각했어요. 그런데 역시 다른 세계에서 소환된 사람이군요. 그렇다면 이해가 가죠."

"뭐가?"

유리시아드는 고개를 끄덕이며 '아하!' 하고 있었지만, 난 고개를 갸웃하며 '으잉?'을 할 수밖에 없었다. 그런 날 보며 유리시아드와 리엔이 차례대로 말을 이었다.

"욕망 덩어리 씨가 어째서 이곳 마법사들이 전혀 생각하지 못한 마법적 개념을 가지게 되었는지 이해가 가요. 다른 세계의 사람이기 때문에 이곳의 마법 상식을 깨고 새로운 개념을 생각할 수 있었던 거니까요."

"레지스트리가 이계인이라면 본인도 이해가 됩니다. 레지스트리는 이곳 사람이라고 볼 수 없는 독특한 무언가를 가지고 있습니다."

아니, 지금 그런 말을 할 때야? 자기와 알고 지내던 사람이 느닷없이 '나 외계인이오~' 했는데 왜 전혀 놀라지 않는 거냐고! 엄청 기대를 가지고 사실을 말했던 내가 썰렁해지잖아! 싫어! 이렇게 내 말을 너무 쉽게 믿어버리는 분위기는 싫다고!

"분위기도 그러니 우선 모두들 방으로 돌아가도록 해요."

내 마음속의 외침을 아는지 모르는지 나의 진짜 정체에 대한 설명이 끝나자 레이뮤는 무도회장으로 돌아가지 않고 각자의 방으로 돌아갈 것을 제안했다. 사실 직접 참가해 봐서 느낀 것이지만, 무도회장에 있는 그 자체가 스트레스로도 작용할 수 있기 때문에 내일 출발을 위해 쉬는 편이 나았다.

"이안트리 백작님께는 내가 대표로 말하겠어요. 그럼 내일 아침에 봐요."

레이뮤는 그렇게 말하며 우리들을 방으로 돌려보낸 뒤 홀로 무도회장으로 향했다. 개인적으로 내 정체 공개가 썰렁하게 끝나서 안타까웠긴 하지만, 어쨌든 이런저런 일에 신경 써야 하는 레이뮤가 조금 불쌍해 보이기도 했다.

아, 그러고 보니 나 저녁 안 먹었는데? 흐음, 그런데도 배가 안 고프군. 그 의문의 청년을 만나 긴장해서 그런가? 어쨌든 배는 고프지 않고 어서 가서 쉬고 싶다는 생각밖에 안 드는군. 그보다 이제는 적의 실력을 대충 파악했으니 내 실력을 올려야 한다. 지금의 내 실력으로는 녀석들에게 아무런 위협도 될 수 없으니까.

*   *   *

다음날 아침.

난 거의 새벽에 가까운 시간에 일어났다. 어제 일찍 잠자리에 든 탓도 있었지만 그보다는 내 바람의 정령의 상태를 보고 싶다는 생각 때문에 잠을 푹 잘 수 없었던 것이다.

으아! 어제저녁에 아무것도 먹지 않았더니 아침이 되니까 배가 쓰라리군. 아니, 뭐 쓰라린 건 쓰라린 거고, 지금은 실프를 소환하는 게 더 중요하지. 실프를 소환했을 때 과연 실프에게 마나가 남아 있느냐 없느냐. 그것에 따라서 앞으로의 내 마법 수련의 향방이 크게 뒤바뀔 테니까.

"실프."

이미 내 포스는 전부 스피릿포스 상태였기 때문에 난 곧바로 실프를 소환했다. 그런데 말하고 나서 깨달은 것이지만 본래 바람의 정령을 부를 때는 티니나 에버, 레아 등의 말을 붙여서 불러야만 했다. 단순히 정령의 이름만 부른다고 정령이 소환되지는 않는다. 그것을 깨닫고 서둘러 다시 말을 바꾸려고 했을 때 갑자기 내 앞에 내 머리만 한 반투명 녹색의 엘프 소녀가 모습을 드러내었다.

"……?"

잉? 왜 실프가 소환된 거지? 분명히 내가 실수한 건데?

"티니실프."

난 실프를 소환해 놓은 상태로 다른 바람의 정령의 소환을 시도했다. 그러자 별 어렵지 않게 다음 실프가 소환되었다. 소환된 두 실프는 겉으론 아무런 차이가 느껴지지 않았다. 현재 마나를 전부 스피릿포스로 전환시킨 나는 마나를 느낄 수 없는 상태이기 때문에 지금 이 자리에서 실프의 마나를 느낀다는 것은 불가능했다.

하아~ 거의 새벽이라서 슈아로에나 유리시아드를 찾아가기도 어렵고…… 아침 식사는 슈아로에의 부모님하고 다 같이 먹을 테니 말 꺼내기도 어렵겠군. 결국 아침 식사를 하고 난 뒤의 휴식 시간밖에 기회가 없다는 건가? 지금 당장 알아보고 싶은데, 쓰읍.

……

아침을 먹고 난 뒤 이안트리 백작 부부가 행정 업무상 자리를 비우고 우리들만이 덩그러니 식당에 남게 되었다. 출발은 점심 식사 이후에 할 예정이었기 때문에 오전에는 당장 할 일이 없어서 모두들 디저트로 조그만 생과일 케이크를 천천히 먹고 있었다.

난 아침을 먹을 때부터 계속해서 언제 유리시아드나 슈아로에에게 말을 걸까 기회를 엿보고 있었지만 모두들 별말 없이 먹기만 해서 말 꺼낼 타이밍을 잡는 게 힘들었다. 그러는 와중에 우리들 중에서 슈아로에가 최초로 입을 열었다.

"매트록스 왕국 다음에는 센트리노 제국으로 가잖아요? 전 항상 그래픽스 대륙에서만 있어서 그 외의 대륙은 잘 몰라요."

"별 차이 없어."

슈아로에의 말에 유리시아는 매우 간단명료하게 대답했

다. 사실 비슷비슷한 사고방식의 사람들이 살고 있는 땅이니 달라봤자 크게 다르진 않다. 슈아로에도 그것을 알고 있었지만 대화를 이어가려는 노력인지 입을 계속해서 놀렸다.

"센트리노 제국은 마법과 무공을 동시에 사용하는 마법전사가 인기라고 하던데요? 유리시아드 씨처럼 자유롭게 여행하는 마법기사도 인기구요."

"글쎄, 그렇다기보다는 두 가지의 능력을 사용하는 게 전투 시에 유리하니까 그렇겠지."

"그래도 유리시아드 씨가 모두의 선망의 대상인 것은 분명하잖아요. 자유롭게 여행하는 자유기사. 생각만 해도 멋져요."

"별로 원해서 자유기사가 된 건…… 아니, 그렇게 생각해준다면 고맙고."

유리시아드는 자기도 모르게 뭔가를 말하려다가 별로 하고 싶은 생각이 없었는지 이내 말을 돌려 버렸다. 슈아로에가 그 점에 대해서 물고 늘어지면 괜히 유리시아드를 불쾌하게 만들어 버릴지도 모른다고 판단한 나는 이 기회를 통해 내 계획을 실행했다.

"저기, 유리시아드. 한 가지 부탁할 게 있는데."

"욕망 덩어리 씨가 나한테 무슨 부탁이죠?"

나의 과감한 계획에 유리시아드는 겉으로 매우 불쾌한 표정을 지었다. 그러나 의외로 내 부탁을 거절하겠다는 의사는 표명하지 않았다. 그래서 난 용기를 쥐어 짜내어 말을 꺼냈다.

"전에 휴트로 씨가 나한테 내공을 전해준 적이 있잖아? 그때 무슨 구결을 외웠는데, 그 구결 좀 알려줄 수 있겠어?"

"아, 내공 주입 구결 말이군요."

내 말뜻을 이해한 유리시아드는 작게 고개를 끄덕였다. 그러다가 뭔가를 생각해 냈는지 날카로운 눈초리로 날 째려보았다.

"설마… 다른 무인들에게서 내공을 얻어 그것을 마나로 바꾸겠다는 속셈은 아니겠죠?"

"……."

허억! 유리시아드한테 정곡을 제대로 찔렸다. 그래도 내가 의문의 청년처럼 마나 복사 코드를 알고 있다면 상관없겠지만, 그걸 모르니 내공이라도 얻어서 그걸 마나로 변환시켜야지. 어떤 편법을 쓰더라도 최대한 빨리 마나든 내공이든 부풀려야 하니까.

"일단 내가 실력이 늘어야 도움이 되잖아? 편법이긴 하지만 그런 식으로라도 능력을 증가시켜야지. 언제까지 도움 안 되는 짓만 할 수는 없으니까 말이야."

"……."

기분은 내키지 않지만 머리로는 이해를 하는, 유리시아드는 그런 미묘한 표정을 지었다. 그렇게 잠시 갈등의 시간을 가졌던 유리시아드가 마침내 입을 열었다.

"알았어요. 한 번만 알려줄 테니까 잘 기억해 둬요."

"난 머리가 나빠서 한 번만 알려주면 다 까먹어. 아예 받아적을 테니까 조금만 기다려 줘."

유리시아드가 구결을 말하기 전에 난 재빨리 그렇게 말하고 식당에 있는 시녀에게 종이와 펜을 준비시켰다. 일개 평민이 남의 시녀를 부려먹는 건 매우 실례되는 일이었지만, 어느새 난 레이뮤 일행과 동급으로 취급되고 있는 까닭에 시녀들은 내 말을 아무 불만 없이 들어주고 있었다.

"여기 있습니다."

"고마워요."

난 시녀에게서 종이와 펜을 받아 들고 유리시아드를 쳐다보았다. 그리고는 빨리 구결을 알려달라는 무언의 압박을 계속했다. 그런 날 보며 유리시아드는 나지막한 한숨을 내쉰 뒤에 내공 주입 구결을 천천히 알려주었다.

"선자기(選子氣) 위노궁(位勢宮) 연타(連他) 조규(造規) 전자기(傳子氣) 성천(成千), 이게 사부님이 욕망 덩어리 씨에게 썼던 구결이에요. 선자기로 1성의 공력을 끌어올리고 위노궁으로 내공을 손바닥에 모은 후, 연타로 타인의 정신에 침투하여 조규로 타인의 정신에 자리잡죠. 그리고 전자기로 1성의 공력을 전달하여 1,000초 동안 행하는 성천을 해요. 어차피 계속 내공 주입을 하다 보면 1,000초는 금방 넘어버리지만요."

"선자기, 위노궁, 연타, 조규, 전자기, 성천……."

천천히라지만 정신없이 설명하는 유리시아드 덕에 난 정신없이 구결을 받아 적었다. 일단 구결을 받아 적고 나서 구결을 살펴보았다.

흐음, 휴트로 씨가 100년 공력이라고 했으니까 1성이라면 거의 8년 공력쯤 되겠군. 내공 주입을 할 때는 1성의 공력이 한꺼번에 이동하는 게 아니라 조금씩 이동했으니까 개인에 따라서 같은 1성을 주입하더라도 형성하는 내공이 다를 수 있겠지. 구결도 마법 코드처럼 일정한 형식을 가지고 있으니, 이걸 역으로 이용하면 마나 복사 코드를 알아낼 수 있지 않을까?

"그런데 욕망 덩어리 씨가 내공 주입 구결을 알아서 어디다 쓰려고 하죠? 욕망 덩어리 씨가 그 있지도 않은 공력을 다른 사람에게 주입할 아량은 없어 보이는데."

유리시아드는 구결을 뚫어져라 쳐다보는 날 바라보며 물음을 던졌다. 그래서 난 구결에서 눈을 떼고 유리시아드의 질문에 대답했다.

"실프한테 내공 좀 주려고."

"……."

내 말을 듣자마자 유리시아드의 표정이 딱딱하게 굳었다. 뭔가 이상한 낌새를 느낀 모양이었다. 그녀는 날카로운 눈빛으로 날 쳐다보며 입을 열었다.

"정령은 소환할 때마다 정령계에서 새로 생긴다 알고 있어요. 그래서 정령이 마나를 모은다고 하더라도 다음 소환 때 그 정령은 새로운 정령이라 마나가 없어야 해요. 그런데… 욕망 덩어리 씨의 정령은 지금도 마나를 가지고 있나요? 마나를 가지고 있기 때문에 내공을 주입하려는 것 아닌가요?"

"……!"

헉! 실프에게 내공을 준다는 말만 듣고 그것을 추리해 내다니. 마법과 무공에만 지식이 있는 줄 알았더니 정령술에 대해서도 어느 정도 알고 있었던 모양인데? 마법학회에서도 수준 높은 질문을 던져서 어느 정도 알고 있긴 했지만, 유리시아드의 예리함은 정말 무섭군.

"아니, 아직 확인된 건 아니야. 내가 지금 스피릿포스 상태라서 실프에게 마나가 있는지 없는지 알 수가 없거든. 그래도 티니실프라는 일반적인 소환 언어 대신 실프라는 말을 썼는데도 실프가 소환된 걸 보면 마나를 생성한 시점에서 내 바람의 정령은 실프라는 독립적인 바람의 정령이 된 것 같아. 유리시아드가 나 대신 실프의 마나가 있는지 없는지 알아봐 줬으면 좋겠는데."

"좋아요. 소환해 봐요."

내 부탁을 들은 유리시아드는 잠깐 망설이다가 이내 승낙했다. 조용히 후식을 즐기고 있던 다른 사람들도 긴장된 표정으로 날 쳐다보고 있었다. 특히 리엔과 리에네의 눈빛은 피부가 데일 정도로 뜨거웠다. 만약 내 말이 사실이라면, 정령왕 아래의 일반 정령은 소환할 때마다 정령계에서 재창조된다는 상식이 무너지기 때문이었다.

"실프."

난 조용한 어조로 실프의 이름을 불렀다. 그러자 사람 머리만 한 크기의 녹색 엘프 소녀가 내 눈앞에 모습을 드러내었다. 일단 티니실프라는 말을 쓰지 않고도 실프를 소환할 수 있다는 사실이 확인되자 리엔과 리에네의 눈빛이 크게 흔들렸다.

"실프의 마나를 확인해 줘."

그들의 흔들리는 눈빛에는 관계없이 난 유리시아드에게 실프의 마나량 조사를 요구했다. 유리시아드는 내 요구대로 눈을 감은 채 실프의 마나를 느끼기 시작했다. 그리고 잠시 후,

"…있어요. 조금이지만."

유리시아드의 입에서 내가 원하는 말이 떨어졌다. 순간 난 주먹을 불끈 쥐며 '아싸!'를 외치고 싶었지만 주위의 눈치가 있어서 참았다. 그저 마치 처음부터 예상하고 있었다는 듯한 느긋한 표정으로 고개를 끄덕이기만 했다.

"실프도 완전한 독립 정령이 되었으니 내공 주입으로 실프의 포스를 증가시키면 되겠다. 문제는 내 포스의 증가를 어떻게 하느냐는 건데…… 유리시아드가 내공을 주입해 주면 참

좋을 것 같은데 말야, 흐음……."

"……."

내가 무엇을 원하고 있는지 눈치 챈 유리시아드는 가는 눈썹을 꿈틀거렸다. 그러한 그녀의 표정은 명백한 거부의 의사를 나타내고 있었다. 그래서 난 뭔가 큰 욕을 들어먹기 전에 재빨리 말을 바꾸었다.

"그냥 해본 말이야. 신경 쓰지 마."

"……."

날 향해 뭔가를 말하려던 유리시아드는 내 말 바꾸기 신공에 결국 입을 다물었다. 그러는 사이 모두의 디저트 타임이 끝나서 난 일행과 함께 식당을 빠져나왔다.

점심 식사 이후에 이곳 퍼미디어 성을 떠나기 때문에 그 전까지는 각자의 자유 시간이었다. 다른 사람들은 남는 시간에 무엇을 할지 알 수 없었지만 난 실프에게 내공을 주입할 생각으로 방에만 틀어박혀 나오지 않았다. 솔직히 아직 실감은 나지 않지만 내 목숨을 노리는 강력한 적이 내 앞에 있는 이상 내 모든 관심은 나의 능력 증가에 맞추어져 있었다.

"Orepeat oaccess ostring ountil oexecute ostring, oset ocode owith oten ophysical ocode."

원래의 포스 변환 코드에 모음 'o'를 붙여 코드를 읽었다. 지금 내 포스 상태가 스피릿포스이기 때문에 '모음+코드' 조합을 써야 하는데, 모음 중에서 바람의 정령일 경우 사용되는 'ㅇ'를 썼다. 다른 모음을 사용한다 해도 아무런 상관이 없으나 요즘 실프하고만 놀고 있어서 나도 모르게 'ㅇ' 모음을 사용하고 말았다.

"실프."

스피릿포스를 10년 내공으로 변환시킨 후 난 실프를 소환했다. 10년치 내공을 마련하다 보니 남아 있는 스피릿포스가 얼마 없었지만 그 정도의 포스량으로도 실프는 소환되었다. 물론 포스량이 없어서 실프가 영력을 사용할 수는 없겠지만 소환 자체에는 영력이 거의 소모되지 않는 듯했다.

"자, 날 보는 상태에서 내 무릎에 앉아."

난 실프에게 명령을 내렸고, 곧 실프는 내 명령대로 날 보면서 내 무릎에 앉았다. 그 상태에서 난 내 손을 실프의 단전―으로 추정되는 부분―에 갖다 대었다. 휴트로가 했던 것처럼 실프에게 내공을 주입하기 위해서였다.

"선자기(選子氣) 위노궁(位勞宮) 연타(連他) 조규(造規) 전자기(傳子氣) 성천(成千)."

미리 죽어라고 외워두었던 내공 주입 구결을 읊으며 정신을 집중했다. 그렇게 구결을 외우자 내 단전에 모여 있던 내공이 내 손을 거쳐 실프에게로 이동하기 시작했다. 만약 실프가 이성을 가진 생명체였다면 지금 흘러들어 가는 내공에 거부감을 느끼거나 잡생각을 하여 내공을 제대로 받아들이지 못할 가능성이 있었다. 그러나 다행히도 실프는 아무 생각 없는 정령이었기 때문에 내 내공을 거부감없이 받아들였다.

아니, 아무 생각 없다기보다는 내 정신력에 지배받아서 그런 것일 수도 있었다. 어쨌거나 실프에게로의 내공 주입은 매우 순조롭게 진행되었다.

제19장

예고없는 위험

"**편**안한 여행되십시오."

"고맙습니다."

점심을 먹고 우리 일행은 이안트리 백작 부부의 배웅을 받으며 퍼미디어 성을 빠져나갔다. 어느덧 날씨가 쌀쌀한 11월이 되었기에 모두들 따뜻해 보이는 코트를 걸쳐 입었다. 개인적으로 코트 때문에 여성들의 몸이 가려져서 상당히 불만이었지만 날씨가 날씨인지라 나도 코트를 입고 '유후~ 따뜻해'를 연발했다. 어쨌든 여느 때처럼 유리시아드는 자신의 적토마를 타고 이동했고 나와 슈아로에, 레이뮤, 그리고 엘프남매가 마차에 올라탔다.

덜컹덜컹.

난 실프를 내 어깨 위에 올려놓고 마차에 난 창문 밖으로 바깥 경치를 구경했다. 2시간의 내공 주입으로 실프에게 3년 내공을 형성시켜 놓았고, 지금은 마나 생성 코드를 돌리는 중이라 실프를 소환 해제할 수 없는 상태였다. 내공이 3년이면 매직포스로는 1서클에 해당하는 양이었다. 보통의 마법사가 석 달 이상 걸려 1서클을 이룩하는 것에 비해 내공은 단 2시간 만에 1서클에 해당하는 포스량을 만들어낸 것이다. 그 사실도 매우 중요하긴 했지만 내 머릿속을 메운 생각은 그게 아니었다.

이런, 휴트로 씨는 2시간 동안 나한테 10년 내공을 주입시켰는데 난 같은 2시간 동안 달랑 3년…… 이게 나와 휴트로 씨의 레벨 차이인가? 뭐, 100년 내공을 가지고 있고 나보다도 내공을 많이 다루어온 경험자니까 당연하겠지. 그래도…… 너무 차이가 나잖아! 10년하고 3년이면 3배 이상인데, 그건 나와 휴트로 씨의 레벨 차이가 3배 이상이라는 소리 아냐? 으으…… 아무리 생각해도 열 받아!

"아아……."

그때 슈아로에가 느닷없이 깊은 한숨을 내쉬었다. 그래서 난 그녀에게로 고개를 돌려 질문을 던졌다.

"왜 마차가 무너져라 한숨을 쉬어? 혹시 그날?"

퍽!

내 농담을 농담으로 받아들이지 않고 슈아로에는 내 옆구리를 주먹으로 쳤다. 어차피 슈아로에가 주먹을 쥐고 치고 박는 싸움을 하는 스타일은 아니라서 그녀의 공격이 그렇게까지 아프지는 않았다. 그냥 몸이 멋대로 움찔하며 보통 정도의 통증이 느껴졌을 뿐이다.

"지금 실프…… 1서클이죠?"

내 옆구리를 공격했던 슈아로에는 진지한 표정으로 내 어깨 위에 멍하니 앉아 있는 실프를 가리켰다. 현재 실프의 포스 상태는 매직포스였고, 그것도 1서클이었기 때문에 슈아로에가 실프의 마나를 느꼈던 것이다. 어제까지만 해도 소량의 마나밖에 없었던 실프가 느닷없이 1서클이나 마나를 가지고 있으니 슈아로에로서는 이해 불가능한 상황이었다.

"그…… 내공 주입한 걸 마나로 변환한 거예요?"

"응. 2시간 동안 3년 내공을 주입했는데 3년 내공이 매직 포스의 1서클 정도니까."

"달랑 2시간 만에 1서클?"

"맞아. 달랑 2시간."

"……"

입을 다문 슈아로에의 표정은 가관이었다. 그녀의 얼굴에는 억울함, 분함, 안타까움, 슬픔 등의 온갖 비관적인 표정이 떠올라 있었던 것이다. 그 이유를 난 물론 알고 있었다. 천재라고 불리는 슈아로에도 1서클을 달성하는 데 석 달 정도 걸

렸는데, 난 마나 생성 코드로 한 달 정도 만에 1서클을 달성했고 실프는 내공 주입 후 포스 변환으로 달랑 2시간 만에 1서클을 달성했으니 억울하게 생각하지 않으면 사람이 아니었다.

"세상 사는 게 다 그런 거지. 너무 신경 쓰지 마."

"우엥……."

내 말에 슈아로에는 거의 울기 직전이었다. 그런 슈아로에를 레이뮤가 살짝 끌어안으며 위로해 주었다.

"괜찮단다. 레지스트리 군은 인간이 아니니 너무 신경 쓸 것 없어. 그리고 마법이 마나를 많이 모은다고 더 잘 써지는 것은 아니잖니."

"우엥, 그래도……."

"레지스트리 군이 하는 일은 그냥 그러려니 생각하려무나. 그게 속이 편해."

어이, 거기 두 분. 그거 날 칭찬하는 겁니까, 욕하는 겁니까? 확실히 해주시는 게 듣는 입장에서 편할 것 같은데 말이지요.

덜컹덜컹.

마차는 막힘없이 길을 질주했다. 잠시 동안 레이뮤에게 위로받고 마음의 상처를 달랜 슈아로에는 기운을 차리고 다시 날 쳐다보았다. 그리고는 날 향해 입을 열었다.

"앞으로 내공 주입만 할 건가요?"

"그런 건 아닌데 효율 면에서 내공 쪽이 탁월하니까 그걸 중심으로 두겠지."

"내공이 더 빨리 포스가 모인다고 해서 내공을 모은 후에 그걸 마나로 변환시킨다는 건…… 순수 마법사라고 볼 수 없잖아요?"

"아니, 난 원래부터 순수하고는 거리가 먼 잡종 마법사니까 상관없어. 날 노리는 자가 있고, 그자가 가공할 실력을 지닌 인간이라는 걸 안 이상 어떤 방법을 쓰더라도 강해져야 하니까."

"……."

내가 마법사로서의 긍지 따위를 전혀 가지고 있지 않음에 슈아로에는 좌절했다. 마법 쪽으로만 한 우물을 파고 있는 슈아로에가 보기에는 이것저것 다 건드리고 있는 내 방식이 마음에 들지 않을 수 있었다. 그래도 드래곤과 맞장 떠서 살아남을 수 있는 인간이 날 노리고 있는 이상 내가 어떤 방식으로 능력 증가를 꾀해도 이해해 줄 생각은 있는 것 같았다.

"그런데 드래곤과 맞설 정도로 강한 인간이라면 인간들에게 많이 알려져 있어야 정상이라고 생각합니다. 또한 레지스트리가 있는 곳을 금방 찾아내는 걸로 봐서는 상당한 정보망을 가지고 있는 게 틀림없습니다. 그런 자가 왜 레지스트리를 노립니까? 이해할 수 없습니다."

나와 슈아로에가 대화를 나누다가 중단되자 리엔이 여태

까지 생각해 왔던 의문점을 펼쳐 보였다. 그것은 나도 이미 생각해 보고 결론까지 내린 것이라 난 주저없이 대답했다.

"나도 몰라요. 녀석들이 밝히지 않는데 무슨 수로 알아내겠어요. 그래도 확실한 건 녀석들이 날 노린다는 거죠. 그거 하나면 충분해요."

"…그렇습니까."

내 말을 듣고 리엔은 더 이상의 말을 하지 않았다. 하고 싶은 말은 있지만 내 의지가 확고해서 하지 않기로 한 듯했다. 어쩌면 리엔이 하고자 했던 말은 '적에 대해서 알아보자' 일 수도 있겠지만, 지금의 나는 그런 것에 신경 쓰고 싶지 않다. 적이 어떤 존재이든 간에 내가 그 존재를 뛰어넘는 실력을 갖추면 아무 문제가 없기 때문이었다. 물론 그 실력을 갖춘다는 게 매우 어려운 일이긴 하지만.

"레지스트리."

"……?"

그때 전혀 예상하지 못한 인물이 날 불렀다. 그 사람은 여간해서는 입을 열지 않는 리에네였다. 순간 난 잔뜩 긴장한 채 그녀를 쳐다보았다. 얘기를 자주 하는 리엔은 편했지만 얘기를 자주 하지 못한 리에네는 아무래도 부담스러웠기 때문이다. 그런 내 긴장을 아는지 모르는지 리에네는 자신이 하고 싶은 말을 했다.

"레지스트리는 이 세계에 소환된 지 넉 달 이상 되지 않았습니까? 부모가 보고 싶지 않습니까?"

"······."

아, 그런 얘기였수? 난 또 무슨 심각한 얘기를 하는 줄 알았지.

"난 감상적인 인간이 아니라서 그런 생각은 안 해요. 중요한 건 지금 어떻게 살아야 하는 거니까요."

"······."

내 말을 듣고 리에네는 내 얼굴을 빤히 쳐다보았다. 그리고는 이내 예상하지 못한 말을 내뱉었다.

"레지스트리에게는 사랑이라는 감정이 없는 것 같습니다."

"······!"

난 일종의 충격을 받고 입을 다물었다. 나 스스로 그렇게 생각해 본 적은 몇 번 있었지만 다른 사람의 입을 통해서 그런 말을 듣는 건 처음이었기 때문이다. 그리고 '사랑'이라는 말의 의미가 너무 불분명해서 나로서는 그 어떤 말도 할 수가 없었다. 그렇게 당황해하는 날 보며 리에네는 말을 이었다.

"레지스트리는 우리를 대할 때 언제나 거리를 둡니다. 얼핏 보기에는 허물없이 지내는 것 같지만 레지스트리는 우리에게 자신에 대한 것을 거의 알려주지 않고, 레지스트리도 우리의 정보를 캐묻지 않습니다. 서로에 대해서 아는 게 없는 상태로 만나고 있습니다."

"……."

하하, 할 말이 없군. 그게 여태까지 내가 살아온 방식이었다는 걸 부정할 수가 없어. 슈아로에나 레이뮤 씨와 꽤 오래 같이 있어도 내가 먼저 그녀들에 대해서 물어본 적은 없었으니까. 또 그녀들이 먼저 물어보기 전까지 나도 내 얘기를 안 했고.

"레지스트리는 가까이 다가가기 힘든 인간입니다."

"……."

내가 가까이 다가가기 힘들다고? 나보다는 리엔이나 리에네가 더 가까이 다가가기 힘들지 않나? 일단 난 만만하게 보이잖아. 그러니까 슈아로에가 날 우습게보지.

"그래도 서로 잘 지내고 있잖아요? 서로를 믿지 못하는 것도 아니고."

난 변명에 가까운 대답을 했다. 사실 리엔이나 리에네, 그리고 유리시아드가 날 믿고 있는지에 대해서는 확신할 수가 없다. 심지어는 레이뮤나 슈아로에가 날 어떻게 생각하는지도 모르고 있다. 그렇지만 서로 얘기를 할 때 부담스럽다거나 불쾌하다거나 하지 않는 것만으로도 충분하다는 생각이 들었다. 사람에겐 각자의 영역이 있고, 그 영역을 지켜야 한다는 것이 내 지론이다.

"레지 군은 다가가기 힘든 타입이 아니라 다가가기 싫은 타입이에요."

그때 갑자기 슈아로에가 나와 리에네 사이의 대화에 끼어들어 한 손으로 내 뺨을 쭈욱~ 잡아당겼다. 혼자만 당하면 억울하기 때문에 나도 같이 슈아로에의 뺨을 한 손으로 잡아당기며 입을 놀렸다.

"슈아는 가까이 다가가기 무서운 타입이다."

"……!"

내 말에 슈아로에가 발끈하여 양손으로 내 뺨을 잡아당겼고 나 역시 양손을 이용하여 슈아로에의 뺨을 잡아당겼다. 그렇게 흔들리는 마차 안에서 뺨 잡아당기기 놀이를 하고 있는 나와 슈아로에를 보며 레이뮤가 고개를 설레설레 저었다. 아마도 만 23살이라는 작자가 만 15세인 슈아로에와 정신 연령이 똑같으니 한심한 모양이었다.

*   *   *

각국 방문 일정은 계속되어 우리는 매트록스 왕국의 왕을 만났고, 얼마 안 있어 바로 출발했다.

사실 각국 방문이라는 것은 마법을 가장 중요시하는 그래픽스 대륙의 나라에 더 가치를 두는 행사였기 때문에 엔비디아 제국, 에이티아이 제국, 매트록스 왕국을 제외하면 거의 형식적인 인사치레라 할 수 있었다.

특히 모바일 대륙이나 오에스 대륙의 나라들은 마법보다

전사 쪽을 중시하는 경향이 있기 때문에 더욱 그러했다.

달그락달그락.

매트록스 왕국과 센트리노 제국의 경계선에 있는 마을에서 우리들은 점심 식사를 했다. 난 여전히 실프를 소환한 상태에서 마나 생성 코드를 실행시키고 있었다. 퍼미디어 성을 출발하고 일주일 정도가 지나 현재 실프의 마나는 거의 3서클에 육박하고 있었다.

만약 내가 12년 내공을 가지고 있었다면 진작에 실프의 마나가 3서클을 달성했겠지만 내 내공은 10년이라 많이 부족했다. 내공 주입은 자신이 가지고 있는 내공 이상의 내공을 타인에게 주입하지는 못하기 때문에—실프에게 10년 내공을 주고 그 이상을 주려고 했을 때에서야 그게 안 된다는 것을 깨달았다. 왜 유리시아드는 그 사실을 알려주지 않은 것인가!—실프에게 10년 내공밖에 전해주지 못했다.

내공 주입이 가장 **빠르고** 편한 포스 증가 방법이긴 하지만…… 자신보다 많은 내공을 가지고 있는 상대를 일일이 찾아다녀야 한다는 단점이 있지. 지금 내 주변에는 유리시아드라는 훌륭한 먹잇감(?)이 있긴 하지만 유리시아드가 나한테 내공 주입을 해줄 리는 없고, 결국 의문의 청년이 사용했던 마나 복사 코드를 개발해서 사용하는 수밖에 없겠군. 녀석도 개발했는데 나라고 개발 못할쏘냐!

"유리시아드 씨, 조금만 더 가면 유리시아드 씨의 고향이에요. 얼마 만이에요?"

내가 잡생각을 하고 있을 때 슈아로에가 유리시아드에게 말을 걸었다. 유리시아드는 잠시 기억을 더듬다가 대답했다.

"음······ 거의 여섯 달?"

"와, 그렇게 됐어요? 오랜만이라 기쁘겠네요!"

"응? 아······."

슈아로에가 들떠 있는 것과는 달리 당사자인 유리시아드는 별 감흥이 없어 보였다. 그런 유리시아드의 모습을 보니 왠지 나하고 닮은 듯한 느낌을 받았다. 그래도 그 말을 입 밖으로 꺼냈다가는 유리시아드의 검에 의해 내 뼈 구조를 보게 될 수도 있을 것 같아 난 얌전히 음식만 먹었다. 그러는 사이에도 두 낭자의 얘기는 계속되었다. 그건 저번에도 했던 얘기들이다.

"센트리노 제국은 유리시아드 씨의 영향을 받아서 마법기사가 인기잖아요?"

"그런 건 아니야. 마법과 무공을 동시에 사용하는 편이 전투 시에 유리하니까 그런 거지."

"물론 그렇겠지만 대륙 유일의 '자유기사'의 영향을 받지 않았다고 말할 수는 없잖아요? 제 생각엔 유리시아드 씨가 있기 때문에 마법기사가 인기인 것 같아요."

"어차피 좋아서 된 자유기사도 아니고······ 아니, 그렇게 생각해 주니 고마워."

그녀들의 대화는 며칠 전의 대화와 완전히 판박이였다. 얼마나 할 얘기가 없으면 며칠 전에 했던 얘기를 또 하겠는가, 하면서 안타까워하던 중에 나는 유리시아드의 표정이 많이 어두워진 것을 보고 그녀가 고향으로 돌아가길 꺼려한다는 걸 눈치 챘다.

흐음…… 설마 유리시아드, 가출한 거 아니야? 집안의 불화로 인해서 집을 뛰쳐나와 마법과 무공을 익히고 자유기사가 되다! 이런 시나리오? 대체 유리시아드의 가정환경이 어떠하길래 유리시아드가 가출을 한 거지?

덜컹덜컹.

마차를 타고 가면서 말을 타고 달리는 유리시아드의 표정을 살펴보니 평상시보다 얼굴이 더욱 굳어져 있었다. 평상시에도 굳은 얼굴이기는 했지만 그 굳은 얼굴을 더욱 굳히니 무서움마저 느낄 정도였다.

쩝, 유리시아드의 표정이 신경 쓰이기는 하지만 그보다 어서 마나 복사 코드나 완성해야지. 우선 저장 공간에다 내 마나를 복사해 놓고 대상자와 링크를 건 후에 프로토콜을 확립하고 마나 복사를 한다…… 기본이 이건데, 일단 기본을 생각해 두니까 의문의 청년이 썼던 코드가 어렴풋이 떠오르는 것같기도 하군. 좋아, 한번 만들어볼까?

…….

난 마차에 앉아 죽어라고 머리를 굴렸다. 책도 찾아보면서 머릿속으로만 정리하려 했고, 마침내 난 하나의 코드를 완성할 수 있었다. 만들 때에는 몰랐는데 만들어놓고 보니 내 마나 복사 코드가 의문의 청년의 마나 복사 코드와 완전히 똑같을지도 모른다는 생각이 들었다.

후우, 이게 정말 오류없이 제대로 실행될지는 모르겠지만 우선 완성을 했으니 기분은 좋군. 근데, 이놈의 마나 복사 코드…… 마나량이 1서클을 넘어버리잖아? 마나 복사만 시키는데 뭔 마나를 이렇게 잡아먹어? 이거 내 모든 포스를 매직포스로 돌려야만 마나 복사 코드를 실행시킬 수 있겠구만. 근데 지금의 내가 마나 복사를 시켜줄 대상이 존재하기나 한 건가? 모두들 나보다 포스량 자체가 높으니 원…….

"뭘 또 그렇게 인상을 써요?"

내가 머리를 싸매고 좌절하자 슈아로에가 나에게 말을 걸어왔다. 그러한 그녀의 모습을 보고 난 문득 슈아로에가 나에게 먼저 말을 거는 때가 많고 내가 먼저 슈아로에에게 말을 건 적이 거의 없음을 깨달았다. 그것은 리에네로부터 사람을 대할 때 거리를 둔다는 지적을 받은 후라 더 그렇게 생각하는지도 모른다. 그렇지만 난 특별히 지금의 나를 바꿀 생각이 없었다.

"실프에게 더 이상 내공 주입을 못해서 그 대안으로 마나 복사 코드를 개발했어."

"마나 복사 코드? 레지 군을 습격했던 자가 레지 군에게 썼다는 그 마법 말인가요?"

"응. 그때 녀석이 그 코드를 써서 20분 정도 만에 1서클을 복사시켰거든. 근데 이게 마나량이 1서클을 넘어버리는 코드라서 난 지금 못 써먹어. 슈아가 대신 실행시켜 줄래?"

"음… 알았어요. 알려줘요."

처음엔 망설이던 슈아로에가 내 부탁을 받아들였다. 난 그녀에게 내 머릿속에서 완성한 마나 복사 코드를 알려주었다. 그러나 내 기억력이 매우 나쁜 관계로 한번에 깔끔하게 알려주지 못하고 여러 번 번복해서 알려주어야만 했다.

"다 외웠어?"

"누구 씨가 뒤죽박죽 알려줬지만 다 외웠어요."

"그럼 시작해 줘."

"알았어요."

슈아로에는 천재라는 말이 어울릴 정도로 아주 쉽게 내 마나 복사 코드를 기억했다. 저것이 머리가 좋다는 뜻이구나, 하고 감탄하고 있을 때 슈아로에의 마법 코딩이 시작됐다.

"Create number copy, duplicate code in copy, create dimension Registry, link Registry, create protocol, substitute copy for code, render thousand twenty four."

그녀가 링크를 건 대상자는 바로 나였다. Link 코드에 의해 슈아로에의 정신이 내 머릿속을 두드리는 것을 느끼고 난 문득 의문의 청년과의 만남이 생각났다. 그때는 의문의 청년에게 두들겨 맞은 후에 강제적으로 링크를 당했기 때문에 기분이 매우 불쾌했었다. 그러나 지금은 그런 강제성이 없고, 게다가 상대는 날 우습게보지만 그래도 귀여운 슈아로에였기 때문에 난 링크를 당해도 아무런 거부감이 들지 않았다. 그래서 그녀의 정신은 내 머릿속을 쉽게 파고들었다.

……

시간은 대략 20분 정도 걸렸다. 20분 후에 슈아로에의 코드 실행이 종료되자 내 머리에는 정확히 1서클에 해당하는 마나가 형성되었다. 그래 봤자 모든 포스를 매직포스로 변환해서 최종 합산을 하더라도 4서클은 못 되지만, 그보다는 마나 복사 코드의 유용성을 파악했다는 게 중요했다. 그것은 마나 복사 코드가 1초에 마나량 1만큼 마나를 복사할 수 있어서 마나 생성 코드보다 속도가 훨씬 빠르다는 점이었다.

마나 복사. 좋긴 한데, 이건 자신이 가지고 있는 서클을 넘어서는 마나를 상대에게 전달할 수 있으려나? 없다면 솔직히 내공 주입하고 별 차이가 없어서 그렇고 그런데……. 우선 내가 슈아로에에게 마나 복사를 해봐야겠군.

"확실히 슈아로부터 1서클을 복사받았어. 문제는 내가 슈아한테 마나 복사를 할 수 있느냐 없느냐야."

"나보고 마나 복사를 받으라구요?"

내 말에 슈아로에는 기겁했다. 정통파 마법사를 추구하는 슈아로에이기 때문에 될지 안 될지 모르지만, 어쨌거나 편법으로 마나를 모은다는 것이 매우 꺼림칙한 모양이었다. 그러나 난 간절한 눈빛 공격을 통해 내 의사를 통과시켰다.

"알았어요. 해봐요."

"응, 그럼 간다."

난 마나 복사 코드를 떠올리기 위해 머릿속을 뒤졌다. 20분 동안 가만히 앉아 있었더니 내가 만들었던 마나 복사 코드를 잊어먹은 것이다. 그렇게 2분여가량을 되뇌고 나서야 간신히 마나 복사 코드를 떠올렸고, 곧바로 슈아로에에게 사용하려 했다. 그러나 마나 복사 코드는 1서클 이상의 마나량을 필요로 하기 때문에 그 코드를 사용하기 위해서는 적어도 2서클의 마나량을 보유해야만 했다. 2서클에 조금 못 미치는 마나량으로는 1서클 이상의 마법은 사용할 수 없기 때문이었다. 그래서 난 먼저 포스 변환을 통해서 모든 포스를 매직포스로 바꾸었다. 내 예상대로 4서클에 못 미치는 최종 포스량이었지만 어쨌거나 난 슈아로에를 향해 마나 복사 코드를 실행했다.

"……."

"……."

잉? 분명히 코드를 실행했는데 아무런 반응이 없네? 혹시 내가 코드를 잘못 외웠나?

"슈아, 내가 뭐 잘못 읊었나?"

"아뇨, 제대로 했어요."

"그래? 그렇다면……."

내가 마나 복사 코드를 제대로 외웠는 데도 실행이 되지 않는다는 것은 마나 복사 코드 역시 내공 주입 구결과 마찬가지로 자신의 포스 이상의 포스량을 상대에게 전달할 수는 없다는 뜻이었다.

쳇, 이러면 내공 주입하고 똑같잖아? 슈아로에하고 하면 기껏해야 4서클밖에 얻지 못하고 내 마나는 슈아로에에게 복사해 줄 수 없다는 소리로군. 음? 잠깐만!

"슈아, 네 매직포스를 전부 다른 포스로 바꿔봐."

"에?"

갑작스런 내 요구에 슈아로에는 매우 당황해했다. 매직포스를 목숨처럼 아끼는 슈아로에에게 포스 변환 요구는 어쩌면 무리일 수도 있었다. 그러나 난 이번에도 매우 간절한 눈빛 공격을 통해 슈아로에의 승낙을 얻어내었다.

"…알았어요. 그럼 일단 스피릿포스로 변환할게요."

"고마워."

슈아로에는 탐탁지 않은 표정을 지으면서 포스 변환 코드를 읊었다. 내가 슈아로에에게 단 한 번 포스 변환 코드를 가르쳐 주고 슈아로에는 그것을 연습한 적이 한 번도 없었음에도 불구하고 그녀의 입에서는 거침없이 포스 변환 코드가 흘러나왔다. 아마도 나 모르게 포스 변환 코드를 외운 모양이었다.

"Repeat access string until execute string, set code with phonetic code spirit."

포스 변환 코드에 따라 슈아로에의 매직포스가 전부 스피릿포스로 바뀌었다. 그동안 난 리프레쉬 코드를 통해 마나를 초기화시켰다. 그리고 나서 슈아로에에게 마나 복사를 시도했다. 지금 상태는 3서클의 마법사가 0서클의 마법사에게 마나를 복사하는 형태이기 때문에 분명히 될 것이라는 확신이 있었다.

"……!"

"……!"

마나 복사 코드를 실행하자 드디어 마나 복사가 시작되었다. 내 정신이 슈아로에의 머릿속을 헤집어놓고 있는 데도 슈아로에는 그것을 가뿐하게 견디고 있었다. 슈아로에의 참을성이 좋은 것일 수도 있고 슈아로에가 나에게 호의를 가지고 있다고 해석할 수 있지만, 어쨌든 마나 복사는 수월하게 이루어졌다. 그렇게 20분이 흐르고 나서 난 살짝 웃었다.

"됐다. 이런 식으로 하면 낮은 서클의 마법사에게서도 마나 복사를 받을 수 있어."

"……."

난 기뻐서 웃었지만 슈아로에는 기쁘지 않다는 듯이 눈썹을 찌푸렸다. 편법으로 1,024만큼의 마나량을 20분 만에 얻게 되었으니 자신의 마법사 프라이드에 상당한 타격을 받은 모양이었다. 그런 슈아로에의 모습이 조금 안타까워서 난 그녀의 어깨를 양손으로 감싸 쥐었다. 그리고는 내 나름대로의 생각을 말했다.

"편법이라고 생각할 수도 있겠지만 난 이것도 실력이라고 생각해. 다른 마법사들은 이런 방법을 발견해 내지 못해서 못 하고 있는데 우리는 직접 코드로 만들어서 사용한 거잖아. 이것도 일종의 마법이라고. 편법이라고 생각 안 하면 좋겠어."

"……"

내 표정이 진지했기 때문인지 슈아로에도 진지하게 생각했다. 그러고 나서 슈아로에는 이내 고개를 작게 끄덕였다.

"알았어요. 이런 방식을 사용할 수 있는 건 지금 레지 군뿐이니까. 앞으로 편법이라고 생각하지 않을게요. 하지만 다른 마법사들에게 알려줬다가는…… 아아……."

하하, 그게 걱정이었어? 하긴, 지금 내가 쓰고 있는 마나 생성 코드, 마나 복사 코드, 포스 변환 코드는 전부 쉽고 빠르게 마나를 모을 수 있도록 하는 마법이니 다른 마법사들은 이걸 사기 마법이라고 생각하겠지. 알려주면 거의 100%의 확률로 모든 포스 체계가 무너질 게 뻔하고. 아예 포스 구별이 없어지겠지? 흐흐, 아무렴 어때? 나만 세지면 되지. 잇힝~

"그럼 우리끼리 쓰면 되잖아? 우리들만의 비밀. 하하!"

말해놓고도 괜히 쑥스러워서 난 어색한 웃음을 연발했다. 하지만 의외로 슈아로에는 얼굴을 붉게 물들이며 머뭇머뭇거렸다. 뭔가 할 말이 있는데 하지 못하는 모습이라서 내가 먼저 재촉을 했다.

"왜? 하고 싶은 말이 있으면 해."

"에…… 그게……."

말을 할까 말까 망설이던 슈아로에는 결국 결심을 하고 나를 향해 말을 꺼냈다.

"그, 내가 마나 복사 코드를 사용했을 때 레지 군은 기분이 어땠어요? 내 정신과 레지 군의 정신이 연결됐을 때……."

아하, 그 얘기였나? 의문의 청년에게 당했을 때는 기분이 정말 더러웠지만 슈아로에하고는 전혀 그런 기분이 안 들었지. 오히려 기분이 좋았을 정도랄까? 슈아로에의 정신을 느낄 수 있어서 말이지. 아, 그러고 보니 슈아로에의 입장에서는 그 반대일 수도 있겠구나. 갑작스럽게 정신 침략을 받아서 기분이 꿀꿀할지도…….

"난 괜찮았는데? 슈아는 기분 나빴어? 근데 잘 버티던데?"

"에? 아니, 나쁘지는 않고…… 떨리는 느낌……."

"떨려? 그렇게 무서웠어?"

"아니, 그게 아니라…… 에이잇!"

갑자기 슈아로에가 내 뺨을 잡고 공격하기 시작했다. 그래서 나도 슈아로에와 본격적인 뺨 잡아당기기 전투를 벌였다. 그래 봤자 난 힘을 빼고 슈아로에는 힘을 잔뜩 주고 있어서 결과적으로는 나의 완패였다.

"아야, 아프다……."

난 빨갛게 부어오른 양쪽 뺨을 문지르며 우는 소리를 냈다. 이번 슈아로에의 공격은 감정이 실려 있어서인지 평소보다도 아팠다. 슈아로에도 그 사실을 알아채고 미안한 표정을 지었다.

"미안해요. 나도 모르게……."

"……!"

나에게 뺨을 잡혔기 때문에 살짝 붉어진 양쪽 뺨, 그리고 촉촉이 젖은 눈빛. 그 표정으로 날 미안한 듯이 쳐다보고 있으니 슈아로에의 의도를 내 멋대로 해석해 버리고 싶은 충동이 들었다. 슈아로에의 얼굴을 계속 쳐다보면 돌발 행동을 하게 될지도 모른다고 판단, 난 재빨리 화제를 레이뮤 쪽으로 돌려 버렸다.

"레이뮤 씨! 레이뮤 씨도 마나 복사 클럽에 가입하실래요?"

"아……."

가만히 앉아서 나와 슈아로에의 장난을 바라보기만 하던 레이뮤는 갑작스런 내 물음에 약간 당황하는 표정을 지었다. 아마도 다른 생각을 하다가 조금 놀란 듯했다. 그래도 금방 원래의 무표정을 되찾은 레이뮤는 차분한 어조로 입을 열었다.

"난 더 이상 마나를 모을 수 없기 때문에 사양하겠어요."

아참, 그랬지. 오래 사는 대신 마나를 모을 수가 없구나. 근

예고 없는 위험 161

데 생각해 보면 레이뮤 씨도 불쌍하다니까. 자신보다도 한참 어린 마법사들이 자신을 능가해 버리는 데도 그걸 어쩔 수 없이 쳐다보고 있어야만 하잖아. 나 같으면 차라리 오래 사는 걸 포기하고 마법계의 일인자가 되겠다. 뭐, 그렇다고 해도 일찍 죽는 건 사양이지만.

"레지스트리, 본인도 레지스트리의 마나 복사 클럽에 가입하고 싶습니다."

그때 느닷없이 리엔이 나를 보면서 그렇게 말했다. 개그성 멘트에 가까운 말을 진지한 표정으로 하고 있는 리엔을 보니 뭔가 핀트에 어긋나는 듯한 느낌이 들었다. 그래도 옆에 있는 리에네도 그렇고, 진심으로 클럽 가입(?)을 희망하고 있는 분위기라서 난 흔쾌히 승낙을 했다. 부원(?)이 한 명이라도 더 늘면 좋기 때문이었다.

"Create number copy, duplicate code in copy, create dimension Registry, link Registry, create protocol, substitute copy for code, render two thousand forty eight."

난 곧바로 리엔에게 2서클의 마나량을 복사했다. 1서클만 주면 리엔이 마나 복사 코드를 사용할 수 없기 때문이었다. 사실 이미 7서클 이상의 포스량을 보유하고 있는 리엔이라서 포스 변환을 하면 되지만 2서클 이상의 마나 복사를 할 수 있는지 없는지 알아보는 차원에서 그렇게 한 것이었다.

  ······.

40여 분의 시간이 지나는 동안 난 정신이 점점 아득해지는 느낌을 받았다. 그것은 갑자기 정신력이 쑥 빠져 버리는 듯한 느낌이었다. 그리고 2서클의 마나 복사가 끝나는 순간, 난 그대로 슈아로에에게 쓰러지듯이 몸을 기대었다.

"에엣?! 레지 군?!"

느닷없는 내 행동에 슈아로에는 당황했지만 내 상태가 이상함을 깨닫고 내 얼굴을 자세히 쳐다보았다. 지금 내 얼굴이 어떤 식으로 변했는지 알 수 있을 리는 없지만 아마도 꽤 볼 만한 표정일 것이라는 생각이 들었다. 눈에 초점도 제대로 잡히지 않고 이마에서는 식은땀이 흐르고 있었으니까.

"레지 군! 레지 군! 정신 차려요!!"

"……."

하아, 정신이 점점 멀어진다…… 이거는 꼭…… 죽어가는 느낌이군. 이런 식으로 죽는 건 정말 꼴사나운데…… 아아, 이것으로 나를 주인공으로 한 이야기는 끝인가…….

*   *   *

아프다. 무릎 들고 있는 손이 아프다. 대체 왜 군대 무는 이렇게 큰 거야? 제길, 손목뼈가 아파온다. 금이 간 거야, 그냥 아픈 거야? 짜증나는군. 깎아야 할 무는 아직 저렇게 많이 남아 있는데.

으으, 2시간 동안 칼질만 해대니 팔이 아프다. 칼도 제대로 안 들어 힘줘서 썰지 않으면 썰리지를 않아요. 제길, 머리카락을 떨어뜨리면 스윽 잘려 나가는 초A급 칼을 쓰고 싶다.

어윽, 허리에 무리가 오는군. 1시간 동안 돼지고기 60㎏을 솥에서 볶았더니 땀이 그냥 줄줄 흐르는구나. 근데 500인 분이라고 배정한 이 돈육 60㎏도 배식하지 않으면 금방 동이 날 텐데? 에이, 몰라. 난 그냥 보급대에서 주는 대로 볶을 뿐이다.

"……!"

여태 잘 꾸지도 않았던 꿈을 꾸다가 눈을 떴다. 가끔씩 자고 일어나면 내가 이 이상한 세계에 있다는 사실을 종종 잊어버릴 때가 있지만 오늘 같은 날은 더 심했다. 특히 내가 살던 곳에서 보지 못하는 천장을 보면 그런 기분이 더 강하게 들었다.

"일어났습니까?"

내가 눈을 뜨고 눈동자만 이리저리 굴리고 있을 때 익숙한 리엔의 목소리가 들려왔다. 난 방금 전까지 자다 일어났기 때문에 정신이 아직 멍한 상태라 눈을 몇 번 꿈뻑꿈뻑한 다음에야 겨우 입을 열었다.

"여기가 어디예요?"

"여관입니다. 레지스트리는 마차에서 쓰러진 이후로 하루 만에 깨어난 것입니다."

잉? 내가 하루 동안이나 퍼질러 잤다고? 근데 왜 내가 마차에서 쓰러진 거지? 난 분명 마나 복사 코드를 실행하고 있었는데, 설마…… 마나 복사 코드에 문제가 있는 건가?

"무슨 일이 있었던 것입니까?"

리엔은 날 내려다보며 걱정스러운 표정을 지었다. 언제나 무표정한 얼굴의 리엔이 그런 표정을 짓고 있으니 뭔가 신선했다. 그러나 난 속으로 예쁜 여자가 간호해 줬으면 하는 망상을 몰래 하면서 내 생각을 정리했다.

"마나 복사 코드를 실행하던 중에 갑자기 정신이 쑥 빠져나가는 듯한 느낌이 들었어요. 아마도 마나 복사 코드는 일정 시간 이상을 실행시키거나 일정 횟수를 넘으면 마법사에게 치명적인 타격을 입히나 봐요."

"마법이라는 것도 위험한 것 같습니다. 정령술도 자신의 한계치 이상의 능력을 사용하려고 하면 위험합니다."

"아하하, 모든 게 다 그렇죠. 자신의 능력을 알고 잘 사용하는 게 중요하잖아요."

난 어설픈 웃음을 흘렸다. 아무 생각 없이 마나 복사 코드를 쓰다가 죽기 직전까지 갔다 왔으니 남 말할 처지가 못 되었기 때문이다. 그러다가 문득 슈아로에 역시 나처럼 마나 복사 코드를 썼다는 것을 떠올렸다.

"근데 슈아는 어때요? 슈아도 마나 복사 코드를 썼는데…… 별 이상은 없대요?"

"그렇습니다. 멀쩡합니다."

"다행이네요."

휴우, 한숨 났군. 마나 복사 코드를 한 번 정도 실행한 것으로는 별 위험이 없는 모양이구만. 내가 20분 정도 마나 복사 코드를 쓰고 나중에 40분의 마나 복사를 했는데, 마나 복사 코드를 2번 이상 사용하면 정신에 무리가 온다든지 1시간 이상 마나 복사 코드를 쓰면 위험한 것 같다. 괜히 슈아로에한테 '마나 복사 좀 더 해줘~' 했으면 정말 피 볼 뻔했군. 차라리 내가 위험을 겪어버리는 게 낫지, 슈아로에게 무슨 일이라도 생기면 레이뮤 씨를 비롯해서 이안트리 백작 부부도 가만있지 않을 테니까.

"레지스트리는 자신보다 슈아로에를 걱정하는 것입니까?"

리엔이 갑자기 화제를 바꾸어 말했다. 날 책망하는 게 아니라 단순한 질문이었기 때문에 난 부담없이 입을 놀렸다.

"나 때문에 슈아가 쓰러지면 곤란하잖아요. 내가 쓰러지면 걱정해 줄 사람이 별로 없지만, 슈아가 쓰러지면 슬퍼할 사람이 많아요. 그런 차이라고 생각하세요."

"……."

리엔은 말없이 내 얼굴을 쳐다보았다. 뭔가 할 말이 있다는 듯한 표정이었기 때문에 난 그를 쳐다보며 할 말 있으면 하슈라는 얼굴을 했다. 그러자 리엔은 할까 말까 망설이던 말을 꺼냈다.

"레지스트리가 쓰러졌을 때 슈아로에가 본인에게 화를 냈습니다. 레지스트리에게 무슨 짓을 한 게 아닌가 하고 말했습니다."

아하하, 슈아로에가 실수를 했군. 하긴, 다른 사람이 보기에는 내가 리엔에게 마나 복사를 하다가 쓰러졌으니 리엔이 나에게 무슨 수를 쓴 게 아닐까 의심할 수도 있겠지.

"슈아도 리엔 씨가 한 짓이 아니라는 걸 알 텐데요? 슈아가 리엔 씨를 믿지 못하는 것도 아니고."

"하지만 지금은 믿지 않습니다. 방금 전까지도 슈아로에가 레지스트리를 간호하고 있었습니다. 아직 슈아로에는 내가 레지스트리를 해칠 것이라는 생각을 하고 있는 것 같습니다."

"아하하!"

난 어색한 웃음을 흘렸다. 솔직히 슈아로에가 리엔을 의심하고 있다는 것을 믿을 수가 없었다. 게다가 화까지 냈다고 하니 더욱 그러했다. 슈아로에와 말다툼을 몇 번씩 하기는 하지만, 그건 재미로 하는 것이었기에 난 지금까지 슈아로에가 진짜 화를 내는 모습을 본 적이 없었던 것이다.

"슈아로에뿐만 아니라 우리들도 레지스트리를 걱정했습니다. 레지스트리가 쓰러졌을 때 대마법사님이 치유 마법을 사용하고, 유리시아드가 레지스트리를 여관까지 옮겼습니다. 모두들 레지스트리를 걱정하고 있습니다."

리엔의 표정은 진지했다. 그것은 나를 걱정하는 사람들 중에 자신도 포함된다는 뜻이었다. 솔직히 레이뮤나 유리시아드가 날 걱정했다는 것을 믿기는 매우 힘들었지만 날 걱정해 주는 사람들이 있다는 사실만큼은 기뻤다.

"근데, 지금 시간이 어떻게 돼요? 저녁은 아닌 것 같은데."

"오후 2시쯤 되었습니다."

"점심은 먹었겠네요?"

"그렇습니다. 하지만 모두들 많이 먹지 않았습니다. 그리고 슈아로에는 거의 식사를 하지 않았습니다. 방금 전까지 레지스트리를 간호하다가 대마법사님이 불러서 나간 상태입니다."

잉? 슈아로에가 식사를 거의 하지 않았다고? 키 커야 된다고 식사량을 늘리고 있었던 슈아로에가? 허허, 그거 아무리 생각해도 믿어지지가 않는걸?

끼이.

그때 때마침 문이 열리며 슈아로에와 레이뮤가 방 안으로 들어왔다. 평상시와는 다르게 어두운 표정을 짓고 있는 슈아로에를 보니 날 걱정하긴 했었구나, 하는 생각이 들었다. 그렇게 내가 침대에 누워 고개만 돌린 상태에서 자신을 빤히 쳐다보는 시선을 느낀 슈아로에가 놀란 표정을 지었다.

"깨어났어요?!"

"어, 방금."

난 손까지 흔들며 내가 건재하다는 것을 알렸다. 슈아로에가 멍하니 서 있는 것과는 달리 레이뮤는 나에게 다가와 내이마를 손으로 짚어보며 말했다.

"열도 없고 얼굴색도 나빠 보이지 않는군요."

"멀쩡해요."

난 레이뮤의 부드럽고 따뜻한 손을 느끼며 기분이 한껏 고조되었다. 누군가에게서 따뜻한 손길을 느낀 적이 어렸을 때 말고는 없었기 때문이다. 그러나 우리의 희망, 슈아로에가 그런 내 기분을 아작 냈다.

"일어났으면 빨리 일어날 것이지 언제까지 누워 있을 거예요?"

"……."

쳇, 날 걱정했다더니만 전혀 아니잖아? 나도 슈아로에게 심심한 위로의 말이라도 듣고 싶었는데 말이지. 어쨌거나 계속 누워 있으면 슈아로에가 날 때릴지도 모르니까 어서 일어나자.

"으윽, 허리……!"

난 슈아로에의 말대로 몸을 일으키려다가 얼굴을 찡그렸다. 오랫동안 누워 있었기 때문인지 허리가 매우 아팠던 것이다. S자 형태로 구부러져 있는 척추가 누워 있게 되면 중력 때문에 一자로 되려 하므로 통증이 없을 수가 없다. 그래서 오래 누워 있으며 허리가 아픈 것이다. 물론 증거는 없지만.

"무리하지 말아요."

내가 인상을 팍팍 쓰자 레이뮤가 날 부축했다. 그리고 슈아로에도 뭔가 흠칫하는 표정을 지었지만 별말은 하지 않았다. 난 상체를 이리 비틀고 저리 비틀고 해서 척추를 원래대로 돌려놓은 뒤 입을 놀렸다.

"배가 고프니까 일단 식사를 하고 바로 출발하죠."

"바로 출발하자구요?"

내 말을 듣고 슈아로에가 또다시 놀란 표정을 지었다. 그래서 난 다시 한 번 내 의사를 전달했다.

"바로 출발이 아니라 내가 점심을 먹고 나서 출발이라고. 나도 먹고살아야지."

"…너무 무리하는 거 아니에요?"

잉? 뜻밖의 말인데? 난 당연히 '밥은 무슨! 당장 출발이에욧!'이라고 말할 줄 알았는데 말이지.

"내가 자고 있었던 만큼 일정이 늦어졌잖아? 그러니 서둘러야지."

슈아로에는 아무 말도 하지 않았다. 레이뮤도 리엔도 내 의견에 반대를 하지 않았기 때문에 우리는 내가 점심을 끝내는 대로 출발하기로 결정을 내렸다.

"그럼 점심 먹으러…… 억!"

난 아무 생각 없이 침대에서 빠져나가 일어서려 했다가 다리에 힘이 잘 들어가지 않는 것을 느끼고 놀랐다. 정신은 멀쩡한데 몸이 따라주지 않는 기분은 참 묘했다. 마치 술을 마신 듯한 느낌이었다.

"무리하지 말라니까요!"

내가 꼴사납게 휘청거리자 슈아로에가 버럭 화를 냈다. 그것은 장난으로 그러는 것이 아닌 진짜로 화를 내는 것이었다. 덕분에 난 배로 놀랐다.

"아니, 오래 누워 있어서 몸에 힘이 들어가지 않은 것뿐이야. 무리하는 게 아니라고."

"몸에 힘이 들어가지 않는 게 괜찮은 거예요? 아무튼 날 잡아요."

슈아로에는 언성을 높이면서도 날 부축해 주었다. 그러나 이제는 몸에 힘이 들어가서 어느 정도 내 뜻대로 움직일 수 있었기 때문에 난 나 혼자 힘으로 일어섰다.

"봐, 멀쩡하잖아. 아무튼 점심 먹으러 갈게."

"나도 갈게요. 나도 먹지 않았으니까."

나 혼자 가려고 했지만 슈아로에가 따라붙었다. 생각해 보면 나는 이 세계에서 살아가는 데 필요한 돈을 단 한 푼도 가지고 있지 않았기 때문에 나 혼자 점심을 냘름냘름 사 먹을 수는 없었다. 그리고 역시 땡전 한 푼 없는 것은 슈아로에도 마찬가지라 난 레이뮤를 끌어들여야 했다.

"돈이 없으니 레이뮤 씨도 같이 가요. 이 세계의 금전 가치도 잘 모르고……."

"그렇군요. 같이 가도록 해요."

"본인도 같이 가겠습니다."

레이뮤가 무리에 합류하자 리엔도 동참할 뜻을 밝혔다. 그러나 의외로 슈아로에에게서 반대 의사가 터져 나왔다.

"리엔 씨가 따라올 필요는 없어요. 나하고 레이뮤님하고만 가겠어요."

"……."

허어, 리엔을 믿지 못한다는 말이 사실이었나? 이거 내가 오해를 풀어주지 않으면 곤란해지겠는걸?

"슈아, 리엔 씨는 우리 동료야. 굳이 경계할 필요 없잖아?"

"……."

내 말에도 슈아로에는 같이 가기 싫다는 입장을 고수했다. 사실 내가 점심을 먹으러 가는 데 이미 점심을 먹은 리엔이 굳이 따라올 필요는 없었다. 그러나 문제는 슈아로에가 리엔을 배척하고 있다는 점이었다.

"내가 쓰러진 이유는 마나 복사 코드의 무분별한 사용 때문이야. 만약 슈아가 그때 마나 복사 코드를 또 사용했다면 내가 아니라 슈아가 쓰러졌을걸? 리엔 씨하고는 상관없잖아. 잘못이라면 마나 복사 코드를 아무 생각 없이 연거푸 썼던 나한테 있지."

"……."

슈아로에는 내 말을 반박하지 않았다. 그 사실은 이미 어느 정도 짐작하고 있었던 듯하다. 그래도 그녀는 리엔이 따라오는 것을 거부했다. 그 모습은 리엔을 믿지 못해서라기보다는 다른 이유가 있어서 그러는 것 같았다. 그래서 난 더 이상의 설명을 하지 않았다.

"어차피 리엔 씨는 점심을 먹었으니까 따라올 필요 없어요. 대신 리에네 씨나 유리시아드에게 내가 일어났다는 것만 알려주세요."

"…알았습니다."

리엔은 마지못해 고개를 끄덕이고는 방을 빠져나갔고, 나는 양쪽에 슈아로에와 레이뮤를 거느리고 식당으로 향했다. 식당으로 가면서 난 레이뮤를 향해 입을 열었다.

"마나 복사 코드는 하루에 1시간 이상 사용하면 위험한 것 같아요. 좀 더 정확히 알아보려면 실험을 해보면 되겠지만…… 솔직히 무서워서…… 하하."

"설마 또 하려고 했어요?! 그런 위험한 마법을?!"

난 레이뮤와 얘기하려고 했지만 반응을 보인 사람은 슈아로에였다. 그래서 난 대화 상대를 슈아로에로 바꾸었다.

"그냥 하루에 1서클 정도의 마나만 복사하면 괜찮아. 슈아로에 괜찮았고, 나도 그때까지는 멀쩡했으니까."

"레지스트리 군이 그렇게 생각하니 말리지는 않겠습니다만, 되도록 조심하도록 해요."

기껏 대화 상대를 슈아로에로 바꾸었더니 이번엔 레이뮤

가 입을 열었다. 나보다 한참 높은 손윗사람이 말하는데 씹을 수는 없어서 난 다시 레이뮤 쪽으로 고개를 돌려야만 했다.

"괜찮아요. 아무튼 이번 일은 큰 경험이 됐어요. 코드 실행 하다가 죽을 수도 있다는 걸 알았으니까."

"흥, 그러다 죽으면 어쩌려구요?"

이번에도 레이뮤가 아닌 슈아로에가 입을 열었다. 그것은 이미 예상했던 일이라 난 자연스럽게 그녀에게로 시선을 옮 겼다.

"드래곤하고도 싸워서 살아남았는데 코드 외우다가 죽었 다고 하면 꼴사납잖아? 나도 그런 식으로 죽고 싶지는 않아."

"자, 저기 앉도록 해요."

서로 얘기를 나누다 보니 어느새 식당에 도착한 우리들은 약간 한산해진 식당 안으로 들어가 자리를 잡고 앉았다. 점심 을 먹었다던 레이뮤 씨를 제외하고 나와 슈아로에는 싸고 양 많은 음식을 시켰다. 레이뮤는 웬만하면 비싸도 되니까 먹고 싶은 걸 먹으라고 했지만 난 싼 것만 골랐다. 얻어먹는 입장 에서 비싼 걸 시켜먹을 배짱이 나에게는 없기 때문이었다. 특 히 레이뮤의 지갑 사정을 잘 알기 때문에 더 더욱 그러했다.

달그락달그락.

나와 슈아로에는 걸신들린 사람마냥 음식을 먹어치웠다. 식사 속도는 평소보다 조금 빨랐다. 아마도 점심을 먹고 나서 바로 출발한다는 점 때문에 나도 모르게 식사를 빨리하고 있는 것 같았다. 그런 내 모습을 보던 레이뮤가 조용히 입을 열었다.

"레지스트리 군은 언제나 다른 사람들에게 무게 추를 두고 있군요."

"……?"

잉? 갑자기 그런 심오한 말을 하시면 어떡해요? 밥 먹느라 모든 정신이 위장에 쏠려 있어서 이해하기 불가능합니다만?

"일정 때문에 쉬는 것을 포기하는 것도 그렇고, 내 금전 사정 때문에 싼 음식을 시키는 것도 그러하지요."

이어진 레이뮤의 말을 듣고 나서야 그녀가 말하려는 의도를 알아챘다. 그러나 음식을 한창 먹고 있는 도중이라서 난 음식을 목구멍으로 넘길 때까지 아무 말도 할 수 없었다. 그러는 사이 레이뮤가 또다시 말을 이어나갔다.

"레지스트리 군도 자신을 위해서 조금 억지를 부려줬으면 해요. 레지스트리 군은 내 가족이나 마찬가지니까요."

하하, 가족이라고 하니 뭔가 이상한 기분이군. 겉보기에는 오누이 사이라고 해야겠지만 실제 나이로 따지면 할머니의 할머니의 할머니 식으로 쭉 올라가는 옛 조상과 같이 있는 거잖아. 뭐, 레이뮤 씨가 날 가족으로 생각해 주는 건 고맙지만 어떤 마음으로 그런 생각을 하는 거지? 누나의 입장에서? 아니면 어머니의 입장에서? 갑자기 그게 궁금해지는군. 그렇다고 그걸 물어보면 실례겠지?

"지금도 충분히 억지를 부리고 있어요. 사실 따지고 보면 다 저를 위해서 한 일인데요 뭘. 그렇게 생각하실 필요 없어요."

"그런가요? 레지스트리 군을 보면 꼭 내 아들 같은 느낌이에요."

"......!"

난 레이뮤의 말을 듣고 하마터면 먹고 있던 음식을 뱉어낼 뻔했다. 슈아로에 역시 눈을 동그랗게 뜬 채 레이뮤를 쳐다보고 있었다. 내 개인적으로도 너무나 충격적인 말이라 난 놀란 표정으로 말했다.

"아들이요? 제가요?"

"그래요. 결혼해서 애를 낳는다면 레지스트리 군 같은 아들을 가지고 싶었어요."

"아니, 저 같은 아들이면 고생을 엄청나게 할 텐데요?"

"그것도 좋겠죠. 하지만 레지스트리 군은 자립심이 강하니까 그럴 것 같지는 않군요."

레이뮤는 아들로서의 나를 좋게 평가하는 눈치였다. 그러나 언제나 불효만을 일삼는 나였기 때문에 고개를 설레설레 저을 수밖에 없었다.

"저는 별로 좋은 인간이 아니에요. 자기 자신을 믿지 못하는 인간인데요, 뭘."

"자신의 능력을 믿지 못하는 사람은 많지요. 사람에게는 누구나 숨겨놓고 싶은 것이 있고, 그 사람을 평가할 때는 그 숨겨놓은 것을 고려하지는 않아요. 자신의 겉과 속이 완전히 다르다 하더라도 그것을 다른 사람에게 들키지만 않는다면 그 사람은 좋은 사람으로 평가받는 것이죠. 그렇게 생각하지 않나요, 레지스트리 군?"

"……."

난 아무런 반박도 할 수 없었다. 군대에서도 느낀 것이지만 내가 가장 싫어했던 선임병과도 친하게 지냈던 적이 있었고, 그 선임병은 내가 자신을 싫어한다는 사실을 눈치 채지 못했기 때문에 그 말을 부정하지 못했다.

"다른 사람과 교류를 할 때 자신을 모두 드러내는 것은 매우 위험한 일이에요. 친한 친구 사이라도 숨겨야 할 것은 숨겨야 하죠. 레지스트리 군이 우리에게 숨기고 싶은 것이 있는 것처럼 우리도 레지스트리 군에게 들키고 싶지 않은 비밀들이 있어요. 그런 것을 제외하고 지금 레지스트리 군에게 드러난 것들을 보면 레지스트리 군은 충분히 훌륭한 사람이에요."

레이뮤의 표정은 진지, 그 자체였다. 도저히 농담을 건넬 분위기가 아니었다. 그렇기 때문에 내 칭찬을 하고 있는 레이뮤의 말이 내 얼굴을 새빨갛게 만들었다. 그런데 그렇게 진지한 표정으로 일관하던 레이뮤가 느닷없이 표정을 풀더니 농담을 던졌다.

"레지스트리 군은 한 꺼풀 한 꺼풀 벗기는 재미가 있어요. 같이 있을수록 레지스트리 군의 비밀 벗기기가 재미있으니까요."

"……."

레이뮤 씨, 내가 양파입니까? 한 꺼풀씩 벗기게? 그리고 나 같은 사람은 벗겨놓아 봤자 볼 거 없어요. 그리고 벗겨도 똑같은 알맹이들만 있을 텐데요? 유리시아드도 그렇게 말하겠지만, 내 진정한 엑기스는 야릇하고 므흣하고 잇힝한 것들로만 똘똘 뭉쳐져 있을 것 같은데 말이죠. 차라리 다시 껍질을 씌우는 편이 정신 건강에 좋을지도…….

달그락.

난 다시 식사를 시작했다. 아직까지 레이뮤와 직접적으로 농담을 주고받을 만한 짬밥은 되지 못했기 때문이다. 그러나 어쨌든 레이뮤가 날 좋게 보고 있다는 것만큼은 분명히 기분 좋은 일이었다. 레이뮤가 나에 대해서 하나둘씩 알아가는 것만큼 나도 레이뮤에 대해서 하나둘씩 알아가는 듯한 느낌이 들었다.

제20장

참전 제의

여행 도중 내가 쓰러져서 하루 정도 지체된 것 말고는 아무 문제 없이 각국 방문이 이어졌다. 이번에 우리가 들르는 곳은 모바일 대륙에 있는 센트리노 제국이고, 자유기사 유리 시아드의 고향이기도 하다. 센트리노 제국에 들어와서부터 유리시아드의 표정이 딱딱하게 변한 것에 상관없이 우리들은 센트리노 제국의 수도 '소노마'에 도착했다.

흐음, 원래 센트리노 플랫폼 다음에 소노마 플랫폼이라서 센트리노 제국이 무너지고 소노마 제국이 생기지 않을까 생각했는데, 소노마가 단순히 센트리노 제국의 수도였다니…… . 내 예상이 틀렸군. 뭐, 나라 이름 가지고 나라의 운명을 알 수 있다는 건 말이 안 되니까 당연하긴 하지만…… 쳇.

빵빠라방—

우리 마차가 소노마 황성에 도착했을 때 마치 우리를 기다렸다는 듯이 황성 쪽에서 나팔 소리가 울렸다. 순간 나는 그것이 공격 신호일지도 모른다는 생각을 했지만 마차가 황성에 도착할 때까지 아무 공격도 없었기 때문에 단순한 내 착각이라는 것을 알게 되었다.

"어서 오십시오, 케리만 공작님."

우리들이 마차에서 내리기 무섭게 성문을 지키던 병사들이 일제히 무기를 내리고 바닥에 무릎을 꿇었다. 물론 그들이 무릎을 꿇은 대상은 유리시아드였다.

"일행 분들도 어서 안으로 드십시오."

보초병들은 우리의 신분을 묻지도 않고 우리를 성안으로 들였다. 여태까지 황성에 들어갈 때마다 신분 확인을 했던 것과 비교하면 너무나 수월한 진입이었다.

"유리시아드의 파워가 막강한가 보구나. 그냥 통과네?"

난 유리시아드를 보며 존경의 눈초리를 보냈지만 유리시아드는 여전히 딱딱한 표정을 풀지 않았다. 어쨌거나 우리들은 시녀들의 안내를 받아 곧바로 접견실로 향했다.

끼이이—

큰 접견실 문이 열리고 우리들은 안으로 들어갔다. 접견실 안에는 한눈에 보기에도 높은 지위에 있는 듯한 길고 화려한 옷을 입은 젊은 청년이 홀로 앉아 있었다. 청년은 접견실 안으로 들어선 우리들 중 유리시아드를 보며 가장 먼저 입을 열었다.

"반갑구나, 유리. 6개월하고도 11일 5시간 28분 만이로구나."

"……."

청년은 유리시아드를 보자마자 상당히 오버했다. 생긴 건 잘생긴 편이었으나 전체적으로 조금 어두워 보여서 그다지 믿음이 가는 인상은 아니었기 때문에 그 오버가 더욱 마음에 들지 않았다. 유리시아드 역시 내키지 않는다는 표정을 지었지만 인사를 받은 관계로 인사를 돌려주었다.

"오랜만이에요, 오라버니."

"……!"

허걱?! 오라버니? 그럼 저 음침하게 생긴 청년이 유리시아드의 오빠라는 말이야? 아니, 그 말을 들으니 둘이 조금 닮은 것 같기도 하다만…… 적어도 유리시아드는 저런 음침한 분위기를 풍기지는 않는데?

"사베루트 케리만 황제이십니까?"

청년이 유리시아드와 인사를 나누는 사이 레이뮤가 청년에게 질문을 던졌다. 그 말을 듣고 난 아연실색했다. 여태까지 만났던 황제들은 어느 정도 나이가 있었는데, 지금 저 청년은 황제라고 하기에는 너무 젊었기 때문이다. 그리고 저 청년이 센트리노 제국의 황제라고 한다면 자연히 유리시아드는 황제의 여동생이 되기 때문에 내 귀로 직접 말을 듣지 않는 이상 절대 믿을 수가 없었다. 그러나 청년은 그런 내 생각을 여지없이 무너뜨렸다.

"그렇습니다. 본인이 센트리노 제국 제3대 황제 사베루트 케리만입니다. 여기 있는 유리시아드의 오라비이지요."

"……!"

나를 비롯해서 다른 사람들도 크게 놀랐다. 유리시아드가 공작 지위에 있다는 것을 알고 있긴 했지만 설마 현 황제의 여동생일 줄은 상상조차 하지 못했기 때문이다. 그러나 사베루트 황제에게 질문을 날린 레이뮤는 이미 예상하고 있었다는 듯한 표정을 짓더니 담담히 우리들의 소개를 시작했다.

"난 각국 방문을 위해 온 레이뮤 스트라우드이고, 이쪽은 나의 제자 슈아로에, 레지스트리 군, 그리고 이번 여행에서 경호 역할을 맡은 노스브릿지 산맥의 엘프 리엔과 리에네입니다."

"모두들 반갑습니다. 귀한 분들을 만나 뵙게 되어 영광이군요."

레이뮤가 순식간에 우리들의 소개를 끝내 버렸기 때문에 우리들은 따로 입을 열지 않았다. 사실 황제가 너무 젊다는 사실과 황제의 여동생이 유리시아드라는 사실로 인해서 할 말을 잃은 상태였다. 어쨌거나 우리들은 사베루트 황제를 정점으로 해서 쭉 둘러앉았다. 한 가지 특이한 점은 여동생인 유리시아드가 사베루트 황제의 옆에 앉지 않고 내 옆에 앉아 버렸다는 점이다.

잉? 사베루트 황제하고 유리시아드의 사이가 나쁜 건가? 별로 떨어진 거리는 아니지만 왜 떨어져 앉았지? 사베루트 황제는 유리시아드를 꽹장히 반겼는데 말이야. 혹시, 유리시아드가 센트리노 제국에 들어오기 전부터 표정을 굳혔던 이유가 가정불화 때문이었던 건가?

"매지스트로에 다니는 센트리노 제국 학생들의 수는……."

레이뮤는 평소 하던 대로 학생 수와 성적 같은 것을 사베루트 황제에게 보고하기 시작했다. 그러나 사베루트 황제는 그 얘기는 전혀 듣지 않고 유리시아드에게만 시선을 두고 있었다. 음침한 그의 분위기와는 달리 유리시아드를 바라보는 그의 시선이 뜨거웠기 때문에 난 순간 사회적으로 용인되지 않는 생각을 하고 말았다.

설마…… 사베루트 황제는 유리시아드를 좋아하는 건가? 저 둘이 혈연 관계인지 아닌지는 잘 모르지만, 이 세계에서도 근친혼은 금지되어 있는 걸로 알고 있는데? 혹시 황제 정도의 권력이면 순수 혈통을 잇는다는 명목으로 근친혼이 허용되는 건가? 아니, 그건 그렇다 치고, 당사자인 유리시아드는 계속 불쾌한 표정을 짓고 있잖아. 혹시 사베루트 황제 혼자서 유리시아드를 좋아한다는 설정?

"소문은 많이 들었습니다. 드래곤을 잡으셨다구요."

레이뮤의 보고가 끝나자마자 사베루트 황제가 그 얘길 꺼냈다. 레이뮤는 사베루트 황제가 자신의 보고를 전혀 듣지 않았음을 알고 있음에도 여전히 담담한 표정으로 대답했다.

"지금 여기 있는 사람들과 나그네검객, 소성녀가 있었기에 가능했습니다."

"호오, 그렇군요. 초호화 멤버였군요."

사베루트 황제는 음침한 미소를 지었다. 사실 속으로 꿍꿍이가 있어서 그런 것이라기보다는 원래 분위기가 음침해서 미소도 음침하게 보이는 것뿐이었다.

"대마법사님, 혹시 성물에 대해서 알고 계십니까?"

그때 갑자기 사베루트 황제가 화제를 바꿔 버렸다. 성물에 대한 것은 베스트 오브 베스트 마법학교의 소렌느 할머니로부터 들은 바가 있어서 낯설지 않았다. 물론 레이뮤는 나보다도 성물에 대해 자세히 알고 있었다.

"7가지 성물을 모으면 전 대륙의 지배자가 될 수 있다는 소문 말인가요?"

"그런 소문이 있긴 하지요. 그래서 각 대륙에서 최소 하나씩의 성물을 가지고 있습니다. 물론 아이오 대륙의 성스러운 부츠는 500년 전에 자취를 감추어 버렸지만 아이오 대륙 어딘가에 있다는 가정하에 말이지요. 어쨌든 우리나라도 성스러운 망토를 대대로 보관하고 있습니다. 지금은 유리가 가지고 있지만."

그러면서 사베루트 황제는 유리시아드를 그윽한 눈빛으로 쳐다보았다. 하지만 유리시아드는 그에게 눈길 한 번 주지 않고 테이블만 뚫어져라 쳐다보고 있었다.

"혹시 노스브릿지에서 성스러운 건틀렛을 탈취해 간 자에 대해서 알고 있습니까?"

계속 레이뮤와 사베루트 황제의 대화를 듣고 있었던 리엔이 끼어들기를 시도했다. 단순히 그의 질문 내용만 들으면 모른다고 대답해도 전혀 이상하지 않지만 상대에게 이미지를 보낼 수 있는 엘프의 특수 능력 탓에 사베루트 황제는 대머리 아저씨를 보게 되었다.

"음? 이자는 윈도우즈 연합 코르디안 왕의 근위대장이라고 알고 있습니다만? 정말 이자가 성스러운 건틀렛을 탈취했단 말입니까?"

사베루트 황제의 표정이 조금 미묘해졌다. 마치 뭔가를 원하고 있었는데 그것이 딱 나왔을 때의 표정 같았다. 그런 사베루트 황제의 표정 변화에 아랑곳하지 않고 리엔은 고개를 끄덕였다.

"그렇습니다. 이자가 정말 윈도우즈 연합의 코르디안 왕의 근위대장입니까?"

"확실합니다. 혹시 코르디안 왕을 아시는지?"

엘프가 타인에게서 이미지를 캐치할 수도 있는 걸 알았는지 사베루트 황제는 자신의 머릿속에 코르디안 왕의 모습을 떠올리는 듯한 제스처를 취했다. 그러나 리엔은 코르디안 왕의 이미지를 보고는 고개를 내저었다.

"모르겠습니다."

흐음…… 뭐, 리엔은 인간 세계에 내려온 지 얼마 되지 않아서 누가 누군지 잘 모르겠지. 사실 나도 코르디안 왕이 어떻게 생겨먹었는지 전혀 모른다만, 대머리 아저씨가 코르디안 왕의 근위대장이라면 코르디안 왕은 푸가 체이롤로스를 소환했던 그 검은 로브를 입은 짧은 보라색 머리의 30대 남자가 아닐까?

"리엔 씨! 폐하께서 보여주셨던 코르디안 왕의 이미지 좀 나한테 보여줄래요?"

난 리엔에게 이미지 제공을 요구했다. 아닐 가능성도 있었지만 일단 알아봐서 나쁠 것은 없었기 때문이다. 리엔은 내 요구에 아무런 토를 달지 않고 순순히 응해주었다.

"역시……!"

리엔으로부터 코르디안 왕의 이미지를 보고 난 코르디안 왕이 푸가 체이롤로스를 소환했던 자와 동일 인물임을 간파했다. 물론 리엔으로부터 받은 이미지는 국왕답게 화려한 옷을 입은 모습이었고 내가 직접 본 사내는 검은 로브를 입고 있던 모습이었지만, 둘 다 짧은 보라색 머리를 지닌 30대 남자라는 점에서 공통점이 있었다. 그리고 결정적으로 외모가 매우 비슷했다. 푸가 체이롤로스 때에 같이 있었던 사람들에게 보여준다면 백이면 백, 다 동일 인물이라고 할 정도였던 것이다. 그렇게 내가 코르디안 왕을 알고 있는 듯한 모습을 보이자 눈칫밥 500년의 레이뮤가 의미심장한 말을 꺼냈다.

"푸가 체이롤로스는 코르디안 왕이었던가요?"

"예."

레이뮤는 최대한 간결한 문장으로 물어왔지만 난 그녀의 말뜻을 파악하고 고개를 끄덕였다. 그리고 엘프 남매를 제외한 유리시아드와 슈아로에도 레이뮤와 내 문답에서 모든 상황을 파악한 듯해 보였다.

"그럴 수가! 코르디안 왕이 왜 그런 짓을……!"

"……."

슈아로에는 말도 안 된다는 표정이었고, 유리시아드는 뭔가를 깊이 생각하는 표정을 지었다. 반면 사베루트 황제는 웃고 있는 듯한 얼굴로 우리를 쳐다보았다. 그래서 난 사베루트 황제가 애초부터 코르디안 왕을 의심하고 있었다고 생각했다.

"폐하께서는 코르디안 왕이 성물을 노리고 있다는 걸 알고 계셨습니까?"

난 위험을 무릅쓰고 사베루트 황제에게 직접 질문을 던졌다. 여태까지 몇 명의 황제들을 만났지만 내가 직접 말을 꺼낸 건 이번이 처음이었다. 막강한 권력을 가지고 있는 절대자에게 말 한 번 잘못하면 이승과 작별할 수도 있기 때문에 얌전히 있었던 것이다. 그러나 지금은 상황이 그렇지 않았고, 사베루트 황제가 내 나이와 비슷하다는 동족 의식도 들어서 난 대담해질 수가 있었다.

"호오……."

내 질문을 받자 사베루트 황제는 또다시 알 수 없는 표정을 지었다. 확신할 수는 없지만 아마도 레이뮤나 유리시아드 같은 유명인사도 아닌 일개 마법학교 학생이 레이뮤보다도 먼저 나서고 있으니 의아했던 모양이다.

특히 내가 일행의 대표인 것처럼 황제와 대화를 시도하려 함에도 진짜 대표인 레이뮤가 그것을 가만히 놔두고 있다는 점도 의아했을 것이다. 그러나 그런 의문은 뒤로 접은 채 사베루트 황제는 내 질문에 대답해 주었다.

"그렇다. 그자는 노스브릿지의 엘프에게서 성스러운 건틀렛을 빼앗고 나의 유리의 성스러운 망토를 빼앗으려 했으며, 기어이 오에스 대륙의 매킨토시 왕국을 침공하여 '성스러운 투구'를 탈취했다. 본격적인 성물 탈취를 시작하고 있는 것이다."

흐음, 매킨토시라는 이름이 있다는 게 마음에 들지 않긴 하지만 어쨌든 여태껏 어둠 속에서 활동하던 코르디안 왕이 본격적으로 활동을 개시한 모양이군. 근데 내가 평민이라는 걸 알았나? 다른 사람들과 얘기할 때와는 다르게 바로 말을 놓아 버리네? 뭐, 계급 차이가 나는 것이 사실이니 나야 상관없다 만…… 그래도 살짝 기분 나쁜걸?

"그래서 대마법사님께 제안드릴 것이 있습니다."

나와 얘기를 하던 사베루트 황제가 갑자기 레이뮤를 쳐다 보며 말했다. 레이뮤를 상대로 말할 때에는 꼬박꼬박 존칭을 쓴다는 사실을 새삼 확인하여 내 기분이 조금 더 살짝 나빠졌 으나, 그것은 그냥 내 마음속에 묻어두었다. 그러는 사이 사 베루트 황제의 제안이 들려왔다.

"우리나라 다음으로 대마법사님이 방문할 곳은 오에스 대 륙입니다만, 그곳은 이미 코르디안 왕의 윈도우즈 연합이 무 력 장악을 하고 있기 때문에 위험합니다. 우리 센트리노 제국 은 자신의 사리사욕을 위해 성물을 모으려는 코르디안 왕을 처단할 계획입니다. 대마법사님도 동참하시는 게 어떻습니 까?"

사베루트 황제의 제안을 듣고 레이뮤는 잠시 생각에 잠겼 다. 분명 그의 말대로 각국 방문을 위해 오에스 대륙으로 가 는 것은 위험했다. 하지만 그렇다고 센트리노 제국 소속으로 윈도우즈 연합과 전쟁을 벌이는 것은 내키지 않는 일이었다. 다국적 독립학교를 표방하는 매지스트로의 핵심 세력이 특정 나라의 전쟁에 참여하면 이른바 여론이 좋지 않게 흐르기 때 문이었다. 그리고 솔직히 사베루트 황제를 믿고 전쟁에 참가

하는 것도 미덥지가 않았다.

"그건 좀 더 생각해 봐야 할 것 같습니다."

중요한 문제이기 때문에 레이뮤는 당장의 판단을 보류했다. 어차피 방문 일정상 센트리노 제국에서 며칠 지내도 되기 때문에 심사숙고할 수 있는 충분한 시간적 여유가 있었다. 사베루트 황제 역시 레이뮤에게 당장의 결정을 요구하지 않았다.

"알겠습니다. 좋은 대답을 기다리겠습니다."

"그럼 우리는 이만 물러나겠습니다."

레이뮤는 말을 마친 후 우리들을 데리고 접견실을 빠져나오려고 했다. 그때 사베루트 황제가 나가려는 유리시아드를 불러 세웠다.

"유리야, 너와 얘기하고 싶은데……."

"미안해요, 오라버니. 지금은 좀 피곤해서 쉬고 싶어요."

"그러니? 그럼 쉬도록 해라."

썰렁한 유리시아드의 반응에 사베루트 황제는 아무 소리 못하고 그녀를 보내주었다. 누가 보더라도 유리시아드가 사베루트 황제를 피하고 있는 게 분명했다. 그럼에도 사베루트 황제는 유리시아드를 사랑의 눈길로 바라보고 있었다.

끼이—

접견실 문이 닫히고 밖으로 나오자 유리시아드가 알게 모르게 나지막한 한숨을 내쉬었다. 대충 상황이 짐작 가기는 했지만 확실히 하고 싶어서 난 유리시아드에게 직접 질문을 던졌다.

"유리시아드가 오빠를 피하는 것 같던데, 특별한 이유가 있어?"

"……."

내 질문에 유리시아드는 날카로운 눈초리로 날 노려보았다. 그러나 유리시아드의 살기 어린 눈빛에 익숙해져 버린 나에게는 그 어떤 위협도 되지 않았다. 그것을 깨달은 유리시아드는 결국 한숨을 쉬며 입을 열었다.

"이미 느끼지 않았나요? 오라버니가 날 어떻게 보는지."

"……."

흐음, 유리시아드도 사베루트 황제의 눈빛을 느끼고 있었군. 어차피 난 남동생밖에 없어 잘 모르지만 자기 여동생이 굉장히 예쁠 경우에는 그런 감정을 가질 수도 있겠지. 일반적으로 가족끼리는 허물없이 막 대하니까 여동생이 예뻐도 평상시 행동이나 성격 등을 알기 때문에 이성으로 느끼는 경우는 드물 텐데……. 이 집안은 특이한 케이스로구만.

"그럼 유리시아드는 오빠를 어떻게 생각하고 있어?"

"……."

난 별 생각 없이 물어봤지만 돌아온 것은 유리시아드의 싸늘한 눈초리였다. 그것만으로도 유리시아드에게는 사베루트 황제를 이성으로 느낀다는 감정이 전혀 존재하지 않음을 알 수 있었다. 사실 근친혼이 금지되어 있는 이 세계에서 유리시아드의 입장이 정상, 사베루트 황제의 입장이 비정상이었다.

"말하기 어렵겠지만 우리들에게 유리시아드에 대해서 알려줄 수 없나요? 적어도 사베루트 황제에 대해서만이라도 이야기해 줬으면 하는데."

나와 유리시아드의 문답을 지켜보던 레이뮤가 그런 요청을 했다. 사베루트 황제와 손을 잡고 코르디안 왕과 맞설 것인지 결정하기 위해서는 사베루트 황제에 대해 알아야 하기 때문이었다. 유리시아드는 잠시 갈등하는 표정을 지었지만 레이뮤의 부탁을 거절하지는 않았다.

"알겠습니다. 여기서는 그러니 제 방으로 가죠."

유리시아드는 우리들을 데리고 자신의 방으로 향했다. 중간에 시녀들이 우리들의 짐을 배정된 방으로 옮기려고 나타났지만 가지고 있는 짐이 거의 없어 그녀들은 허탕만 치고 되돌아갔다. 물론 나에게는 마법책이라는 짐이 있어서 내 담당 시녀 한 명만이 내 책을 방으로 운반해야 하는 불운을 겪었다.

"앉으세요."

유리시아드의 이미지와는 다르게 상당히 여성스럽게 꾸며진 방 안에서 우리들은 조용하고 엄숙하게 테이블에 둘러앉았다. 하도 분위기가 무거워서 농담하기도 힘들었지만 난 일부러 농담조로 입을 열었다.

"유리시아드도 이런 식으로 방을 꾸미는구나."

"내가 한 게 아니에요. 오라버니가 한 거지."

"……."

허억! 할 말이 없군. 그럼 그 인간, 여동생 방에 쳐들어와서 방 꾸며놓고 하는 거야? 물론 시녀들에게 시킨 것일 수도 있겠지만, 그래도 자기 방을 남이 멋대로 해버리면 기분 나쁘잖아? 그게 가족이라도 말이지.

"별로 할 얘긴 없지만 시작하겠어요."

그렇게 운을 띄운 유리시아드는 과거의 얘기를 하기 시작했다. 그녀의 말대로 유리시아드나 사베루트 황제에게 뭔가 대단한 일이 있던 건 아니었다. 그저 어렸을 때부터 사베루트 황제가 유리시아드를 연모했고, 그 때문에 부담을 느낀 유리시아드가 마법과 무공을 익혀서 온 대륙을 여행하기 시작했다는 점, 그런 그녀를 위해 사베루트 황제가 뒤에서 힘을 써서 그녀에게 붉은 장미라는 칭호를 얻게 했다는 점, 후에 사베루트가 황제의 자리에 올라 유리시아드에게 성스러운 망토를 주며 자유기사라는 칭호를 내려주었다는 점 등이다.

한마디로, 자유기사 유리시아드는 사베루트 황제가 자신의 여동생을 위해 의도적으로 만들어준 칭호라는 소리였다.

"얘기는 이것으로 끝입니다."

유리시아드는 짧게 이야기를 마치고 입을 다물었다. 별로 밝히고 싶지 않은 과거를 우리들 앞에서 말해야 했으니 기분이 좋을 리 없었다. 그래서 난 그녀의 기분을 풀어주기 위해 칭찬을 시도했다.

"의도적이라고는 해도 유리시아드에게 실력이 없었다면 모든 이들이 수긍하는 자유기사라는 칭호는 얻지 못했을걸? 되고 싶지 않았다고 하더라도 자유기사라는 말이 싫은 건 아니잖아? 그 칭호는 유리시아드가 지금까지 이룩해 놓은 업적 중의 하나니까."

"……."

내 칭찬을 들어도 유리시아드의 표정은 별로 변화가 없었다. 그래도 아까보다는 조금 풀린 듯한 느낌이 들어 다행이었다. 일단 유리시아드를 달래준 나는 두 번째 타깃을 레이뮤로 돌렸다.

"레이뮤 씨는 어떻게 하실 거예요? 전쟁에 참가하실 건가요?"

"음……."

레이뮤는 그녀답지 않게 많이 갈등하는 모습을 보였다. 그러다가 갑자기 날 똑바로 쳐다보며 물음을 던졌다.

"레지스트리 군이라면 어떻게 할 건가요?"

"예? 저요?"

헉! 왜 갑자기 날 걸고 넘어지는 거야? 난 레이뮤 씨가 결정할 일이라고 생각해서 별로 생각해 본 적이 없다고.

"별로 생각하지는 않았는데…… 어차피 리엔 씨나 리에네 씨는 참가하고 싶어 할 것 같으니까 우리도 동참해야 한다고는 생각하는데…… 저야 아무 도움도 안 되니 그냥 조용히 지내고 싶기도 하고……."

난 갈팡질팡 애매모호한 대답을 했다. 의리상 엘프 남매가 성스러운 건틀렛을 되찾을 수 있게 도와주고 싶지만 전쟁이라는 것의 두려움이 내 머리를 복잡하게 하고 있었기 때문이다. 그런 날 보며 레이뮤가 고개를 살짝 내저었다.

"역시 레지스트리 군에게 물어본 내가 어리석었군요."

"……."

어흑, 너무 하는 거 아니슈? 난 그래도 내 진심을 말했다니까. 솔직히 푸가 체이롤로스나 페르키암은 지나치게 강한 힘을 가지고 있어서 방심한 틈을 타서 쓰러뜨릴 수 있었지만, 전쟁은 얘기가 다르잖아? 전쟁 중에 어떤 미친놈이 '공격 기회를 주겠다! 날 쓰러뜨려 봐라!' 라고 해? 적군이 보이면 무조건 닥치는 대로 죽일 텐데 나같이 동작이 굼뜬 마법사는 그런 것에 쥐약이라고!

"리엔과 리에네는 사베루트 황제를 도울 건가요?"

레이뮤는 엘프 남매를 바라보며 물음을 던졌다. 그러자 리엔이 대표로 입을 열었다.

"물론입니다. 실마리를 잡았는데 여기서 놓칠 수는 없습니다."

"그렇군요. 유리시아드는?"

"오라버니가 결정을 내렸으니 케리만 공작으로서 동참을 해야겠지요."

유리시아드 역시 전쟁 참가 의사를 밝혔다. 이제 남은 사람은 매지스트로의 3인방인 레이뮤, 슈아로에, 그리고 나뿐이었다. 그러나 이 3인방은 레이뮤가 모든 권한을 가지고 있기 때문에 그녀의 결정에 따라 3인방 모두가 전쟁에 참가할 수도 불참할 수도 있었다.

"어떻게 하실 거예요?"

이번엔 슈아로에가 레이뮤를 재촉했다. 사실 3년 정도만 있어도 자연히 백작 지위를 얻는 슈아로에의 입장에서는 굳이 위험을 자초할 필요가 없었다. 그러나 그녀의 얼굴은 코르디안 왕을 막아야 한다는 사명감으로 불타고 있었다. 그것은 슈아로에가 용감하고 정의를 위한다고도 볼 수 있었지만, 전쟁이란 것을 별로 심각하게 여기지 않는다고도 볼 수 있었다.

"……."

레이뮤는 입을 다물고 모두의 얼굴을 한 번씩 훑어보았다. 그리고는 이내 결정을 내렸다.

"지금까지 같이한 사이이니 당분간 같이해야겠지요."

"……."

레이뮤의 선언에 모두들 잘됐다는 표정을 지었지만 나 혼자서 똥 씹은 표정을 지었다. 사실 얼굴에 그런 감정을 드러내지는 않았지만 누가 보더라도 내가 레이뮤의 결정을 꺼리고 있다는 걸 알 수 있을 정도였다.

"레지 군은 무서운 거예요?"

내 표정이 좋지 않은 것을 보고 슈아로에가 직설적으로 물어왔다. 그래서 나도 직설적으로 대답했다.

"어, 무서워."

"……"

내가 워낙 솔직하게 대답했기 때문인지 도리어 슈아로에가 할 말을 잃었다. 유리시아드도 한심하다는 눈으로 날 쳐다보았고, 리엔과 리에네는 별반 표정의 변화가 없었다. 반면 레이뮤는 잠시 날 뚫어져라 쳐다보다가 한마디 했다.

"레지스트리 군이 굳이 동참할 필요는 없어요. 이번 일은 레지스트리 군과는 상관없는 일이니까요."

하하, 내가 그런 것도 모를 것 같수? 내가 여기서 싫다면서 몸을 빼도 아무도 날 막지 않을 거라는 것쯤은 알고 있다고. 그런데 내가 입으로 무섭다면서 왜 빠지겠다는 소리를 하지 않는지 아슈?

"저도 동참할 겁니다. 어차피 날 노리는 자들과 싸우려면 경험을 쌓아야 하니까요."

"그런가요."

내가 동참의 뜻을 밝히자 레이뮤의 얼굴에서 일순 안도의 표정이 떠올랐다 사라졌다. 슈아로에 역시 환영의 뜻을 밝혔는데, 그와 반대로 유리시아드는 내키지 않는 얼굴을 했다.

리엔과 리에네는 별다른 표정 변화를 보이지 않았지만 싫어하는 기색은 전혀 없었다.

"무섭다면서 괜찮겠어요?"

내가 완전히 동참 의사를 밝히고 나서 슈아로에게 밝은 표정으로 농담을 던졌다. 그러나 난 슈아로에의 농담을 한 귀로 흘리며 레이뮤를 향해 질문을 던졌다.

"근데 여기 전쟁에 참여하면 식사는 어떻게 하게 되나요? 병사들 틈에 섞여 같이 싸우는 거예요, 따로 움직이는 거예요?"

"그건……."

"그 사항은 오라버니나 총대장이 결정할 거예요. 욕망 덩어리 씨가 신경 쓸 부분이 아니에요."

레이뮤가 대답하기도 전에 유리시아드가 가로채듯이 먼저 입을 열었다. 마치 '다 알아서 배정할 테니 넌 닥치고 찌그러져 있어라'라는 소리로 들려서 난 찍소리 못하고 말문을 닫았다. 그런 날 위로하려는 듯이 레이뮤가 말을 이었다.

"이번 일은 매지스트로나 마법학회와는 상관없이 레이뮤 스트라우드가 단독으로 결정한 일이에요. 레지스트리 군 역시 매지스트로의 학생이 아닌 레지스트리라는 개인으로서 이번 전쟁에 참여하게 되는 것이지요. 그러니 부담 가질 것 없어요."

"예……."

하아~ 난 그 점이 더 걱정이라고. 매지스트로라는 간판이 없으면 순수 내 실력으로 승부를 해야 하는데, 내 실력이 형편없는 건 모두들 인정하잖아? 내가 아무리 새로운 코드를 개발한다고 해도 실전 경험이 거의 없어 전쟁 같은 상황에서 자기 능력을 100% 발휘하기 힘들다고.

"일단 난 사베루트 황제에게 그렇게 말을 할 테니까 모두들 쉬어요."

그렇게 말한 레이뮤는 가장 먼저 일어나서 방을 빠져나갔다. 리엔과 리에네 역시 자기들이 직접 사베루트 황제에게 자신들의 의사를 밝힌다면서 레이뮤를 따라갔다. 세 사람이 먼저 나가는 것을 지켜보던 슈아로에는 곧이어 몸을 일으키며 고개를 내 쪽으로 돌렸다.

"누구도 레지 군이 전쟁에서 공을 세워주기를 기대하는 건 아니니까 몸조심해요."

"……."

헉! 내가 농담을 한 귀로 흘려버렸다고 화났다. 사실 맞는 말을 한 거긴 하지만 나 마음에 상처 입었어. 내가 그렇게 쓸모없는 녀석이었단 말이야?

"편히 쉬세요."

"응, 슈아로에도 편히 쉬어."

나에게 비수를 꽂은 슈아로에는 유리시아드에게 인사를 하고 방을 나섰다. 난 속으로 눈물을 흘리며 내가 정말 쓸모

없는 녀석인지에 대한 심각한 고찰을 했다. 그러는 와중 유리시아드의 날카로운 눈빛을 느꼈다.

"……."

"……."

나와 유리시아드는 잠시 동안 서로의 얼굴을 쳐다보았다. 그러다가 유리시아드 쪽에서 먼저 입을 열었다.

"안 나갈 건가요?"

"좀 더 있다 가면 안 돼?"

난 담담한 얼굴로 그렇게 말했다. 그러자 유리시아드가 허리춤에 손을 가져가며 담담히 입을 놀렸다.

"내 검날이 얼마나 잘 드는지 확인하고 싶다면 움직이지 말고 거기 가만히 앉아 있어요."

"……."

아하하, 난 그냥 유리시아드 방 좀 구경하다 나갈 생각이었다고. 내가 들어가 본 여자 방이라고는 슈아로에의 방뿐이었으니까 다른 여자의 방은 어떻게 생겼나 궁금해서 말이지. 근데 여기 1초라도 더 있다가는 내 목이 날아갈 것 같은데? 내 머리 가격은 잘 쳐줘도 100원밖에 안 하는 싸구려지만 내 머리를 팔 생각은 없으니 당장 나가야겠다.

"그럼 나중에 또 보자고."

난 어색한 웃음을 날리며 유리시아드의 방을 뒤로했다. 유리시아드의 기분만 좋다면 그녀에게서 내공 주입이라도 받을 생각이었으나 여전히 날 적대시한다는 것만 확인했을 뿐이다. 그래서 난 밖에서 기다리던 시녀의 안내를 받아 내 방으로 향했다.

제국의 성답게 손님 방도 굉장히 크고 화려했다. 예전 같으면 그 호화로움에 덜덜 떨었겠지만 그래도 몇 번 이런 방에서 지낸 경험이 있다 보니 이제는 그러려니 하게 되었다. 단지 난 방에 들어가자마자 침대에 쓰러지며 좌절 모드에 들어갔다.

으으, 무서워! 전쟁 중에 죽는 것도 무섭지만 내가 아무것도 못하고 허무하게 죽을까 봐 그게 더 무섭다. 게다가 전쟁이란 걸 해본 적이 없어서 아무것도 모른다는 점도 무섭고. 군대에서 하는 훈련은 어차피 어설픔의 극치를 달리기 때문에 진짜 전쟁에서는 하등의 쓸모도 없는 데다 난 취사병이었으니 더 하지. 하아…… 이런 날 설마 최전방에 세우지는 않겠지? 난 후방에서 밥하면서 따뜻하게 먹고 자고 하면 안 될까? 무섭다고…….

*   *   *

다음날 난 멀쩡히 자고 일어났다. 많은 부담이 있었지만 그런다고 밤잠을 설칠 내가 아니기 때문이다. 어쨌든 고뇌를 하면서 잠을 잤기 때문인지 아침에 일어났을 때 머리가 조금 무거운 것을 빼면 몸에는 아무런 이상이 없었다.

"실프."

난 일어나자마자 포스 변환을 하고 실프를 소환했다. 내 머리 크기만 한 엘프 소녀 모습의 바람의 정령은 소환되자마자 나에게 바람을 쐬어주었다. 물론 내가 바람을 쐬어달라고 주문했기 때문에 그런 것이다. 어쨌거나 실프가 만들어주는 바람을 쐬고 있으면 마음이 편안해지는 것 같아서 아침마다 실프를 고생시키고 있는 중이었다.

흐음…… 그러고 보니 실프 녀석, 나한테 계속 마나 복사를 받아서 벌써 3서클이 넘었지? 아니, 나도 이제 막 3서클인데 내 소환 정령이면서 주인의 포스량을 며칠 만에 넘어서 버리다니… 뭔가 잘못돼도 한참 잘못됐어. 뭐, 내가 그런 코드를 만들어서 그렇게 했으니 내가 할 말은 아니다만. 근데 정령은 얼마나 세지면 다음 단계로 넘어가는 거지? 이 세계의 정령은 레벨 업의 개념이 없으려나? 3서클 정도 스피릿포스를 모으면 내 실프에게도 뭔가 변화가 생기지 않을까? 실험해 봐서 나쁠 건 없으니까 해보자.

"Repeat access string until execute string, set code with phonetic code spirit."

난 실프에게 포스 변환을 주문했고, 실프는 거부없이 내 명령을 수행했다. 현재 실프의 머릿속에 1서클의 마나량이 모아져 있는 것을 이용해 포스 변환 코드를 실행한 것이고, 그

내용은 모든 포스를 스피릿포스로 변환시키는 것이었다. 그렇게 코드 실행이 끝났을 때 난 입을 벌리고 실프를 쳐다보아야만 했다. 포스 변환이 끝난 실프가 갑자기 내 상체만 한 크기로 변해 버렸기 때문이다.

"……."

"……."

갑작스러운 변화에 난 멍하니 실프를 쳐다보았다. 실프 역시 주인인 나를 멍하니 쳐다보고 있었다. 마치 마술을 부리듯 한순간에 커진 것이라서 난 그 현상을 이해하는 데 꽤 많은 시간을 할애해야 했다.

허허, 갑자기 실프가 커져 버려 놀랐다. 아니, 변화가 생겼으면 주인인 나한테 보고해야 하는 거 아니야? 이렇게 예고도 없이 커지면 내가 당황스럽잖아. 어쨌거나 내가 리엔한테 듣기로는 사람 상체만 한 크기면 티니 다음 단계인 에버라고 했는데, 그건 실프가 지금 티니에서 에버로 레벨 업을 했다는 뜻인가? 레벨 업인지 업그레이드인지 모르겠지만 겉보기에 커졌으니 성장했다는 건 확실하겠지.

어쨌든 오늘도 실프에게 마나 복사하는 걸 그만둬서는 안 되겠군. 효과가 나타났는데 그만둘 바보는 없으니까. 뭐, 제자가 스승보다 포스를 많이 가지고 있는 게 조금 기분 그렇긴 하지만 뭐 어때, 어차피 내 전속 실프인걸. 후후.

＊　　　＊　　　＊

"이 자리에 모여주셔서 감사합니다."

아침 식사를 마친 오전 시간에 우리 일행은 사베루트 황제에게 불려서 회의실에 모였다. 회의실에는 우리뿐만 아니라 센트리노 제국에서 높다는 사람들이 잔뜩 모여 있었다. 그러나 우리들이 앉은 자리는 사베루트 황제의 바로 옆자리였다. 그것은 그만큼 사베루트 황제가 여기 모여 있는 귀족들보다 우리들의 권위를 더욱 높게 쳐주고 있다는 뜻이었다. 권력이 막강한 귀족일수록 그것을 못마땅하게 여겼지만 겉으로는 아무 말도 하지 않았고, 나머지 귀족들은 대체적으로 자리 배치에 수긍하는 편이었다.

"모두들 알고 계시겠지만 우리는 일곱 개의 성물을 모아 이 땅을 지배하려는 윈도우즈 연합의 코르디안 왕을 처단하기 위해 깃발을 들 것입니다. 현재 성스러운 투구와 흉갑을 손에 넣은 그들이 다음으로 노릴 성물은 우리의 성스러운 망토일 확률이 높습니다. 그것은 윈도우즈 연합과 우리 제국이 지리적으로 가깝다는 이유가 크기 때문입니다. 여기서 그들을 제지하지 않으면 우리 제국뿐만 아니라 다른 대륙의 나라들까지 위험해질 수 있습니다."

사베루트 황제는 열변을 토하며 귀족들에게 전쟁 이유를 설명했다. 그가 황제라는 지위에 있으면서도 귀족들에게 비교적 깍듯한 존댓말을 구사하는 것을 보고 그의 힘이 아직 강하지 않다는 것을 알 수 있었다.

일단 황제의 자리에 오른 지 얼마 되지 않은 데다가 나이까지 젊어 귀족들의 마음을 휘어잡지 못한 것이었다. 만약 사베루트 황제의 권력이 막강했다면 이 자리에서 '~하오', '~하겠소' 등의 어조를 사용했을 것이다.

"그래서 우리는 오에스 대륙의 리눅스 연합과 손을 잡고 윈도우즈 토벌 군대를 조직할 것입니다. 그 편이 우리의 피해를 최소화시키면서 윈도우즈 연합을 토벌할 수 있으니까 말입니다."

아하하, 리눅스 연합…… 윈도우즈 연합도 그러려니 했지만 리눅스까지 있을 줄이야. 하여간 이 세계의 나라 작명 센스하고는…….

"일단 이번 토벌대는 오에스 대륙 가까이 위치한 '알비소'와 '칼렉시코'가 주축이 되어 다른 지방의 병사를 지원받아 조직할 것입니다. 이의있습니까?"

"……."

사베루트 황제는 의견을 발표한 뒤 귀족들의 의사를 물었다. 비록 그래픽스 대륙이나 오에스 대륙보다는 작지만 모바일이라는 하나의 대륙을 거의 통일하다시피 한 센트리노 제국의 황제가 상위 귀족들에게 동의를 구하는 모습은 안쓰럽기조차 했다.

"알비소와 칼렉시코의 영주, 그리고 리눅스 연합의 세 왕을 부대장으로 총 5개 부대로 운영할 것입니다. 기마 부대 500명, 보병 부대 1,000명, 보급 부대 500명, 지원 부대 500명, 창병 부대 500명으로 총 3,000명입니다."

잉? 달랑 3천? 일개 연대 병력만 해도 3천 정도 될 텐데? 뭐, 중세시대, 특히 유럽 쪽은 인간 머릿수가 워낙 적다 보니 그런 것이겠지만 정말 조촐한 숫자로군. 우리 대대가 훈련 나갔을 때 식수 인원이 700명이었는데 말이야. 식수 인원 500명이면 땡큐지.

"알비소의 '슈로덴' 후작이 기마 부대를 맡고 칼렉시코의 '메보사르트' 후작이 지원 부대를 맡아주십시오. 보병 부대는 리눅스 연합의 '쿠르시' 왕이, 보급 부대는 '렉스' 왕이, 창병 부대는 '사크렌' 왕이 맡을 것입니다. 리눅스 연합보다 우리의 기마병과 마법사가 강력하기 때문에 그런 것이니 이해해 주리라 믿습니다."

"……."

사베루트 황제의 판단이 적절했는지 누구도 반대 의사를 표명하지 않았다. 그래서 사베루트 황제는 순조롭게 회의를 진행해 나갔다.

"이번 토벌대의 총책임자는 나, 사베루트 케리만이며 부책임자는 유리시아드 케리만입니다."

웅성웅성—

사베루트 황제가 유리시아드를 거론하자 조용했던 장내가 일순간에 소란스러워졌다. 그것은 유리시아드를 부책임자로 임명하는 것이 부당하다는 뜻이었다. 그래서 회의실에 모인 귀족들 중에서 공작 계급을 가진 최고위 귀족들이 차례로 입을 열었다.

　"아무리 케리만 공작이 자유기사이고 공작이라지만, 이제 갓 성인이 된 여자를 토벌대 부책임자로 둔다는 건……."

　"우리 쪽 부대는 후작들이 맡아서 상관없을 수도 있지만, 리눅스 연합 쪽에서는 그래도 왕이라 불리는 사람들인데 우리 제국의 공작에게 명령을 받을 것이라고는 생각하기 힘드오이다."

　"젊은 여성이 부책임자라면 병사들의 사기가 떨어질 수도 있소이다."

　"황제께서는 여동생이라고 너무 추켜세워 주는 것 아니오이까?"

　유리시아드의 부책임자 임명에 대해서 다양한 반대 의견이 쏟아져 나왔다. 생각했던 것보다 격렬한 반응이었기 때문에 사베루트 황제도 약간 당황한 표정을 지었다. 그러나 여기서 '아, 그렇군요'라면서 물러서면 황제의 체면이 여지없이 구겨지기에 사베루트 황제로서도 물러설 수가 없었다. 아무리 좋지 않은 의견이라고 판명되어도 자신의 체면상 무조건 밀고 나갈 수밖에 없는 이 상황. 이것이 바로 사회의 진정한 모습이라고도 할 수 있었다. 물론 아직 유리시아드의 부책임자 임명이 바른 것인지 잘못된 것인지 결정되지는 않았지만.

"유리시아드 케리만 공작은 이번 토벌대에서 공작이 아닌 자유기사 신분으로 참전하게 될 것입니다. 그리고 또 한 명의 부책임자로 대마법사님을 추천할 것입니다. 특정 국가에 소속되지 않은 자유기사와 대마법사님이라면 부책임자로 손색이 없다고 생각합니다."

사베루트 황제는 유리시아드에 이어 레이뮤까지 끌어들였다. 레이뮤나 우리나 레이뮤의 부책임자 임명은 오늘 처음 듣는 얘기였기 때문에 상당히 당황스러웠다. 그러나 당사자인 레이뮤는 이미 어느 정도 예상하고 있었는지 담담한 표정을 변화시키지 않았다.

하하, 역시 500년 짬밥이 거저 먹는 건 아니라니까. 어떤 경우에도 흔들리지 않는 저 단단함. 마치 무너지지 않은 거대한 산을 보는 것 같다. 나도 배우고 싶을 정도…… 잉? 근데 내가 코드 만들 때마다 레이뮤 씨의 표정이 변하지 않았던가? 그렇다는 것은…… 그만큼 내 업적이 너무 훌륭하다는 뜻? 우힛!

"그리고 대마법사님의 제자 두 분과 여기 있는 엘프 두 분도 이번 전쟁에 참전 의사를 밝혔습니다. 이분들은 지원 부대에 소속되어 활동할 것입니다."

잉? 지원 부대? 난 지원 부대라고 하길래 물품이나 무기 같은 걸 지원해 주는 것인 줄 알았…… 아, 그러고 보니 그건 보급 부대겠구나. 어쨌거나 여기서는 마법사나 정령술사 같은 지원 공격 위주의 부대를 지원 부대라고 하는 것 같군.

"참전하는 알비소, 칼렉시코를 제외하고, 후작 이상의 영주 분들은 기마병 10명, 보병 50명, 마법사 10명, 창병 10명을 차출해 주십시오."

"……."

사베루트 황제의 차출 인원에 대해서 귀족들은 약간 과하다는 반응을 보였다. 그러나 전쟁을 하려면 어차피 사람 차출이 반드시 필요하기 때문에 그 사항에 대해서는 별말을 하지 않았다. 대신 그들이 걸고넘어진 것은 유리시아드의 부책임자 임명 건이었다.

"아무리 케리만 공작이 국가를 초월한 자유기사이고 대마법사님 역시 초국가적인 존재시지만, 적어도 겉보기에는 너무 젊어 보입니다. 과연 각 부대의 대장 및 병사들이 통제에 제대로 따를지 의문이외다."

"게다가 이번 토벌대에는 우리뿐만 아니라 리눅스 연합도 있소이다. 그들이 책임자에 이어 부책임자까지 우리나라에게 빼앗기는 걸 가만히 놔둘 것 같지는 않소이다만."

"……."

사베루트 황제는 잠시 입을 다물었다. 그러나 이미 생각해 놓은 복안이 있는지 그의 얼굴에는 자신감이 넘쳤다.

"리눅스 연합 쪽에서는 책임자든 부책임자든 뽑을 수가 없습니다. 자기들끼리 동등하다고 견제하는 상황에서 그들끼리 대표를 정하기는 어려우니까요. 그래서 나에게 부책임자 임명을 맡긴 것입니다. 이는 리눅스 연합이 스스로 우리 제국의 밑이라고 시인한 것입니다."

어이, 황제 씨. 그런 말을 리눅스 연합 쪽에서 들었다간 난리 나겠다. 아무리 자기네 귀족들만 모인 자리라고 하지만 말조심해야지. 여기 있는 귀족들 중에서 누군가가 리눅스 연합에다 일러바칠 수도 있는데 말이야.

"그래도 책임자에 이어 부책임자까지 우리 제국의 사람으로 하면 그쪽에서 불쾌히 여길 수 있습니다. 그래서 케리만 공작이 아닌 자유기사와 초국가적 존재이신 대마법사님께 부책임자 자리를 드리고자 하는 것입니다. 두 분이라면 리눅스 연합 쪽에서도 큰 불만을 갖지 않겠지요."

"……."

사베루트 황제의 말이 어느 정도 설득력이 있어서인지 귀족들은 더 이상 그 문제를 걸고 넘어지지 않았다. 그렇게 귀족들의 반발을 잠재운 사베루트 황제는 그 외의 사안을 일사천리로 진행시켰다. 그것은 사베루트 황제가 미리 구상해 놓고 있던 최선책을 발표하고 동의를 구하는 형식이었기 때문에 가능했다. 만약 이 자리에서 모두의 머리를 맞대고 의견을 조율하려고 했다면 서로 견제하는 귀족들로 인해 회의 시간이 무한정 길어졌을 것이다.

흐음…… 겉보기와는 다르게 사베루트 황제에게도 카리스마가 있군. 뭐, 그러니까 유리시아드를 자유기사로 만들 수 있었겠지. 근데 사베루트 황제는 결혼 안 했나? 황후를 본 적이 없었으니 아직 결혼하지 않은 것 같은데…… 설마 유리시아드와?

번쩍!

내가 거기까지 생각했을 때 내 옆에 앉아 있던 유리시아드가 살기 어린 눈으로 날 노려보았다. 그 눈빛은 여태껏 나에게 날렸던 것보다 훨씬 강력해서 회의실에 모인 귀족들조차 느낄 수 있을 정도였다.

"무슨 일입니까, 자유기사?"

유리시아드가 하도 날 죽일 듯이 노려보자 사베루트 황제가 그녀를 불렀다. 아무리 여동생이라도 공식석상에서는 한 나라의 공작이고, 지금은 국가를 초월한 자유기사의 신분이기 때문에 사베루트 황제는 유리시아드에게 존댓말을 사용했다. 어쨌든 모든 이들의 간담을 서늘하게 한 장본인은 살기를 거두고 무표정한 얼굴로 입을 열었다.

"아무것도 아닙니다. 계속 진행해 주십시오."

"그렇습니까."

누가 보기에도 아무것도 아닌 게 아니었지만 사베루트 황제는 계속 회의를 진행했다. 다른 귀족들 역시 관심을 사베루트 황제에게로 돌려 회의에 참여했다. 덕분에 나만 매우 뻘쭘하게 되었다.

　흐으, 왜 나만 미워하고 그래? 여기 인간들이 '저 녀석 대체 자유기사에게 뭔 죄를 지었길래?' 라면서 날 피하려고 하잖아. 난 정말 아무 짓도 안 했단 말이다!

　　　　　*　　　　*　　　　*

　다음날, 난 지원 부대장인 칼렉시코의 메보사르트 후작과 함께 오에스 대륙에 인접해 있는 칼렉시코로 이동했다. 물론 슈아로에와 엘프 남매 역시 나와 함께였다. 부책임자인 유리 시아드와 레이뮤는 일단 소노마 황궁에 남아서 사베루트 황제와 함께 전략 회의 등을 하기로 했다.

　덜컹덜컹.

　나와 슈아로에, 그리고 리엔과 리에네는 같은 마차를 타고 칼렉시코에 도착했다. 가는 동안 난 마나 생성 코드를 실행하여 내 마나량을 조금이라도 높이는 데 주력했다. 물론 코드 걸어놓고 딴짓하면 되는 매우 쉬운 일이었지만 심리적으로는 그다지 편하지 않았다. 생각 같아서는 슈아로에로부터 마나 복사를 받고 싶었지만 슈아로에도 긴장하고 있는 것 같아 그렇게 하지를 못했다. 어쨌든 전쟁을 대비하여 나 스스로를 강하게 해야 한다는 강박관념이 나와 슈아로에의 마음을 계속 불안정하게 만들고 있었다. 리엔과 리에네는 여전히 무표정해서 그 속마음을 전혀 알 수 없었지만.

히이잉―

거의 3일 정도 걸려서 목적지인 칼렉시코에 도착한 우리들은 메보사르트 후작이 있는 칼렉시코 성 안으로 인도되었다. 난 처음에는 메보사르트 후작이 우리를 며칠간 성에서 묵게 한 다음 부대에 합류시킬 것이라고 생각했다. 그러나 성에 도착하자마자 우리들은 쫓겨나듯이 성내 연병장에 집합해야만 했다.

"갑작스러운 집합에 의아하실 테지만 이해해 주십시오."

메보사르트 후작은 연병장 단상에 올라 우리들을 내려다보며 말했다. 메보사르트 후작은 40대의 중년 남성으로, 외모는 그리 특출나지는 않았지만 나름대로 호감 가는 인상이었다. 그러나 단상에서 우리를 내려다볼 때에는 마치 자신이 굉장히 높은 사람이라고 착각하는 듯한 고압적인 인상을 심어주고 있었다.

"여러분은 이제 내 지원 부대 소속입니다. 비록 매지스트로에서 우수한 성적을 거두고 있다고는 하나, 그것은 어디까지나 교육용 마법일 뿐이고 두 엘프 분도 직접 전쟁에 참여하신 적은 없을 겁니다. 내 부대에서 실력없는 자를 대우해 줄 생각은 없습니다. 따라서 여러분은 이 자리에서 테스트를 받아야 합니다."

"……!"

허억?! 웬 갑자기 테스트야? 레이뮤 씨가 개인적인 참전이라고 해서 지금 매지스트로의 수재들을 무시하는 거냐? 내가 대학 다닐 때도 테스트를 얼마나 싫어했는데! 그리고 난 지금 마나 생성 코드를 실행시키고 있는 상태라서 마법을 쓰지 못한단 말이다! 게다가 지금은 포스가 전부 매직포스라서 포스 변환도 못한다고! 이런 상태에서 나보고 테스트를 어떻게 받으라는 소리야? 오늘 테스트한다면 테스트한다고 하루 전에라도 말해주던가! 오늘 시험을 오늘 한다고 알려주는 그 형편없는 센스는 뭐야? 저런 썩어 문드러지고 내팽개칠 놈!

"저는 칼렉시코 수석 마법사 '에레제드' 입니다. 여러분을 만나게 돼서 반갑습니다."

그때 메보사르트 후작 옆으로 60대는 족히 되어 보이는 할아버지가 나타났다. 자신을 칼렉시코 수석 마법사라고 밝힌 에레제드는 그나마 사람 좋은 표정으로 우리를 내려다보았다. 그가 이 자리에 나타난 이유는 그가 테스트 감독관이기 때문이었다.

"전쟁에서 우리 지원 부대는 원거리에서 상대의 진영을 마법으로 흐트러뜨리는 것을 주목적으로 합니다. 마법 자체는

광범위 공격이라서 백병전에서는 아군에게 피해를 줄 수 있는 만큼 근접전에서는 지원 공격을 하지 않습니다. 대신 상대의 마법사나 궁수들을 쓰러뜨려야 하므로 최소 100미터 이상 떨어진 거리에서도 마법을 성공시킬 수 있어야 합니다."

에레제드 수석 마법사는 전쟁에서의 마법 활용에 대해 구구절절 늘어놓았다. 그러나 그 말이 틀리지는 않았기 때문에 난 잠자코 듣기만 했다. 에레제드의 말에 따르면, 이번 테스트는 원거리의 적을 사살할 수 있느냐 없느냐를 시험할 것 같은 느낌이 들었다.

"따라서 여러분은 원거리의 목표물을 맞히는 테스트를 받게 됩니다. 저기 병사 한 명이 손에 들고 있는 줄 끝에 매달린 새를 맞히는 테스트입니다."

우린 에레제드가 가리킨 곳을 쳐다보았다. 그곳은 연병장의 끝 부분이었는데 그곳에 한 병사가 기다란 줄을 붙잡고 서 있었다. 병사와 우리와의 거리는 거의 100미터 정도였고, 새 한 마리가 묶여 있는 줄의 길이는 20여 미터 정도 되었다. 피타고라스 정리를 이용하면 우리의 위치에서 새까지의 거리를 구할 수 있겠지만 숫자가 딱 떨어지지 않기 때문에 계산은 포기했다.

허어, 저 새 종류가 뭐지? 참새 같긴 한데 크기가 약간 크군. 근데 저놈의 새는 왜 계속 파닥파닥하면서 이리 날고 저리 날고 하는 거야? 이번 테스트는 고정 표적이 아니라 이동 표적이었어?

"이번 테스트 결과에 따라서 지원 부대에서 좋은 대우를 받을 수도, 그 반대가 될 수도 있습니다. 그러니 최선을 다해 주시기 바랍니다. 그럼 시작해 주십시오."

말을 마친 에레제드 수석 마법사는 조용히 우리 쪽으로 내려왔다. 메보사르트 후작은 여전히 단상에서 우리를 내려다보고 있었고 줄을 붙잡고 서 있는 병사는 '빨리 좀 끝내지? 나도 좀 쉬자' 라는 표정을 짓고 있었다.

"내가 먼저 할게요."

우리들 중에서 슈아로에가 첫 번째 주자로 나섰다. 그녀는 움직이는 표적을 맞추는 마법을 생각하려고 잠시 멈추어 섰다. 그렇게 잠깐의 시간이 흐른 뒤 슈아로에는 마침내 마법 코딩을 시작했다.

"Create space 번개, mapping lightning, create snap space target, animate snap."

그녀가 사용하려는 마법은 라이트닝 볼트였다. 그러나 일반적인 라이트닝 볼트 코드를 쓰면 이동 표적을 제대로 맞추기는 매우 힘들기 때문에 Snap 코드를 사용했다. 그렇게 되면 표적이 아무리 날고 기어도 목표물을 정확히 맞힐 수 있다.

번쩍—

슈아로에의 라이트닝 볼트는 20초 정도 걸려서 새에게로 날아갔다. 100미터 약간 넘는 거리를 20초 정도 걸리니 사실 그 속도는 절대 빠르다고 볼 수 없었다. 만약 Snap 코드로 인해 타깃팅에 걸린 상태라면 아무리 피해봤자 마법은 유도 미사일처럼 끝까지 표적을 추적한다. 그것을 피하려면 마법의 이동 속도보다 훨씬 빠르게 움직여서 마법이 진로 변경을 채하지 못하고 그냥 다른 것을 맞히게 하든가, 뭔가를 집어 던져서 충돌을 일으킴으로써 마법의 실행을 끝내야만 한다. 그러나 허공에서 파다닥거리면서 날려고 발버둥치고 있는 새에게는 그 두 가지 방법 모두 실행 불가능했다.

"오……!"

슈아로에가 마법 코딩 하는 것부터 약간 놀란 표정을 짓고 있었던 에레제드 수석 마법사는 슈아로에의 라이트닝 볼트가 정확히 새를 맞힌 것을 확인하자 탄성을 내질렀다. 라이트닝 볼트에 맞은 새가 땅으로 곤두박질치자 병사가 준비되어 있는 다른 새를 줄에다 묶는 것은 무시하고 에레제드는 박수까지 치면서 슈아로에 칭찬하기에 열을 올렸다.

"매우 훌륭합니다! 용언 마법을 자유자재로 구사하고 응용력도 뛰어나며 집중력 역시 탁월합니다! 역시 매지스트로의 천재 마법사라 불리는 이유가 있었군요!"

"과찬이세요."

에레제드의 칭찬에 슈아로에는 기쁜 표정을 지으면서 겸손을 떨었다. 그걸 옆에서 지켜봐야 하는 바보의 입장에서는 매우 꼴사나웠지만 슈아로에가 잘한 것만큼은 분명한 사실이기 때문에 토를 달 수 없었다. 어쨌든 슈아로에는 단 한 번의 시도로 테스트를 통과했고 에레제드로부터도 매우 높은 점수를 받은 듯했다. 그렇게 슈아로에가 테스트를 마치자 다음 주자로 리에네가 나섰다. 보통 리에네보다 리엔이 먼저 나서는 때가 많아서 이번에도 그러리라 생각했는데 의외로 리에네의 행동이 리엔보다 빨랐다.

"저 새를 꼭 죽여야만 합니까?"

테스트를 받기 전에 리에네는 에레제드에게 심각한 얼굴로 물음을 던졌다. 아마도 아무런 죄도 없는 새를 죽이고 싶지는 않은 모양이었다. 만약 이번 테스트가 단순한 실력 증명용이었다면 굳이 새를 죽일 필요는 없었겠지만, 이번 테스트의 목적은 인명 살상용이기 때문에 에레제드의 의지는 확고했다.

"전쟁에서는 상대를 죽이지 않으면 자신이 죽습니다."

"……알겠습니다."

에레제드의 말뜻을 이해한 리에네는 약간 착잡한 표정으로 줄에 묶여 이리 날고 저리 날고 있는 참새 같은 새를 쳐다보았다. 마치 새의 명복을 빌어주기라도 하듯이 잠깐 눈을 감았다. 그리고 나서 리에네는 눈을 뜸과 동시에 바람의 정령을 소환했다.

"레아실프."

리에네가 소환한 바람의 정령은 사람 키만 한 레아 급이었다. 그 정도는 되어야 100미터가 조금 넘는 거리의 목표물을 제거할 수 있을 듯했다.

"바람의 칼날."

리에네는 담담한 표정으로 레아실프에게 명령을 내렸고, 레아실프는 두 팔을 새를 향해 뻗었다. 그러자 레아실프의 두 팔로부터 강력한 바람이 생성되어 뻗어나갔다. 투명한 바람이라서 제대로 확인할 수는 없었지만 주변 공기가 순간 굴절되어 보인 것으로 보아 초승달 형태의 모습을 유지하면서 날아가는 것 같았다. 일반 마법이라면 거의 20초 정도 걸려 날아갈 거리였으나 레아실프의 공격은 100미터를 10초 만에 돌파했다.

……

새가 이리저리 움직이고 있었는 데도 불구하고 슈아로에의 Snap 걸린 마법처럼 레아실프의 칼바람은 정확히 새에게로 날아가 새를 두 동강 내었다. 두 동강 난 새가 허공에서 피를 뿌리며 떨어지는 모습이 안쓰럽기도 했지만 전쟁을 눈앞에 둔 마당에 그런 것에 일일이 감상적이 되면 곤란하기 때문에 그냥 그러려니 해버렸다.

"대단합니다! 역시 정령술의 원조라고 할 수 있는 엘프로군요. 흠잡을 데가 없습니다."

에레제드는 망설임없이 리에네의 테스트 합격을 선언했

다. 이어서 리엔이 불의 정령 레아샐러맨더를 소환하여 파이어 볼 같은 공격으로 새를 격추시켰다. 샐러맨더 중에서 가장 상급인 레아샐러맨더는 작은 불도마뱀이 아닌 거의 불도마뱀 인간처럼 두 발로 서서 공격했다. 물의 정령과 땅의 정령은 어차피 인간과 거의 흡사한 모습이라 레아 급이라고 해도 단순히 크기만 커질 것 같았고, 작은 전구처럼 생긴 빛의 정령은 레아 급이 되면 어떻게 변할지 조금 궁금해졌다.

흐음, 위습은 그냥 거대한 공이 되는 건가? 위습도 특별히 모습이 바뀔 것 같지는 않으니까 말이야. 그나저나 리엔과 리에네 모두 정령을 정말 능숙하게 다루는구나. 나도 저런 식으로 정령을 다룰 수 있다면 참 좋을 텐데 말이지.

나 같은 경우는 스피릿포스를 두 개의 파티션으로 나눠서 5대 정령을 한꺼번에 부릴 수 있긴 하지만, 그만큼 하나의 정령이 낼 수 있는 힘은 내 최대 능력치의 절반밖에 안 되는데… 그러니 리엔이나 리에네만큼의 파워를 내려면 난 저들보다 두 배의 스피릿포스를 가지고 있어야 하잖아. 거참, 난 감 하군. 그냥 파티션 나누지 말고 하나로 밀고 나갈 걸 그랬나. 갑자기 후회가 밀물처럼 몰려든다!

"그쪽 분도 어서 하십시오."

내가 리엔의 설명에 고개를 끄덕이고 있을 때 에레제드가 날 재촉했다. 하늘을 쳐다보니 어느새 새 한 마리가 줄에 묶여서 파닥파닥 발버둥치고 있었다. 난 그 모습을 물끄러미 바라보다가 에레제드에게로 시선을 돌려 하기 힘든 말을 꺼냈다.

"지금은 마법을 사용할 수가 없어서 맞출 수가 없어요."

"……."

순간 에레제드의 표정이 굳어졌다. 매지스트로의 블루 케이프가 마법을 쓸 수 없다는 소리를 들으니 당황한 것이다. 물론 옆에 있는 슈아로에와 엘프 남매도 내가 왜 마법을 쓸 수 없는지 이유를 모르기 때문에 놀란 표정을 지었다. 그래서 난 그 이유를 그들에게 설명했다.

"지금 마나 생성 코드를 10시간 렌더링으로 실행시킨 상태라서 오늘은 마법을 못 써요. 10시간 후면 쓸 수 있지만."

"마나 생성 코드? 10시간?"

내 말을 듣고 에레제드의 표정이 미묘해졌다. 그의 얼굴에서는 '지금 이 인간이 무슨 헛소리를 하는 거야?'라는 표정이 드러날 듯 말 듯 나타나 있었다.

"처음 듣는 코드입니다만, 어쨌든 지금 마법을 사용할 수 없다면…… 이거 곤란하군요."

에레제드는 난감한 얼굴로 고개를 휘휘 저었다. 사실 전쟁을 앞둔 시점에서 바로 마법을 쓸 수 없다는 건 전쟁에서 죽겠다는 말이라서 그의 심정이 이해는 갔다. 그러나 나로서는 파이어 볼에 Snap을 걸어 실행하면 표적을 맞힐 수 있다는 자신감이 있었기 때문에 내 실력을 평가절하당하고는 싶지 않았다. 특히 슈아로에 등과 떨어져 지내는 게 제일 싫었다.

"내일 테스트 볼게요. 그때는 확실히 성공할 수 있어요."

"……."

난 에레제드에게 테스트 연장을 부탁했지만 에레제드는 물론 메보사르트 후작도 부정적인 반응을 보였다. 나 역시 시험 준비 못했다고 시험 미루어 달라는 소리를 하고 있다는 걸 알고 있었지만 모든 문제는 갑작스런 시험 공고 때문이라는 점이라서 물러서지 않았다.

"테스트가 오늘 있다고 어제 들었다면 준비를 했을 겁니다. 그런데 오늘 오자마자 테스트한다고 하니 준비를 못했다구요."

"전쟁은 언제 일어날지 알 수 없습니다. 기습받게 되는 수도 있습니다. 준비가 안 되어 있다는 핑계로 적의 공격을 미룰 수 있다고 생각합니까?"

"……."

에레제드의 말은 더 이상 내 변명을 진행시킬 수 없게 만들었다. 사실 여기서 뭔가 억지로 논리를 만들어서 대응할 수도 있었지만 왜인지 계속 말다툼하는 게 한심하게 느껴졌다. 이유야 어쨌든 내가 지금 테스트에 불합격이라는 사실은 변함이 없기 때문이었다. 그렇게 내가 입을 다물어 버리자 나 대신 슈아로에가 내 입장을 설명하려고 했다.

"레지 군도 실력있는 마법사예요! 지금 레지 군이 마법을 쓸 수 없는 건 레지 군이 개발한······!"

"알고 있습니다. 매지스트로의 블루 케이프가 마법을 쓰지 못하는 건 있을 수 없으니까요."

슈아로에는 날 도우려고 했으나 에레제드의 반응은 여전히 부정적이었다. 그는 내가 3서클의 마나를 가지고 있다는 것을 느끼는 상태였지만 단순히 마나량이 많다고 마법을 잘하는 것이라고는 볼 수 없기 때문에 내 실력에 의구심을 품고 있었다. 다른 사람들이 아무리 잘한다고 추켜세워도 자신이 직접 확인하지 못하면 믿지 않는 스타일인 듯했다.

"지금 제가 마법을 쓰지 못하는 건 사실이니 더 이상 말하지 않겠습니다. 수석 마법사님이나 후작님이 알아서 해주세요."

결국 난 모든 것을 에레제드와 메보사르트 후작에게 맡겼다. 그들의 표정으로 봐서는 나에게 높은 대우를 해줄 것 같지는 않았다. 경우에 따라서는 최악의 대우를 받을 수도 있다는 생각이 들었다.

"알겠습니다. 여러분의 거취는 내일 결정되는 대로 알려드리도록 하겠습니다. 오늘은 그만 돌아가서 쉬도록 하십시오."

에레제드는 테스트 종료를 선언했고 우리들은 다시 배정받은 방으로 돌아갔다. 돌아가는 도중 슈아로에가 이해할 수 없다는 표정으로 날 보며 입을 열었다.

"왜 그냥 넘어간 거예요? 그러다가 안 좋은 곳으로 가게 되면 어쩌려구요?"

"뭐, 그때는 어쩔 수 없지. 어차피 여기는 지원 부대니까 최전방에서 무기 들고 싸우라고 시키지는 않잖아. 단지 시설 좋은 곳에서 지내느냐 시설 나쁜 곳에서 지내느냐의 차이이지, 전쟁터에서 해야 하는 일은 거의 비슷하지 않을까?"

"그렇지만……."

슈아로에는 걱정스럽다는 표정을 지었지만 난 그냥 마음 편하게 생각하고 있었다. 이미 시설이 개떡 같은 수준의 부대에서 2년 넘게 지냈던 나이기 때문에 최소한의 의식주만 제공된다면 어디에서든 지낼 자신이 있었다. 단지 내가 걱정하는 부분은 내가 일반 병사들과 같이 지내게 될 경우 그들이 날 어떻게 대할 것인지에 관한 것이었다.

하아~ 군대는 훈련 자체도 힘들긴 하지만 그보다 더 짜증 나는 건 성격 엿 같은 선임병을 만났을 때지. 아무리 시설 안 좋고 작업이 많다고 해도 좋은 선임병을 만나거나 서열이 풀리면 군 생활은 그렇게 어렵지 않다고. 하루 종일 같이 훈련받고 내무실에서 생활하니까 인간 관계가 정말 중요하거든. 헉! 그러고 보니 부대 배치받으면 땜내 나는 남정네들과 살 부비대면서 같이 자야 되는 거야? 오 마이 갓! 생각만 해도 온몸에 경련이 일어난다!

제21장

부소대장 레지스트리

"**레**지스트리님은 마법 2중대 4소대 소속으로 결정되었습니다."

칼렉시코 성에서 아침을 먹고 내 방에서 잠시 쉬고 있을 때 하인 한 명이 그런 소식을 전해왔다. 중대니 소대니 하는 말을 들으니 군대에 다시 컴백한 것 같아 기분이 매우 거시기했지만 나름대로 군대에서 들었던 말이라 이해하기는 쉬웠다. 물론 그렇게 세부적으로 부대를 편성할 만큼 이 세계에서의 전술이 세분화되어 있는지는 의문이었지만.

"지금 모든 사람들이 연병장에 모여 있으니 레지스트리님도 가도록 하십시오."

하인은 그렇게 말하며 내쫓듯이 날 밖으로 몰아냈다. 덕분에 나는 부른 배를 꺼지게 하지도 못하고 연병장으로 향할 수밖에 없었다.

웅성웅성.

하인의 말대로 연병장에는 많은 수의 사람들이 운집해 있었다. 그 인원은 적어도 몇백 명은 되어 보였다. 그 사람들 중에서 절반보다 훨씬 많은 수의 사람들이 가벼운 갑옷을 입고 등에는 활과 화살통을 메고 있는 궁수였다. 나머지는 마법사인 것을 티 내기라도 하듯 로브를 걸친 사람들이었다.

흐으, 지원 부대의 전 병력이 다 모인 것 같은데? 500명이라 얼마 안 되리라 생각했는데 막상 모아놓으니 꽤 많아 보이는군. 난 군대에서 저 인원만큼의 밥을 해줬는데. 뭐, 어쨌든 마법 2중대 4소대라니까 거기로 찾아가야겠다. 근데 뭔가 표지판이라도 세워져 있어야 내가 찾아가지 이래가지고는 어디가 어디인지 알 수가…… 하하, 표지판들이 몇 개 있군. 잉? 근데 궁수 1중대, 마법 1중대 식으로 중대 표지판밖에 없잖아? 할 수 없군. 마법 2중대 표지판 앞에서 폼 잡고 서 있는 저 인간에게 물어봐야지.

"저기, 마법 2중대 4소대는 어디입니까?"

난 최대한 정중한 어조로 표지판 앞에 서 있는 20대의 젊은 남성에게 질문을 던졌다. 젊은 남성은 토벌군 문양이 가슴 한복판에 새겨진 흰색의 로브를 입고 있었는데, 주변에서 여러 사람들이 계속 소속 소대를 찾아가려고 질문을 던져 오는 통에 매우 짜증난다는 표정을 짓고 있었다. 그래도 내가 물어봤을 때 대답은 해주었다.

"저기 제일 끝이다."

"예, 감사합니다."

매우 퉁명스러운 대답이라서 사실 별로 감사하지는 않았지만 그가 내 상관이 될 가능성이 매우 높았기 때문에 난 최대한 좋은 인상을 남기려고 노력했다. 어쨌든 난 젊은 남성이 가리킨 대로 모든 중대 중에서도 가장 끝 부분에 모여 있는 사람들에게로 향했다.

뜨아, 여기 모인 마법사들은 뭔가 전부 비리비리하게 보인다? 얼굴도 체격도 전부 취약한데? 뭐, 나도 만만치 않긴 하지만…… 마법 2중대 4소대라는 곳은 떨거지들만을 모아놓은 것 같군. 결국 테스트 불합격 판정을 받은 결과가 이건가?

"오, 너도 여기냐?"

내가 어기적어기적 걸어오는 것을 보고 모인 사람들 중에서 그나마 가장 키가 크고 덩치도 어느 정도 있는 갈색 로브의 마법사가 날 보며 입을 열었다. 거기다 콧수염과 턱수염을 깔끔하게 기른 모습이 어느 정도 자기 관리를 하는 사람처럼 보였다. 어쨌든 마법 2중대 4소대에 모인 떨거지들 중에서 그나마 경력있어 보이는 사람이라 그런지 마음이 조금 놓였다.

"여기가 마법 2중대 4소대 맞습니까?"

난 조심스러운 어조로 물었고 30대 중반 정도로 보이는 그 갈색 로브의 콧수염 남자는 고개를 끄덕였다.

"그래, 너도 어린 나이에 전쟁에 동원됐구나. 불쌍한 것."

"……."

헐~ 25살, 아니, 만 23세의 나이가 어린 건가? 설마 지금 이 인간들도 날 20세 이하라고 생각하는 건 아니겠지? 우리나라 사람이 외국인의 나이를 겉모습만으로 구별할 수 없는 것처럼 외국인도 우리나라 사람의 나이를 구별하는 게 힘들다고 하지만, 아무리 그래도 23살을 20살 이하로 보는 건 좀 그렇지 않나?

"이야, 내가 제일 어리다고 생각했는데 나보다 더 어린 사람이 들어오다니."

그때 20살 정도 되어 보이는 경장갑 차림의 몸집 통통한 청년 하나가 내 어깨에 손을 걸치며 친한 척했다. 얼굴이 전체적으로 동글동글해서 나보다 나이가 어려 보이긴 했지만 그래 봤자 나와 별 차이 나지 않는 것 같았고, 이곳에서 나이 따져 가면서 사람을 대할 생각이 없었기 때문에 나이 문제는 그냥 넘어가기로 했다.

"근데 4중대는 주로 뭘 해요?"

난 마법사 주제에 경장갑을 걸친 통통한 청년을 무시하고 갈색 로브의 콧수염 남자에게 질문을 던졌다. 그가 4소대의 대표처럼 보였기 때문이다. 이미 4소대에 모여 있던 사람들은 그를 대표로 인정한 것인지 그가 말할 때에는 누구도 입을 열지 않았다.

"우리 소대는 주로 보급 부대의 호위를 맡게 될 거야. 전방에서 싸우지는 않아."

오호, 그거 듣던 중 반가운 소리군. 보급 부대라면 거의 최후방이잖아? 그 호위를 맡으면 최소한 적의 대군과 맞붙을 일은 없을 테니 안심되는걸? 어떤 미친 장군이 보급 부대를 섬멸하려고 전 병력을 적 최후방까지 보내지는 않을 테니까 말이야. 물론 사소한 기습 공격의 가능성은 남아 있긴 하다만.

"예? 그럼 우리는 전쟁 안 하는 거예요?!"

그때 갈색 로브 남자의 말에 경장갑 청년이 말도 안 된다는 표정을 지었다. 아마도 그는 전쟁터에서 마법을 갈겨대면서 피 터지게 싸우는 걸 예상하고 온 듯했다. 갈색 로브의 남자는 실망하는 경장갑 청년의 등을 툭툭 치며 말했다.

"얌마, 보급 부대 호위가 얼마나 중요한데? 넌 먹지도 않고 싸울 수 있냐? 윗대가리들은 전방에서 싸우는 것만 생각하지만 음식이나 무기가 지속적으로 조달되지 않으면 전쟁에서 이길 수가 없다고. 보급 부대가 습격이라도 받는 날엔 그날로 전쟁 끝이야."

갈색 로브의 콧수염 남자는 자신들의 역할이 중요하다는 것을 피력했다. 그래서 난 살그머니 중간에 끼어들었다.

"보급 부대 호위는 중요한 일이지만 아무도 알아주지 않죠.

전쟁 승리의 공은 전방에서 싸운 자들에게만 돌아가니까요."

"으윽……!"

내 말이 정곡을 찔렀는지 갈색 로브의 콧수염 남자는 나지막한 신음을 내질렀다. 그러자 곁에 있던 사람들이 저마다 한마디씩 했다.

"고놈 참, 당돌하구만."

"아픈 데를 너무 찌르는걸?"

"저 녀석에게 소대장 자리를 내주는 게 어때, '바온'?"

바온이라고 불린 갈색 로브의 콧수염 남자는 그저 호쾌하게 웃었다. 그 모습을 보고 있자니 매지스트로의 해리 형님이나 사우스브릿지의 쿠탈파와 성격이 비슷하게 느껴졌다. 어딜 가나 성격이 비스무리한 사람들을 만나게 되니 감회가 새로웠다.

"너, 이름이 뭐냐? 난 바온이다."

바온은 나에게 악수를 청하며 내 이름을 물었다. 덩치가 조금 크다고 해도 손은 나보다 약간 큰 정도밖에 되지 않았다. 악수를 해도 내 손이 으스러질 염려는 없어 보여 난 안심하고 그와 악수를 하면서 내 이름을 밝혔다.

"레지스트리입니다."

"레지스트리? 100년 전에 날뛰었던 그 미친 마법사?"

아무래도 마법사들의 모임이다 보니 그들은 100년 전의 레지스트리에 대해서 알고 있었다. 그러나 100년 전의 사람이 지금까지 살아 있다고는 생각하지 않기 때문에 그들은 내 이름만 레지스트리라는 것을 인식했다.

"이름이 참 그렇군. 그 이름은 오해받기 쉬운데."

"아니, 오히려 그런 점이 기억하기 더 쉽지."

사람들은 내 이름에 대해 왈가왈부하며 입방아를 찧었다. 어쨌거나 좋은 의미이든 나쁜 의미이든 그들에게 내 이름을 심어주는 것에는 완벽히 성공한 것 같아서 난 나름대로 만족했다. 관심받지 못해서 '완전 불쌍 레지스트리'가 되고 싶지는 않았기 때문이다.

"난 '커트'. 앞으로 전 대륙에 이름을 떨칠 대마법사가 되실 몸이다."

자신을 커트라 밝힌 경장갑의 통통한 청년은 자신감 넘치는 어조로 입을 놀렸다. 마법사이면서도 로브를 입지 않고 경장갑을 걸치고 있는 커트가 특이하기도 했지만 그의 마나량이 3서클이라는 점이 놀라웠다. 그 정도의 마나량이라면 매지스트로에서 블루 케이프 급이라는 소리이기 때문이었다.

"난 내가 천재라고 생각했는데 너도 천재구나? 벌써 3서클이네?"

"어? 응……."

커트는 내 3서클의 마나량을 느끼고 반가움을 표시했다. 그렇게 나와 커트가 3서클이라고 밝히자 주변에서는 좌절의 목소리가 들려왔다.

"난 20년 넘도록 3서클을 못 넘겼는데……."

"우리 같은 놈들은 나가 죽어야지."

사람들의 빈정거림을 들은 커트가 박장대소를 하며 말했다.

"하하하! 너무 그러지들 마세요. 자질은 타고나는 거라 어쩔 수가 없다니까요. 그냥 내 천재성을 옆에서 지켜보면서 저런 훌륭한 녀석과 같이 있을 수 있어서 영광이구나, 하고 감격해하세요."

"……."

어이, 커트. 너 지금 불난 집에 휘발유 뿌리냐? 그런 망언을 하다가 무슨 봉변을 당하려고 그래? 말이라는 건 상황을 봐가면서 해야지 그렇게 막 하다가는 나중에 허벌나게 깨진다고. 아니, 지금 당장 사람들에게 뭇매를 맞을지도 몰라.

"그래, 그래, 너 천재다."

"너 혼자 천재 많이 해먹어라."

그러나 의외로 사람들은 그다지 화를 내지 않았다. 아마도 커트의 성격이 원래 잘난 척한다는 것을 알고 있는 듯했다. 그래서 난 내 눈앞에서 커트가 사람들에 의해 17분할되는 장면을 보지 않아도 되었다.

"모두 여기를 주목하라!"

그때 연병장 단상에서 우렁찬 목소리가 들려왔다. 아니, 그건 우렁찬 목소리가 아니라 음성 증폭 마법으로 소리를 크게 한 것이었다. 단상에는 메보사르트 후작과 에레제드 수석 마법사가 같이 서 있었는데, 에레제드가 음성 증폭 마법을 실행하고 메보사르트 후작이 말을 한 듯했다. 일단 시끄럽게 떠들던 징집병 내지 모집병들의 주의를 집중시키는 데 성공한 메보사르트 후작은 아까보다는 조금 작은 목소리로 말을 이었다.

"여기 있는 인원들은 지원 부대 소속이다. 나는 부대장인 메보사르트이고, 내 옆에는 작전참모 에레제드이며, 그대들 앞에 서 있는 인원들이 중대장이다. 그리고 우리 부대에서 새로운 전력으로 세 명의 인재가 들어왔다. 저 유명한 매지스트로 마법학교에서 유일한 화이트 케이프인 천재 마법사 이안트리와 노스브릿지 산맥의 두 엘프들이다. 이들은 오늘부터 참모 급의 계급이 되어 그대들을 지휘하게 될 것이다."

웅성웅성―

메보사르트가 말을 하는 동안 어느새 단상에 슈아로에와 리엔, 그리고 리에네가 모습을 드러내었다. 원래 표정의 변화가 거의 없는 엘프 남매는 담담히 서 있었지만 슈아로에는 약간 민망한 듯한 얼굴로 안절부절못했다.

연병장에 모인 사람들은 메보사르트가 소개한 세 명을 보면서 약간 시끄럽게 떠들었다. 천재 마법사와 엘프 두 명이 가세해서 좋아하는 사람이 있는가 하면, 외관상 전부 어리고 약해 보여서 싫어하는 사람들도 있었다. 그러나 적어도 갈색 로브의 콧수염 남자 바온과 경장갑의 통통한 청년 커트는 내 일행을 싫어하지 않았다.

"이거 꽤 거물이 왔는걸? 사람들이 하도 떠들어대길래 꼭 한 번 보고 싶었는데 소문대로 정말 어리군."

"진짜 귀엽네요. 저런 애랑 사귀면 소원이 없겠다!"

"……."

흐으, 둘 다 어리고 귀여운 여자를 좋아하는 거냐? 뭐, 나도 싫어하는 건 아니니까 할 말은 없다만… 그나저나 내 일행은 전부 높은 지위에 있는데 나만 일반 병사잖아? 테스트 불합격이라고 이런 어마어마한 격차가 나다니…… 이런 제길슨.

"그대들은 중대장 입회하에 오늘 내로 소대장과 부소대장을 선발하고 분대를 조직해야 한다. 모두의 계급이 결정되면 내일 전투복을 지급할 것이고 바로 훈련을 시작할 것이다. 이상."

말을 마친 메보사르트는 뒤도 돌아보지 않고 단상에서 내려갔다. 그리고 에레제드와 슈아로에 일행도 그의 뒤를 따라갔다. 메보사르트가 소대장이니 전투복이니 하는 현대식 군대 용어를 썼다는 게 마음에 들지 않았지만, 이곳 군대가 나름대로 체계를 가지고 있다는 점이 다행이었다. 계급 없이 '우린 모두 친구'라는 식으로 군대가 운영됐다가는 그야말로 강아지판이 되기 때문이었다.

"모두 주목!"

그때 내가 소속되어 있는 마법 2중대의 중대장이 열심히 떠들고 있는 마법 2중대 사람들을 불러 모았다. 다른 중대장들 역시도 자신의 중대를 통솔하면서 위압감을 주려고 노력했다. 그러나 솔직히 입고 있는 옷이 화려하다는 점 빼고는 '저 인간이 내 상관'이라는 의식은 그다지 들지 않았다. 일반 병사들에 비해 체격이 좋은 것도 아니고, 그렇다고 나이가 많은 것도 아니었기 때문이다. 그나마 궁수 1, 2중대와 마법 1중대의 중대장만이 전쟁에서 잔뼈가 좀 굵은 사람으로 보일 뿐 나머지는 전쟁 경험 없이 부모의 힘 덕분에 높은 자리를 꿰어 찬 어리버리들 같았다. 그중에서 내가 소속된 마법 2중대의 중대장은 다른 중대장들에 비해서 제일 젊었다.

"소대장과 부소대장은 내 지시 사항을 소대원들에게 전달하고 그들을 통솔하는 것이 주 임무다. 소대장은 그대들 사이에서 뽑아야 하니 그대들이 알아서 결정하라."

마법 2중대장은 딱딱한 어투를 구사하며 중대원들에게 명령을 내렸다. 그것은 그야말로 대책없는 명령이라 우리들로서는 난감할 수밖에 없었다. 서로 패싸움을 해서 소대장을 뽑을 수도 없기 때문이었다.

"우리 중대는 최소한 3서클 이상의 마법사만 소대장과 부소대장의 자격이 있다! 3서클 이상의 마법사는 앞으로 나와라!"

그때 우리 바로 옆에 있는 마법 1중대장이 자신의 중대원들에게 그렇게 소리쳤고, 그의 말에 따라 열댓 명의 마법사들이 마법 1중대장 앞에 섰다. 그것을 보고 우리의 마법 2중대장님도 Ctrl+C 이후 Ctrl+V 신공을 발휘하셨다.

"우리 중대는 최소한 3서클 이상의 마법사만 소대장과 부소대장의 자격이 있다! 3서클 이상의 마법사는 앞으로 나와라!"

마법 2중대장은 마법 1중대장의 말과 토씨 하나 틀리지 않고 그대로 똑같이 말했다. 듣고 있는 내가 민망할 정도의 표절이었지만 우리 중대에서 몇몇 사람들이 앞으로 나가고 우리 소대에서도 바온과 커트가 날 끌고 나갔기 때문에 나도 3서클 이상 마법사에 포함되어 버렸다.

"우리끼리 서열을 정해야겠지?"

3서클 이상의 마법사들이 모이자 바온이 제일 먼저 그런 말을 꺼냈다. 그러자 다른 마법사들도 맞장구를 쳤다.

"좋아! 실력으로 해야 나중에 문제가 없으니까."

"그럼 어떻게 실력을 겨루지? 여긴 좁아서 마법도 쓸 수 없잖아."

"중력 마법을 쓰면 되지! 누가 넓은 지역에 중력 마법을 성공시키는지로 결정하자!"

소대장 후보들은 자기들끼리 모여서 룰을 정했다. 물론 궁수 부대는 자기들끼리 알아서 바로 활쏘기 시합에 들어간 상태였다. 궁수 부대 쪽에서 탄성이 터져 나오는 것을 들으며 마법사 부대 사람들도 마법 시합에 돌입했다.

"창조하라 공간의 압력이여, 발현하라 쌍둥이의 중력이여, 행하리니 백 개의 별이여!"

마법 1중대 1소대 소대장 후보부터 중력 마법을 실행했다. 특이한 것은 그들이 마법을 사용할 때 둘둘 말린 종이를 펼치고 나서 마법 코딩을 한다는 점이었고, 용언 마법이 아닌 번역 마법을 사용한다는 점이었다.

흐음, 저 스크롤 같은 종이는 이니셜 코드인가 뭔가가 기록되어 있는 건가? 번역 마법은 이니셜 코드 없이는 발동하지 않는다고 슈아로에에게서 들었던 것 같은데 말이지. 나야 여태까지 이니셜 코드가 필요없는 용언 마법만 써서 이니셜 코드 스크롤이 어떻게 생겨먹었는지 전혀 몰랐는데 이제 보니 저렇게 생긴 것이었군. 신기한데?

"오오ー!"

소대장 후보들이 중력 마법으로 실험 대상인 나머지 마법사들을 땅바닥에 꿇어앉게 할 때마다 그들로부터 탄성이 터져 나왔다. 그러나 정신력 제어 코드를 사용하고 있기 때문에 집중력이 조금만 흐트러져도 마법이 금방 중단되거나 실행 오류가 발생했다. 그 모습을 보니 마법 실행 시에 단 한 번도 실패한 적이 없는 레이뮤와 슈아로에, 그리고 유리시아드가 새삼 존경스러워졌다.

"잘 봐라."

내가 마치 넋을 잃은 듯이 소대장 후보들의 마법 시합을 쳐다보고 있자 바온이 내 어깨를 툭툭 치며 앞으로 걸어나갔다. 어느새 마법 시합이 막바지로 치달아서 마법 2중대 4소대 소대장 후보인 바온에게까지 차례가 온 것이었다.

"바온 씨는 진짜 대단하다니까."

바온이 끝나면 다음 차례가 자신임에도 불구하고 커트는 싱글싱글 웃기만 했다. 사실 4소대의 소대장은 바온이라고 소대원들 사이에서 암묵적으로 결정되어 있는 상태였기 때문에 바온으로서는 굳이 마법 시합을 치르지 않아도 되었다. 그러나 그것을 바꾸어 말하면, 마법 시합을 통해 자신의 실력을 확실히 알려야 한다는 상황이라고도 볼 수 있었다. 어쨌거나 나 역시 바온의 실력이 궁금했기 때문에 시선을 바온에게로 고정시켰다. 바온은 모두의 시선을 받으며 마법 2중대 4소대 사람들을 향해 중력 마법을 실행했다.

"Create space 압력, mapping double gravity, render hundred."

여태까지 번역 마법만 듣다가 갑자기 용언 마법을 들으니 뭔가 느낌이 달랐다. 마치 어색한 발음의 콩글리쉬 학생 사이에 본토 발음의 잉글리쉬 학생이 끼어든 듯한 느낌이었다. 커트가 바온의 실력이 대단하다고 격찬한 이유가 아무래도 용언 마법 사용에 있는 것 같았다.

어쨌든 모두로부터 탄성을 이끌어내는 데 성공한 바온은 어느 정도 무난히 중력 마법을 성공시켰다. 사실 마법의 성공 범위를 따져 보면 다른 소대장 후보들에게 조금 밀리는 감이 있었지만 순전히 용언 마법을 사용했다는 점 때문에 모두로 부터 높은 점수를 얻어내었다.

"자, 이제 내 차례다. 눈 크게 뜨고 잘 봐."

자신의 차례가 다가오자 커트는 자신감 넘치는 어조로 떵떵 거리며 앞으로 나갔다. 난 순간 커트도 용언 마법을 사용할 줄 알았으나 의외로 커트는 번역 마법을 사용하여 중력 마법을 실행시켰다. 그리고 중력 마법의 범위나 위력 면에서도 그다 지 특출나지는 않았다. 단지 소대장 후보 중에서 제일 젊다는 점에서 장래성을 생각하면 사람들에게 높은 점수를 받을 수도 있었다. 하지만 결정적으로 군대는 장래성보다 현재의 승리를 원하기 때문에 커트에게 표를 던질 사람은 별로 없어 보였다.

"자, 네가 마지막이다."

커트의 마법 실행이 끝나고 가장 마지막에 남은 나는 바온에게 등을 떠밀려 사람들 앞으로 나서야 했다. 개인적으로 사람들 앞에 나서 뭔가 하는 걸 좋아하지 않는 나였기 때문에 이 자리에서도 가능하면 눈에 띄고 싶지 않았다. 그러나 불행 히도 내가 배운 건 용언 마법뿐이라 번역 마법에 대해서 아는 게 전무했다. 그렇다고 3서클의 마나를 가지고 있으면서 마법을 못 쓴다고 거짓말을 하기는 싫어 내 실력대로 용언 마법을 사용하기로 결심했다.

"Create space 압력, mapping double gravity, render hundred."

난 그냥 평범한 수준의 중력 마법을 사용했다. 만약 내가 포스 변환으로 모든 포스를 매직포스로 바꾸지 않았다면 미리 저장되어 있는 추진 마법 때문에 중력 마법을 사용할 수 없었을 것이다. 그러나 3서클의 마나량이 있으면 추진 마법이 리소스를 잡아먹고 있어도 여유분이 있어서 내 중력 마법은 아무 문제 없이 실행되었다.

후우, 뭐, 이 정도면 마법 못 쓴다고 뭐라고 하지는 않겠지. 군대에서는 튀어서도 안 되고 못해서도 안 되는 중간 정도가 딱이라고 하는데, 내가 생각해도 맞는 말이야. 이번 같은 경우에는 용언 마법을 써서 약간 튀긴 했지만 그래도 범위나 위력 면에서는 평범하니까 어느 정도 무마되지 않았을까?

"……."

난 그렇게 생각하며 4소대 사람들을 쳐다보았다. 그런데 그들은 모두 입을 벌리고 멍하니 날 쳐다보고 있었다. 그들뿐만이 아니었다. 마법 1중대 쪽에 있는 마법사들 역시 놀라고 있었다. 그 반응은 바온이 용언 마법을 사용했을 때보다 더 강했다.

"너…… 천재냐?"

내가 마법을 쓰기 전부터 실실 웃었던 커트의 표정 역시 확변했다. 사람들이 바온 때보다 훨씬 큰 반응을 보이는 이유는 그들이 날 어리다고 착각했기 때문이다. 어린 녀석이 어른들도 어려워서 안 하는 용언 마법을 구사하고 있으니 놀랄 수밖에 없는 것이다. 그렇게 내가 용언 마법을 사용한다는 사실을 알게 된 바온이 농담조 비슷하게 입을 열었다.

"너 설마 매지스트로 학생은 아니겠지?"

"예. 거기 학생 맞는데요."

"……!"

내 대답이 충격적이었는지 사람들의 표정 변화가 더 심해졌다. 그 표정을 보니 그들은 내가 매지스트로 학생이라는 표시를 확실히 해주고 있는 블루 케이프를 보고서도 날 매지스트로 소속이라고 생각하지 않은 듯했다. 그 사실이 도리어 날 어이없게 만들었다. 그런 내 어이없음을 해명하기 위해서인지 바온이 약간 당황한 표정으로 말을 이었다.

"하도 매지스트로 학생이라고 속여대는 인간들이 많아서 네 케이프도 가짜인 줄 알았다."

"아, 네……."

하긴, 어디를 가나 사기를 치는 인간들은 꼭 있는 법이지. 그리고 보니 여기 있는 마법사 중에서도 그런 케이프를 입은 사람들이 조금 있네? 저 사람들 정말 매지스트로 소속인가? 흠음, 아니니까 바온도 날 짝퉁이라고 생각한 거겠지?

"좋아, 결정했다. 우리 4소대는 내가 소대장 먹고 네가 부소대장 해라."

내가 마법사들을 둘러보고 있을 때 바온이 내 어깨에 손을 올리며 그렇게 선언했다. 순간 난 기겁하여 4소대 사람들의 얼굴을 살펴봤지만 그들 중에서 불만을 표시하는 이는 단 한 명도 없었다. 용언 마법 사용 가능자라는 점이 그만큼 강력한 이점으로 작용했던 것이다.

"허험, 결정됐으면 소대장과 부소대장은 소대원을 이끌고 막사로 돌아가라."

우리들의 주의를 끌기 위해서 잠시 헛기침을 했던 마법 2중 대장은 바온과 나에게 첫 명령을 내렸다. 난 어차피 막사의 위치를 모르기 때문에 모든 걸 바온에게 떠넘겼고, 바온은 4소대를 이끌고 연병장을 빠져나왔다.

아직 소대장이 결정되지 않은 다른 소대는 추가 마법 시합을 하고 있었고, 소대장이 결정된 소대는 소대장의 인도에 따라 자신들의 막사로 향하고 있었다. 군대에서는 보통 오와 열을 맞추어 이동하는 것이 기본이지만 이곳에서는 각자 자기 멋대로 이동했다. 그럼에도 대열이 크게 흐트러지지는 않는다는 점이 나로서는 신기했다.

"들어가자."

막사라고 도착한 곳은 그냥 30명 정도가 간신히 들어갈 수 있는 대형 천막이었다. 천막 안에는 침낭과 그 외의 잡다한 개인 물품들이 준비되어 있었지만 대부분 상태가 그다지 좋지는 않았다. 바온은 물품을 인원수에 맞추어 나누어준 후 곧바로 분대 편성에 들어갔다. 소대 인원이 나와 바온을 포함해 총 25명이었기 때문에 거의 6명씩 4개 분대로 나누었고, 분대장 4명을 선출하여 지휘 체계를 확립했다.

바온이 있음으로 해서 모든 편성이 일사천리로 진행되었다. 일단 그렇게 모든 편성을 끝내고 나서 모두들 천막 안에 둥그렇게 둘러앉고 각자의 소개를 시작하기로 했다. 일단 시작은 소대장인 바온부터였다.

"난 '바온사르'이고 32살이다. 원래는 용병 마법사였는데 돈벌이가 안 돼서 각종 전쟁에 참전하고 있지. 경력도 용병 생활 포함 18년이다."

오오, 군대 짬밥이 18년이라니 거의 원사 급인걸? 그거에 비하면 내 군 생활 경력 2년은 새 발의 피도 안 되겠군. 근데 내 소개할 때 어떻게 해야 되지? 일단 이 사람들은 내가 매지스트로 학생인 걸 알고 있으니까 상관없는데…… 에라, 그냥 대충하자. 자기소개를 일일이 신경 쓰는 사람이 어디 있다고.

"전 레지스트리이고 매지스트로 학교 학생입니다. 이번에 레이뮤…… 아니, 대마법사님과 각국 방문을 하던 중에 갑자기 참전하게 됐습니다. 전쟁에 대해서는 아는 게 없으니 많은 지도 부탁드립니다."

"……."

내가 자기소개를 끝마치자 바온 때와는 다르게 소대원들

의 표정이 진지해졌다. 그들의 얼굴에서 뭐라 설명할 수 없는 미묘한 표정이 떠올랐던 것이다. 그런 소대원들의 감정을 표현하기 위해서인지 바온이 대표로 입을 열었다.

"매지스트로의 블루 케이프 정도 되면 웬만한 나라의 귀족 정도 되는데, 넌 의외로 그런 느낌이 안 든다? 너, 귀족 아니지?"

"예…… 아닌데요."

"귀족이 아니더라도 매지스트로의 블루 케이프인데 어쩌다가 이런 후진 소대에 들어와 윈도우즈 연합 토벌에 참전하게 됐냐? 용언 마법을 쓰는 정도의 3서클 마법사라면 마법 1중대에서도 좋은 자리 하나 정도는 꿰찰 수 있을 텐데?"

"아, 그건……."

나원, 정말 난감한 질문이군. 마나 생성 코드 실행시키고 있어서 테스트에 불응한 결과 이렇게 됐다고 설명해도 못 알아들을 것 아냐? 할 수 없이 대충 둘러댈 수밖에.

"여기 들어오기 전에 테스트를 받았는데 그때 몸 컨디션이 안 좋아서 테스트에서 떨어졌거든요."

"그래? 아니, 그래도 대마법사님이 뒤에 있는데 후작 따위가 널 이리로 보낼 수 있냐?"

"그게 좀 상황이 이상하게 꼬여서요. 지금 저는 매지스트로 학생의 신분이 아니라 그냥 한 마법사의 신분으로 참전해 있는 거라 실력대로 평가를 받았거든요. 그런데 테스트에서

낙제했으니 그냥 이리로 떨어뜨린 거죠."

"뭐, 나나 커트는 일부러 이리로 온 것이긴 하지만 그 테스트 감독 실력이 형편없었나 보다. 아무리 그래도 3서클 마법사를 이리로 떨어뜨리다니. 너도 참 순탄치 않은 인생이구나."

"아하하."

할 말이 없군. 근데 테스트 감독이었던 에레제드 수석 마법사는 실력이 없는 게 아니라 같이 시험 본 사람들의 실력이 워낙 출중해서 나에 대한 평가를 매우 낮게 한 것뿐이라고. 사실 나도 내 실력으로 한 소대의 부소대장으로 선출될 줄은 전혀 몰랐으니까. 생각보다 용언 마법을 쓰는 마법사 수가 적고 3서클 마법사도 많지 않았다는 게 의외라고나 할까? 어째서 슈아로에를 천재라고 부르는지 알 것 같다.

"나는……."

내가 잡생각을 하는 동안에도 소대원들의 자기소개는 계속되었다. 그리고 마침내 커트가 마지막으로 자기소개를 시작했다.

"난 '커트마스', 올해 17세로 바온 씨의 밑에서 용병 마법사로 일한 지 5년 됐고, 같이 전쟁에 참가하는 것도 1년째입니다. 앞으로 전 대륙에 이름을 떨치게 될 마법사가 될 테니까 모두들 가슴팍에 커트마스라는 이름을 깊숙이 새겨두십쇼!"

"……."

　순간 소대원들의 반응은 썰렁했다. 그렇다고 커트를 싫어한다는 표정들은 아니었다. 그냥 '너 혼자 열심히 떠들어라, 난 흘려들을란다'라는 분위기였던 것이다. 어쨌거나 커트를 마지막으로 소대원들의 자기소개는 끝났고, 그 다음부터 난 소대원들로부터 질문 공세에 시달려야 했다. 그 질문의 대다수는 레이뮤나 슈아로에 대한 것이었다.

　으으, 당신네들이 아무리 그래도 레이뮤 씨는 500살 넘은 할머니고 슈아로에는 만 15세밖에 안 된 철부지라니까. 그러니 음흉한 기대는 버리고 마음 편하게 먹으라고. 괜한 기대 품었다가는 실망만 하게 되거든. 나처럼 모든 것에 초탈해 봐. 그럼 세상 살기 편해져~

　　　　　*　　　*　　　*

　오늘부터 지원 부대 마법 2중대 4소대 부소대장으로 근무하게 되었지만 사실상 별로 하는 일은 없었다. 아직 토벌군 전체의 부대 편성이 완료되지 않은 상태라서 전쟁을 치르기에는 시간이 좀 더 필요했던 것이다. 그래서 우리들은 하루 한 시간씩 뒷산으로 가서 마법 전술 훈련만 했을 뿐, 이후 시간 내내 놀기만 했다. 마법 전술 훈련이라고 해봤자 원거리 공격 가정하에 차례대로 마법을 사용하는 것이라서 어렵지도 않았다.

흐으, 편한 건 좋은데 너무 편해서 심심한걸? 마법사들이라 그런지 체력 단련하는 걸 싫어하고 움직이는 걸 싫어하니 내내 막사에서 잠이나 자고, 위에서는 그런 거에 전혀 태클을 걸지 않고…… 여기 군대 참 잘 돌아간다.

"4소대장!"

우리 소대가 허접한 마법 전술 훈련을 끝내고 막사에서 카드 치며 놀고 있을 때 마법 2중대장이 불시에 찾아왔다. 보통 상급자가 찾아오면 하급자들은 긴장을 하지만 우리의 소대원들은 마법 2중대장이 오든 말든 카드 치기에 여념이 없었다. 군의 기강이라고는 털 끝에 기생하는 세균만큼도 찾을 수 없었음에도 마법 2중대장은 전혀 신경 쓰지 않는 모습이었다. 그저 자신이 위로부터 받은 명령만 제대로 수행하면 된다는 태도로 일관했다.

"내일 4소대는 보급 부대 호위를 위해 리눅스 연합으로 먼저 출발한다. 우리 쪽에서 출발하는 보급대가 있으니 같이 출발해라."

오오, 드디어 출격인 거야? 근데 왜 본부대가 출발하기도 전에 보급대가 먼저 가는 거냐? 설마 보급대라는 게 사실은 미리 진지를 구축하러 가는 작업 부대?

"출발은 언제입니까?"

"모른다. 그건 너희들 몫이다."

출발 시간을 묻는 바온의 질문에 마법 2중대장은 매우 건

성으로 대답하며 횅하니 막사 밖으로 나가 버렸다. 출발 시간까지 알려주라는 명령은 받지 않은 모양이다. 저런 식으로 군생활을 하다가는 언젠가 큰 코 다칠 것이라는 생각을 하면서 난 속으로 열심히 마법 2중대장을 씹어댔다. 그러고 나서 바온을 향해 입을 열었다.

"여기에 보급대가 들어와 있어요? 가서 출발 시간 알아봐야 되잖아요?"

"걱정 마라. 내가 수소문해서 알아낼 테니까 넌 소대원들 관리나 해."

바온은 내 어깨를 툭툭 치며 이내 막사 밖으로 나갔다. 그래서 난 막사에 남아서 소대원들과 노가리를 까야 했다. 바온이 워낙 소대장으로서의 역할을 충실히 해주고 있었기 때문에 내가 군이 뭔가를 해야 할 필요성이 없었던 것이다.

……

다음날 우리 4소대는 칼렉시코에서 보급품, 예를 들어 음식이나 옷, 무기 등을 마차에 싣고 리눅스 연합으로 출발하는 소수의 보급대를 따라 오에스 대륙으로 이동을 시작했다. 칼렉시코 쪽에서 지원해 준 기사와 보병 수는 다 합쳐 봐야 10명 안팎이었다. 그래서 결국 보급대 중에서 수가 가장 많은 건 우리 4소대 25명이었다.

이런, 같이 온 기사들과 보병도 믿음직스럽게 생기지 않았잖아? 기사나 보병치고는 마른 편 아닌가? 무공이라도 배웠으면 몰라도 체격이 작으면 파워도 나오지 않으니까 말이야. 아아, 저런 사람들을 몸빵이라고 데리고 가야 하다니…… 불안해.

"젠장, 더럽게 힘드네."

"우리는 마차도 없는 거야? 거기까지 걸어가라니……!"

이동을 시작한 지 하루가 지나자 대부분의 소대원들이 불만을 터뜨렸다. 그도 그럴 것이, 마차를 타도 3일 정도 걸리는 거리를 도보로 이동해야만 했기 때문이다. 특히 체력과는 거리가 먼 마법사들이라 피로 정도는 더 심했다. 물론 약하지만 기본 체력이 있는 기사와 보병들은 헐떡대는 마법사들을 한심스럽게 쳐다보고 있었다.

흐으, 이거 내 생전 팔자에도 없는 행군을 하게 될 줄이야. 군대 있을 때도 엄청난 행운들이 따라줘서 행군 한 번 안 했는데 말이지. 생각해 보니 2년 조금 넘는 기간 동안 유격 훈련도 받지 않았군. 난 역시 엄청난 행운아인가? 그나저나 전투복용 흰색 로브하고 허리에 매는 단검만 차고 걷는 거라서 처음 행군하지만 어느 정도 할 만하군. 군대처럼 완전군장 하고 행군했다면 몇 시간 전에 낙오했겠지.

"헉헉, 죽겠다."

소대원 중에서 나이가 가장 어린 커트는—그는 내가 제일 어리다고 생각하고 있지만—하루 동안 단 10시간을 걸었을 뿐인데 벌써 낙오하겠다는 표정을 지었다. 아마도 약간 통통한 체격이라 그런지 다른 사람들보다 훨씬 빨리 지치는 것 같았다. 어쨌든 커트와 비슷한 나이대의 내가 별 어려움 없이 걷고 있는 것을 보고 바온이 놀란 어조로 입을 열었다.

"너 약해 보였는데 생각보다 체력이 있다?"

"체력 없어요. 그냥 평소에 많이 걸어다녀서 그래요."

그럼, 난 건강을 위해서 웬만한 거리는 그냥 걸어다니거든. 뭐, 공기 안 좋은 서울 시내를 돌아다니다 보니 호흡기 쪽이 손상되었을지도 모르지만.

"근데 너 뜀박질은 잘하냐? 전장에서는 뛰어다녀야 하는데."

"아뇨, 뛰는 건 전혀 못해요."

"뛰어다니지 않으면 죽어."

"예. 죽기 싫으니까 죽어라고 뛰어다녀야죠."

바온과 나는 여유롭게 얘기를 나누며 소대원들을 이끌었다. 그러나 이미 지쳐 버린 소대원들의 행군 속도는 매우 더디게 진행되고 있었다. 기사와 보병들이 한 번 쉴 때 우리 소대원들은 세 번 이상 쉬려고 하니 행군 속도가 매우 느릴 수밖에 없었다. 그러다 보니 도리어 기사와 보병 쪽에서 불만을 터뜨렸다. 빨리 도착해야 편히 쉬는데 느린 마법사들 때문에 자신들의 쉬는 시간이 줄어들게 생겼기 때문이다. 그리하여 결국엔 기사와 보병 중 가장 나이가 많은 아저씨가 바온에게 정식으로 항의했다.

"이대로는 진군 속도가 너무 느리니 뭔가 특단의 조치를 취해주길 바라오."

"……알겠습니다."

기사 대표에게 항의를 받은 바온은 할 수 없다는 표정을 지으며 고개를 끄덕였다. 잠시 소대원들을 어떻게 할까 생각에 잠겼던 바온은 이내 자신만의 특단의 조치를 내렸다.

"할 수 없다. 소대를 둘로 나눠서 체력 좋은 사람이 먼저 가고 나머지는 천천히 뒤를 따라가는 걸로 하자."

바온이 내린 결정은 소대 분할이었다. 바온의 결정에 따라 우리들은 소대원을 체력이 양호한 쪽과 체력이 취약한 쪽으로 구분하고 체력이 양호한 쪽을 내가, 체력이 취약한 쪽을 바온이 맡아 관리하기로 했다. 사실 본래대로라면 낙오자 관리는 부소대장인 내가 해야 하지만 낙오자들이 내 말을 듣지 않을 가능성이 높았기 때문에 바온이 직접 지도하며 끌고 오기로 한 것이다. 실상 지쳐 있는 아저씨들에게 새파랗게 젊은 내가 가서 '아저씨들, 빨리 좀 움직여요'라고 하면 아니꼽게 여길 수밖에 없기 때문이었다.

"출발!"

소대를 둘로 나눈 뒤 난 10명의 소대원과 함께 보급병들을 따라갔고, 바온은 나머지 13명의 소대원을 데리고 천천히 따라왔다. 바온과 커트가 전부 후발대였기 때문에 나는 조금 외로운 감정을 느꼈으나 선발대 10명과 친해져야 하기 때문에 난 그들에 대해서 이것저것 가볍게 물어보았다. 가능하면 사생활을 파고들지 않는 질문을 해서인지 그들은 내 질문에 대해서 답변을 잘해주었다.

흐음, 근데 선발대와 후발대 사이가 점점 벌어지는데? 행군 시작한 지는 이틀째이고 소대 분할한 지 6시간도 안 지났는데 벌써 모습이 안 보이잖아? 이러다가 며칠 이상 차이 나는 거 아니야? 만약 습격이라도 받는 날에는 완전 끝장이겠는걸?

덜컹덜컹.

칼렉시코에서 출발한 지 사흘, 그리고 소대 분할한 지 이틀이 흘렀다. 선발대와 후발대의 격차가 현격해 이제는 얼마만큼 뒤에서 따라오고 있는지 가늠하는 게 불가능했다. 그저 길 잃어먹지 않고 잘 따라오기를 바라는 수밖에 없었다.

하아…… 나도 슬슬 지쳐 오는걸? 선발대 소대원들도 지친다는 표정이군. 역시 평소에 운동을 안 하다가 갑자기 행군을 하려니 지칠 수밖에. 그래도 어쩌랴, 우리가 낙오해 버리면 보급병들을 지켜줄 마법사가 하나도 없는걸. 솔직히 습격이 있을 것 같지도 않아서 굳이 우리가 옆에 바짝 붙어서 갈 필요는 없다고 생각하지만, 그래도 할 건 해야겠지.

히이잉—

그때 한창 잘 굴러가던 마차가 갑자기 제자리에서 멈춰 섰다. 그에 뒤에서 따라가던 우리들도 무슨 일이 생겼나 해서 전방을 쳐다보았다. 전방에는 마치 도마뱀처럼 생긴 인간, 아니, 인간 크기의 도마뱀 20마리 정도가 양손에 칼과 방패를 들고 두 다리로 땅을 밟으며 서 있었다.

뭐지? 푸가 체이롤로스를 잡기 전에 봤던 마수들하고 생김새가 전혀 다르잖아? 그래도 해괴망측하게 생긴 걸 보니 마수 같긴 한데? 근데 저 녀석들이 왜 우리 앞을 막고 있는 거야? 양손에 칼하고 방패까지 들고 서 있다는 것은…… 설마 우리를 습격하려는 시츄에이숀?

쉬익— 쉬익—

도마뱀 인간들은 뱀처럼 혀를 낼름낼름거리며 적의에 찬 눈빛으로 우리를 노려보았다. 그것은 명백하게 우리를 공격하겠다는 뜻이었고, 그들이 우리에게 호의가 없음을 깨달은 기사 대표가 그들을 향해 소리쳤다.

"너희들은 뭐냐? 우리 앞을 막은 것은 우릴 공격하겠다는 뜻이냐?"

쉬익— 쉬익—

어이, 아저씨. 도마뱀이 말을 할 줄 안다고 생각하는 거야? 그냥 척 보면 몰라? 무기 들고 인상 쓰고 있으면 싸우겠다는 소리잖아. 그나저나 저 도마뱀들은 매복하고 있었던 건가? 대체 어떻게 알고 여기서 우리들을 기다리고 있었던 거지? 어떤 반란 분자가 우리의 이동 소식을 누설한 거야? 20마리나 되는 도마뱀 인간을 나보고 어떻게 처리하라고!

쉬익—

잠시 동안 긴 혀만 낼름낼름거리던 도마뱀 인간들이 일제히 우리 쪽으로 내달리기 시작했다. 척 보기에도 베기보다 때려 부수기에 용이할 것 같은 무거운 검을 들고 달려오는 도마뱀 인간들의 모습은 나에게 위압감을 주기에 충분했다.

그러나 하급 마왕 푸가 체이롤로스나 그린 드래곤 페르키암에 비해서는 그 위압감이 현저히 약했기 때문에 난 그들을 향해 파이어 볼을 날렸다. 아니, 내 블루 케이프에 박혀 있는 매직 오너멘트를 사용하여 파이어 볼을 실행하려고 했다. 그러나 겉에 입고 있는 전투복 로브 때문에 매직 오너멘트를 사용하는 것이 쉽지 않았다. 보통 매직 오너멘트는 접촉을 통해서 발동을 시키는데, 지금까지 계속 겉에 입은 로브에 무한 접촉하다 보니 정작 내가 손으로 접촉을 시도할 때 반응을 제대로 하지 않는 것이었다.

이런, 망할! 전투복 때문에 마법을 못 쓰는 어이없는 사태가 일어나다니! 내가 조금만 더 생각을 했으면 저 도마뱀 인간들에게 충분히 선제 공격을 가할 수 있었을 텐데, 으으……부소대장이 선제 공격도 못하고 멍청히 서 있어야 하다니!

챙— 챙—

내가 마법을 쓰지 못하고 당황하고 있을 때 기사와 보병들이 제일 먼저 도마뱀 인간들과 맞섰다. 그러나 10명의 인원으로 20마리의 도마뱀 인간을 상대한다는 건 무리였다. 특히 실력이 좋은 것도 아닌 그들이라 도마뱀 인간과의 첫 교전에서 부터 2명이 나가떨어져 일어날 줄을 몰랐다. 그것을 보고 난 소대원들에게 공격 명령을 내렸다.

"최대한 뒤에 있는 놈들을 공격해요!"

"아, 알겠습니다!"

소대원들은 당황하는 와중에도 이니셜 코드가 적힌 스크롤을 들고 공격을 위한 마법 코딩을 시작했다. 그러나 촉박한 시간에 행해야 하는 마법이라 10명 중 단 2명만이 파이어 볼 실행에 성공했다.

콰앙— 쾅—!

약하긴 했지만 두 개의 불덩어리가 터졌기 때문에 3마리 이상의 도마뱀 인간이 전투 불능 상태가 되었다. 그사이 난 로브를 벗기 위해 단검을 허리에서 풀고자 했다. 그러나 마음이 급해서인지 단검을 매단 매듭이 더 엉키며 풀어질 기미를 보이지 않았다. 그래서 할 수 없이 그냥 외워 마법을 쓰기로 방향을 바꾸었을 때 이미 소대원들은 도마뱀 인간들의 습격을 받고 나가떨어지기 시작했다. 일단 적이 코앞까지 다가오자 근접 공격력이 없는 마법사들은 추풍낙엽처럼 나가떨어질 수밖에 없었다. 그리고 그건 나도 마찬가지였다.

깡!

난 도마뱀 인간이 휘두르는 칼을 단검으로 막으려 했다가 그 강력한 충격으로 단검을 놓치고 말았다. 도마뱀 인간을 공격하기 위해 마법을 쓰려면 정신을 집중해야 하고, 그러기 위해서는 누군가 마법 코딩할 시간을 벌어줘야 했다. 그러나 지금 상황은 그럴 여유가 전혀 없었다. 우리의 기사와 보병들은 도마뱀 인간들에게 간신히 버티고 있는 수준이었기에 그들의 지원을 기대하는 건 무리였다.

결국 이 상황을 타개하기 위해서는 나 스스로 뭔가를 해야만 했다. 그러나 단검마저 놓친 상태에서 내가 무기를 든 도마뱀 인간에게 대항할 수 있는 길은 아무것도 없었다.

쉬익—

도마뱀 인간은 내 단검을 쳐내자마자 바람 가르는 소리를 내며 나에게 검을 휘둘렀다. 그나마 검을 휘두르는 폼이 허술해서 녀석의 첫 일격은 간신히 피해낼 수 있었다. 그러나 검이 스치면서 내 팔을 살짝 긁었고 난 팔이 불에 데인 듯한 아픔을 느껴야 했다.

"으악!"

내가 도마뱀 인간 한 마리와 싸우고 있을 때 여기저기에서 비명이 들려왔다. 그 비명 소리는 내 주의를 끌어서 내 움직임을 둔하게 만들었고, 도마뱀 인간의 검이 내 허벅지를 길게 그어버리는 결과를 초래했다.

"크윽!"

허벅지의 살이 갈라지며 피가 터져 나와 난 굉장한 고통을 느끼고는 땅바닥에 쓰러졌다. 25년 동안 살면서 칼에 맞아본 적이 없기 때문인지 그 고통의 강도는 더한 것 같았다. 그리고 날 공격한 도마뱀 인간이 마무리를 짓기 위해 또다시 칼을 높게 쳐들었을 때 난 순간적으로 죽음을 감지했다.

아아, 기사와 보병들은 힘겹게 싸우고 있고 우리 소대원들은 도망 다니느라 바쁘군. 거리상 후발대가 우리를 도와줄 가능성은 제로. 그렇다고 어떤 정체 모를 사람이 갑자기 나타나서 우리를 구해줄 리도 없고…… 결국 저 도마뱀 인간의 무식한 칼에 맞아 이 세상과 작별 인사를 해야 하는 건가?

언제 어느 때 죽더라도 별 신경 쓰지 않겠다고 다짐했지만…… 내가 좋아하는 게임을 만들지도 못하고 더욱이 여자와 응응도 못한 상태에서 이런 犬죽음을 당하기는 싫단 말이다!!

부웅—

도마뱀 인간이 휘두르는 검에서 바람 소리가 들려오자 난 반사적으로 눈을 질끈 감았다. 그러나 눈을 감고 5초 이상이 지났는 데도 내 몸에는 그 어떤 고통도 느껴지지 않았다. 아까 허벅지를 베인 상처만 아플 뿐이었다.

잉? 왜 아무런 반응이 없는 거지? 내가 도마뱀 인간의 검에 한 번에 목이 잘리기라도 한 건가? 그런데 그렇다면 왜 허벅지 상처는 계속 쑤시는 거지? 죽었다면 고통을 느끼지 못해야 되잖아? 으으…… 확인하기 두렵지만 눈을 떠서 상황을 파악하는 수밖에 없겠다.

꿀꺽—

난 마른침을 한 번 삼키고 나서 조심스레 눈을 떴다. 눈을 질끈 감으면서 고개를 숙인 탓인지 가장 먼저 보인 것은 내 허벅지에 난 상처였다. 그리고 고개를 들어 전방을 살펴보니 내 눈앞에 사람 상체만 한 크기의 연초록 엘프 소녀가 둥둥 떠 있었다. 그것은 두말할 필요도 없는 내 실프였다. 게다가 실프는 바람의 장벽을 쳐서 도마뱀 인간의 공격을 튕겨낸 상태였다.

쉬익—

날 공격하려고 했던 도마뱀 인간은 갑작스런 실프의 등장과 그 실프가 자신의 공격을 막아내자 함부로 재공격을 하지 못하고 경계만 취했다. 그 와중에도 우리 소대원들은 하나둘씩 도마뱀 인간들에 의해 쓰러지고 있었다. 그래서 난 실프가 어떻게 소환되었는지 이유를 생각하기보다 눈앞의 적들을 없애는 데 주력하기로 했다.

"실프! 바람의 칼날!"

난 실프에게 공격 명령을 내렸고, 실프는 즉시 바람을 초승달 모양으로 만들어 도마뱀 인간에게 날렸다. 생긴 것과는 다르게 날렵하지 않은지 도마뱀 인간은 실프의 바람의 칼날을 피하지 못하고 그대로 맞아버렸다. 그 결과 도마뱀 인간은 가슴팍에서 피를 뿌리며 쓰러졌다.

좋아! 실프의 공격이 통한다! 이제 실프로 다른 사람들을 구해줄 수 있어! 으윽! 허벅지 통증 때문에 일어나지를 못하겠다! 젠장, 난 그냥 여기 주저앉아서 실프를 조종하는 수밖에 없겠어!

"실프! 저놈에게 바람의 칼날!"

난 막 소대원 하나를 피투성이로 만들고 승리감에 도취되어 있는 도마뱀 인간을 지목했다. 그러자 실프는 내 앞에 떠 있는 상태에서 바람의 칼날을 날렸고, 그 도마뱀 인간은 도취감이 채 사라지기도 전에 피를 뿌리며 쓰러졌다.

그것을 시작으로 난 실프에게 계속해서 같은 공격 방식을 주문하면 실프는 계속해서 내 명령을 수행했다. 그렇게 대략 열댓 마리의 도마뱀 인간을 쓰러뜨렸을 때 갑자기 실프가 더 이상의 공격을 날리지 못했다. 그리고 그와 동시에 난 아찔한 현기증을 느꼈다.

으으…… 그렇군. 정령술도 사용할수록 영력과 정신력을 소모하니까 무한히 쓸 수가 없구나. 잉? 잠깐? 근데 난 지금 전부 매직포스라서 정령을 부릴 수 없을 텐데? 으잉? 지금 보니 내 매직포스가 소모되어 있잖아? 설마 내 매직포스가 영력 대신 소모된 건가? 어떻게 이런 현상이……?

챙— 챙—

도마뱀 인간의 숫자가 줄어들어서인지 밀리고 있던 기사와 보병들도 서서히 도마뱀 인간들을 제압하기 시작했다. 실력이 별로라도 훈련을 받은 자와 그렇지 않은 자의 차이는 체력과 집중력이다. 물론 체력은 마수인 도마뱀 인간들이 좋을지 몰라도 집중력은 확실히 우리 쪽이 높았다. 녀석들은 자신들의 동료가 퍽퍽 죽어나가자 흔들리기 시작했지만, 우리 쪽은 동료가 죽어도 자신이 상대하는 녀석에게만 신경을 썼기 때문에 정신이 흐트러지지 않았던 것이다.

푸욱—

퍄액!

10대 6 정도의 불리한 싸움이 우리 쪽의 승리로 기울었다. 내 실프가 10마리를 가볍게 제거해 준 덕분에 우리 쪽은 힘을 얻었는지 도마뱀 인간들을 압도적으로 제압했다. 마지막 한 마리의 가슴팍에 검을 꽂는 것을 확인하고 나서야 난 긴장을 풀고 땅바닥에 드러누웠다. 땅바닥에 드러눕다 보니 분명 정신력이 흐트러졌음에도 불구하고 실프는 소환 해제되지 않은 채 내 얼굴을 빤히 내려다보았다. 그것이 나로서는 이해할 수 없는 일이었다.

"안 돌아가?"

《…….》

하하, 역시 말을 걸어도 대답이 없군. 근데 갑자기 실프가 소환된 건 내 위험을 감지하고 실프 스스로 이 세계로 넘어온 건가? 그렇다면 참 대단한 일인데, 물어봐도 대답을 안 하니 알 수가 있나.

"아무튼 구해줘서 고마워."

《…….》

일단 난 실프에게 고마움을 표시했다. 이유야 어쨌든 실프가 날 구해준 것만큼은 명백한 사실이기 때문이었다. 그렇게 나에게서 감사의 인사를 받자 실프는 말없이 정령계로 돌아갔다. 그건 실프의 의지로 돌아갔다기보다 내가 돌아가라고 주문을 해서 돌아간 것이었다. 어쨌든 그사이 살아남은 지원부대 마법 2중대 4소대 소대원 두 명이 나에게로 달려왔다.

탁탁탁—

"부소대장님! 괜찮으십니까?!"

몸 몇 군데에 상처가 나 있었지만 큰 부상은 아닌 듯 보이는 두 명의 소대원이 날 잡아 일으켰다. 그러나 팔과 허벅지의 검상 때문에 난 일어날 수가 없어서 그냥 길 가장자리의 그늘로 가서 주저앉았다. 그러고 나서 소대원 한 명에게 부탁을 했다.

"미안한데 단검 줄 좀 끊어줘요."

"아, 알겠습니다."

소대원은 내 부탁을 듣고 자신의 단검으로 내 단검 줄을 끊었다. 줄이 끊기자마자 난 즉각 로브를 벗어 던지고 왼쪽 보석을 손가락으로 훑었다. 내 블루 케이프 중 가운데 보석이 파이어 볼, 왼쪽이 리프레쉬 코드, 오른쪽이 라이트닝 볼트였기 때문에 내가 쓰려고 하는 마법은 리프레쉬였다. 실프에 의한 공격을 해서 마나가 전부 '시스템 리소스 사용 중'이라서 리소스 반환을 시켜야 했기 때문이다.

흐음, 근데 리프레쉬 코드는 정신력 제어 코드가 없어서 매직 오너멘트의 Scan code by contact 코드 때문에 접촉이 일어나면 무조건 발동될 텐데 내가 전투복 로브를 입고 움직여서 보석과 로브를 접촉시켰는 데도 반응이 없었잖아? 대체 Contact의 기준이 뭐야? 손으로 접촉하면 발동하고 옷으로 접촉하면 안 되냐? 정말 기준이 애매하구만.

"Create space recovery, mapping metabolism, render hundred."

난 마나가 회복되자마자 곧바로 치유 마법을 사용했다. 사실 치유 마법 중에서 Metabolism이라는 단어가 생소해서 외우는 데 애를 먹었지만 도리어 외우기 어려웠기 때문에 한 번 외워두니 잘 잊어지지 않았다.

어쨌든 치유 마법을 걸자 내 허벅지의 상처가 천천히 아물기 시작했다. 가장 먼저 출혈이 멈추고 통증이 완화되더니 서서히 살이 자라났다. 마치 저속 카메라로 구름의 이동 모습을 빠르게 보는 것처럼 상처가 아무는 모습이 조금 신기했다.

으윽…… 아직 정신력이 제대로 회복되지도 않았는데 정신력 제어 코드가 들어간 마법을 쓰니까 머리가 아프다. 팔의 상처는 별로 깊지 않으니까 대충 지혈만 해두고 허벅지 상처만 치료해야지. 부소대장이라서 소대원들이나 다른 동료들의 상처를 치료해줘야겠지만, 나 하나 추스르기도 힘든데 뭐 어쩌나. 그냥 내 치료만 끝내고 쉬어야지.

"여러분도 치유 마법을 써요."

"아, 알겠습니다."

내가 치유 마법 쓰는 걸 물끄러미 지켜만 보고 있던 두 소대원은 내 말에 화들짝 놀라며 급히 치유 마법 코드를 낭송했다.

"창조하라 공간의 따뜻함이여, 발현하라 대사여, 행하리니 백 개의 별이여."

두 소대원들이 읊은 번역 마법 코드를 듣고 난 하마터면 웃을 뻔했다. Metabolism이라는 게 물질 대사란 뜻인데 번역 마법에서 그걸 대사라고 표현하니 왠지 우스웠던 것이다.

어쨌든 난 그들에게서 시선을 돌려 기사와 보병들, 그리고 보급병들을 쳐다보았다. 그들 중 절반 이상이 도마뱀 인간들에 의해 운명을 달리한 상태였고, 살아남은 사람들은 동료들의 무덤을 만들어주고 있었다.

허어, 거참, 대단한 체력이군. 그렇게 싸웠는 데도 동료들 무덤까지 만들어주려고 하다니. 내가 내 소대원들에게 애정이 없어서인지는 몰라도 내 힘 빼가면서까지 무덤을 만들어 주고 싶지는 않은데 말이야. 그나저나 소대원들, 참 끔찍하게도 죽었구나. 아주 그냥 피바다네, 피바다. 평소에 잔인한 폭력 영화나 폭력 매체물을 접하지 않았다면 벌벌 떨었겠는걸? 이게 다 어렸을 때 폭력물을 많이 본 덕분이지. 역시 사람은 어렸을 때 다양한 폭력물을 접해야… 잉? 뭔가 심각하게 잘못된 듯한 느낌이…….

*   *   *

도마뱀 인간의 습격 사건이 있은 지 10시간 뒤에 바온 소대장이 이끄는 후발대가 도착했다. 그들은 길가에 세워진 무덤과 도마뱀 인간들의 시체를 보고 기겁했다. 전쟁이 시작되기도 전에 기습이 일어났으니 놀랄 수밖에 없었다. 어쨌든 우리는 큰 구덩이를 파서 소대원들의 시신을 한곳에 몰아넣고 매장했다. 지원 부대 마법 2중대 4소대는 모집병과 징집병으로 이루어진 급조 소대이기 때문에 소대원끼리의 전우애 따위는 전혀 없었다. 그래서 소대원들의 무덤도 대충 만든 것이다.

"네가 진짜 놈들을 10마리나 잡았냐?"

바온은 소형 텐트를 설치하고 나서 나에게 물음을 던졌다. 주둔지에 도착하기 전까지는 노숙을 하며 가져온 식량을 먹기 때문에 마을에 들르지 않는다. 그래서 저녁에는 모두들 텐트를 치고 불침번을 세운 뒤 잠자리에 든다. 나 역시 바온, 그리고 커트와 함께 한 텐트 안에서 잔다. 그러나 도마뱀 인간 습격 사건으로 인해 사람 수가 줄어버려서 나 혼자 2인용 텐트에서 자게 되었다. 어쨌든 난 텐트 설치를 끝낸 후에 바온의 질문에 대답했다.

"운이 좋았어요. 원래는 거의 포기 상태였는데."

"정령술을 썼다며? 너 정령술까지 쓸 줄 아나?"

"대마법사님하고 각국 방문할 때 정령술에 능통한 엘프 두 명이 있었는데, 그들에게서 배웠어요."

"너 대단하다!"

바온은 사람 다시 봤다는 눈초리로 날 쳐다보았다. 어린 나이에 마법을 3서클까지 달성하고 정령술까지 사용할 수 있으니 놀랄 수밖에 없었던 것이다. 그러나 난 별로 기쁘거나 자랑하고 싶은 마음이 들지 않았다. 실프가 어째서 자기 마음대로 소환됐는지 그 과정을 전혀 모르고 있었기 때문이다.

"네가 놈들을 처리해서인지 기사, 보병들이 우리를 대하는 태도가 달라지던걸?"

바온은 텐트 설치 작업을 하고 있는 기사와 보병들에게 들리지 않게 작은 목소리로 속삭였다. 그의 말대로 지금 보급 호위대에서 가장 발언권이 커진 사람은 바로 나였다. 그것을 쉽게 알 수 있는 예가 바로 지금 시간대에 텐트를 치고 있다는 점이었다. 본래라면 좀 더 해가 진 뒤에 텐트를 쳐야 하지만 내가 피곤하다면서 지금 치자고 했기 때문에 모두들 비교적 이른 시간에 텐트를 치고 있었던 것이다.

"불침번 근무 순서를 짭시다."

텐트를 모두 설치한 후 모두를 모아놓고 불침번 순서를 정했다. 만약 도마뱀 인간의 습격이 없었다면 모두들 불침번 서는 걸 불필요하고 귀찮은 일이라고 생각했겠지만, 오늘 적의 습격을 받고 나서는 반드시 불침번을 세워야 한다는 분위기로 바뀌었다. 사람 수가 적다고 불침번 없이 모두들 자빠져 자다가 기습이라도 받으면 그야말로 전멸이었기 때문이다.

"모두 내일 봅시다."

불침번 순서를 정한 뒤에 사람들은 각자의 텐트로 기어들어 갔다. 불침번 1번초가 바로 나였기 때문에 난 텐트에 들어가지 않고 모닥불을 피웠다. 이 세계에서 성냥이나 라이터 같은 게 있을 턱이 없기 때문에 파이어 월 마법을 이용해서 불을 붙였다. 그리고 시간은 1시간짜리 모래 시계를 이용했다.

참고로 1번초는 2시간의 근무 시간이고, 2번초부터 말번초까지는 1시간씩이었다. 내가 1번초를 맡겠다 자원했고, 2시간 근무를 서겠다고 한 것도 나다. 불침번 중에서 가장 편한 게 1번초와 말번초이기 때문에 말번초를 소대장인 바온에게 던져주고 내가 1번초를 먹은 것이다. 어차피 평소보다 일찍 자는 상황에서 불침번 근무를 2시간 선다고 해도 실제 내 수면 시간은 평소보다 2시간 정도 늘어나기 때문에 나로서는 나쁠 게 전혀 없었다.

타닥, 탁.

약간 쌀쌀해진 날씨를 모닥불로 누그러뜨리며 난 불침번

을 섰다. 본래 불침번은 2명이서 서는 게 기본이다. 혼자서 불침번을 서게 되면 졸 확률이 크기 때문이다. 그러나 현재 우리 병력의 절반 정도가 사라진 상태라서 1번초만 혼자 서기로 하고 2번초부터 2명이 서기로 했다. 어차피 1번초는 졸 일이 거의 없는 데다 1번초가 도마뱀 인간들을 때려잡은 날 믿고 나 혼자 불침번을 서도록 한 것이었다.

흐으, 군대 이후로 불침번을 서게 되다니 감회가 참 얄딱꾸리하군. 지금까지는 부소대장이라는 직위 때문에 불침번을 안 섰는데 말이지. 어차피 군대 있을 때도 불침번 서다가 존 적이 한 번도 없으니 나의 소대원들아, 날 믿고 그냥 자빠져 자라. 2시간 동안 할 일이 없다는 게 조금 슬프긴 하지만……

아니지, 실프 소환해 놓고 실프랑 놀면 괜찮겠군. 그나저나 지금 포스가 전부 매직포스인데 실프를 소환할 수 있을까?

"실프."

난 모두들 텐트에서 몸을 부대끼며 자고 있는 틈을 타서 실프를 소환했다. 원래 정령은 스피릿포스 상태에서만 소환 가능하기 때문에 매직포스 상태에서의 실프 소환은 있을 수 없는 일이었다. 그러나 불행인지 다행인지 있을 수 없는 일이 있을 수 있는 일로 되어버렸다.

《…….》

"……."

실프는 허공에 둥둥 뜬 채로 내 얼굴을 쳐다보았고 나 역시 멍하니 앉아 실프의 예쁜 얼굴을 쳐다보았다. 반신반의했던 일이 사실로 확인되어 잠깐 내 정신이 나가 버린 것이다. 어쨌든 실프 소환에 성공했음을 확인한 나는 정신을 차리고 실프에게 명령을 내렸다.

"실프, 바람의 정령을 소환해 봐."

《…….》

상식적으로 소환된 정령이 정령을 소환한다는 건 있을 수 없는 일이었다. 그러나 내 자랑스러운 실프는 그런 상식을 완전히 파괴하며 내 포스를 전혀 쓰지 않고 스스로의 힘으로 티니실프를 소환했다. 사람 상체만 한 에버실프와 사람 머리 크기만 한 티니실프가 함께 허공에 떠 있으니 모녀(母女)처럼 보였다. 일단 일개 정령이 같은 정령을 소환한 것을 확인하고 난 또다시 실프에게 어려운 주문을 했다.

"불의 정령 불러봐."

《…….》

실프는 여전히 대답이 없었지만 내 명령을 착실히 수행했다. 내 명령이 떨어지고 잠시 후에 2계열인 실프가 1계열인 불의 정령을 소환한 것이다. 물론 나도 1계열과 2계열의 정령을 동시에 소환할 수 있긴 하지만 내 소환 정령이 계열을 무시하고 정령을 소환할 수 있다는 사실에 놀라고 말았다.

하아, 지금 실프가 매직포스를 가지고 있어서 마법 쓸 수 있는 건 당연하겠지만 포스 변환하지 않고도 정령술을 쓰다니…… 아, 아닌가? 정령이기 때문에 굳이 스피릿포스가 필요 없는 건가? 포스 변환을 하지 않고 정령술을 쓰는 건지, 정령이라 그냥 정령술을 쓰는 건지 알 수가 없군. 실프에게 물어봤자 대답은 없을 테고. 실프도 자아를 가지고 있으면 서로 대화하기 편할 텐데 말이야. 근데 내가 위험할 때 스스로 나타난 걸 보면 어느 정도 자아 형성의 가능성이 있는 게 아닐까?

"됐어. 소환 해제해."

《…….》

내 명령이 떨어지자 실프는 소리없이 티니실프와 티니샐러맨더를 소환 해제시켰다. 모래시계를 보니 아직 30분도 지나지 않아서 1시간 30분 동안 더 버티고 있어야 했다. 어차피 저녁 9시도 되지 않은 시간이라 졸리지도 않았기 때문에 난 우선 실프에게 추진 마법을 저장시켰다. 매직포스 상태에서도 소환 가능하다는 이점으로 인해 추진 마법을 실프에게 저장시켜도 괜찮았던 것이다. 그렇게 하고 나서도 시간이 많이 남아 난 실프에게 내 얘기를 하며 혼자 놀았다.

"내가 군대 있을 때 말이지~"

어차피 군대 빼고 살면서 특별한 일을 겪은 적이 없기에 내가 하는 얘기는 전부 군대 얘기였다. 한국 여자라면 치를 떨고 싫어하는 얘기이지만 아는 게 하나도 없고 알 생각도 없는 실프이기 때문에 부담없이 얘기할 수 있었다. 그것은 그저 인형 하나 갖다 놓고 얘기하는 자기 만족일 뿐이었지만, 그래도 일단 가슴속에 잠자고 있던 얘기를 하니 한결 마음이 편해졌다.

후우~ 그렇군. 나도 결국 외로움을 느끼는 사람이라 이건가. 지금까지 슈아로에나 레이뮤 씨 같은 미인들이 옆에 있어 줬지만 그건 내가 특이한 존재라서 그런 것뿐, 나 자신에게 관심이 있어서 그런 건 아니지. 만약 내가 마법을 전혀 쓰지 못했다면 무관심 속에 버려졌을 거다. 으음, 하긴, 그건 어디에서나 마찬가지구나. 남들의 이목을 끌 만한 무엇인가를 가지지 못하면 어디를 가더라도 관심을 받지 못하니까. 그래, 좋게 생각하자. 이 세계에서 남들이 날 어떻게 생각하든지 간에 내 갈 길을 가는 거야. 그러다 보면 누군가에게 관심받는 일이 생기겠지. 하하.

*   *   *

다음날, 우리는 또다시 행군을 시작했다. 중간에 전서구를 띄워서 적의 습격 사실을 본부대에 알렸지만 그렇다고 행군을 멈출 수는 없어서 계속 목적지까지 걸어갔다. 다행인지 불행인지 도마뱀 인간들이 말을 건드리지 않았고, 편하게 마차를 타고 다니던 보급병들도 몇 명 죽어서 우리들도 말을 타거나 마차를 타면서 행군할 수 있었다. 덕분에 전보다도 빠르게 목적지인 리눅스 연합의 '칼렌다르'라는 곳에 도착하게 되었다.

"진작 이렇게 갔으면 편했을 것을."

살아남은 소대원들은 희희낙락하면서 칼렌다르 성에서 짐을 풀었다. 칼렌다르 성에는 이미 전투 준비를 마친 보병 부대가 기다리고 있었고 그들은 우리의 습격 사실을 듣고 크게 놀라했다. 그러나 뭔가 대책을 세우기보다는 보고하기에만 급급하여 우리 소대의 인원을 채워준다든지 하는 일은 전혀 없었다.

"하나둘, 하나둘."

추운 날씨에 아침 구보를 하면서 마법 2중대 4소대원들은 평소 하지 않던 체력 단련을 했다. 본래 마법사들은 운동을 싫어하고, 특히 겨울이 다가온 시점에서의 운동은 죽기보다도 싫어하지만 목숨이 왔다 갔다 하는 전쟁 상황이라 그런지 체력 단련을 하자고 해도 불평을 터뜨리는 사람이 없었다.

칼렉시코에서 칼렌다르까지 올 때 체력이 없다는 것을 뼈저리게 느꼈다는 점이 원인이기도 했다. 이유야 어쨌든 안 하던 운동을 갑자기 하면 몸에 무리가 오기 때문에 운동의 강도는 가볍게 하고 있었다.

"지원 부대 마법 2중대 4소대장!"

우리 소대가 체력 단련을 마치고 칼렌다르 성 외곽에서 휴식을 취하며 잡담을 주고받고 있을 때 보병 부대 2대대 5중대장이 바온에게 다가왔다. 보병 부대의 다른 중대장들보다 조금 어린 20대 후반의 2대대 5중대장은 바온에게 반말을 하며 명령을 전달했다.

"지원 부대 마법 2중대 4소대는 오늘 오전 10시에 칼렌다르를 떠나 지원 부대 주둔지인 '로올'로 이동한다. 출발 시에 로올로 떠나는 보급대가 있으니 호위를 겸하라."

"예, 알겠습니다."

바온의 대답을 듣자마자 보병 부대 5중대장은 휭하니 자리를 떴다. 역시 비중 작고 귀찮은 일은 밥 안 되는 막내 중대장이 해야 한다는 것을 재차 확인하며 우리 소대는 성안으로 들어가 텐트를 걷고 출발 준비를 했다.

"그나마 여기서는 따뜻한 식사를 할 수 있었는데 이제 또 전투 식량을 먹어야 되는 거예요?"

출발 명령이 떨어지자 커트가 불평을 터뜨렸다. 그도 그럴 것이, 주둔지에서는 비교적 따뜻한 빵과 따뜻한 스프를 먹을 수 있지만 행군을 시작하면 건조시킨 빵과 차가운 물밖에 먹지 못하기 때문이다.

"임마, 그래도 여기서 로올까지는 하루도 안 걸려. 점심하고 저녁만 전투 식량으로 때우면 되니까 걱정 마라."

커트의 불평에 바온이 위로 비슷한 말을 했다. 어쨌든 우리는 칼렌다르에서 아침을 먹은 후 바로 로올로 출발했다. 로올이 지원 부대의 주둔지로 결정되었기 때문에 많은 양의 보급품을 가지고 갔다. 칼렌다르에서 로올까지 거리가 얼마 되지 않고 산길도 없기 때문에 습격받을 일은 거의 없었지만, 이 보급품들이 없으면 지원 부대의 일주일치 식량과 물품이 사라지는 것이라 나름대로 호위병들이 많이 붙었다.

덜컹덜컹.

보급품을 잔뜩 실은 수십 대의 마차를 호위하며 우리 소대 포함 80여 명의 인원이 이동을 시작했다. 칼렌다르로 오는 길에 도마뱀 인간들의 습격을 받은 적이 있는 우리 소대원들은 최대한 긴장을 늦추지 않고 철저하게 사주 경계를 했다. 그러나 10시간 정도 걸리는 거리인 데다가 주변이 평지라서 그런지 적의 습격은 전혀 없었다. 그리하여 마침내 보급대는 무사히 로올에 도착했고, 우리 소대도 로올에 짐을 풀었다. 우리들이 로올에 도착하고 나서 이틀이 지났을 때 비로소 지원 부대 전체가 로올에 입성했다.

흐음, 지원 부대도 모두 도착했으니 소대원 보충 좀 해주려나? 설마 지금 남은 17명으로 소대를 꾸려 나가라는 건 아니겠지? 이 인원으로는 불침번 로테이션 짜는 것도 빡세단 말이다. 나도 다른 부소대장들처럼 불침번 서지 않고 편히 자고 싶다고.

제22장

전 력 손 실

"**어**이, 4소대 부소대장!"

소대원들을 데리고 로올 성 밖 뒷산에서 어설픈 마법 전술 훈련을 하고 있을 때 마법 2중대장이 뒷산까지 찾아와서 날 불렀다. 보통 중대장은 소대장에게 명령을 전달하고 소대장이 부소대장이나 소대원들에게 명령을 전달하는 체계였는데, 마법 2중대장이 소대장을 거치지 않고 바로 나를 부르니 나로서는 꽤 놀랄 수밖에 없었다.

"예. 무슨 일 있습니까?"

"지원 부대 작전참모님이 널 보자고 하신다."

"……?"

잉? 지원 부대 작전참모? 그게 누구여? 그렇게 말하면 내가 어떻게 알…… 아, 혹시 칼렉시코의 에레제드 수석 마법사 얘기하는 건가? 메보사르트 후작이 지원 부대 부대장이고, 에레제드 수석 마법사가 지원 부대 작전참모란 얘길 들은 것 같은데?

"날 따라와라."

마법 2중대장은 내 대답도 듣지 않고 먼저 몸을 돌려 로올 성으로 향했다. 그래서 나도 서둘러 그의 뒤를 따라갔다. 뒤에서 '설마 진급?', '반역죄로 처벌?'이라는 헛소리들이 들렸지만 싸그리 무시했다. 그렇게 마법 2중대장과 나는 로올 성의 가장 안쪽에 있는 건물로 들어갔다. 그리고 그중에서 가장 꼭대기 층까지 올라가게 되었다.

호오, 로올 성 가장 안쪽 건물의 꼭대기 층이라…… 역시 수뇌부이기 때문에 이런 곳에서 지내고 있는 건가? 근데 엘리베이터도 없는데 꼭대기 층에서 밑으로 내려가는 거 힘들 것 같은데? 뭐, 꼭대기 층이라고 해봤자 5층 높이 정도니까 별 상관은 없겠지만…… 그래도 몸이 무거우신 수뇌부들이 5층에서 1층까지 내려가야 하다니…… 안구에 습기 차네.

똑똑—

"마법 2중대장입니다."

마법 2중대장은 꼭대기 층의 방 중에서 계단에 가장 가까이 있는 방의 문을 두드렸다. 꼭대기 층의 다른 방들에 비해 그 방의 크기가 제일 큰 것으로 봐서는 그 방이 작전 회의실쯤 되는 것 같았다. 아무튼 마법 2중대장이 노크를 하고 신분을 밝히자 안에서 몇 번 들었던 목소리가 들려왔다.

"들어오라."

허락이 떨어지자 마법 2중대장은 문을 열고 방 안으로 들어갔다. 나 역시 그의 뒤를 조용히 따랐다. 내 예상대로 방안에 기다란 테이블과 의자가 여러 개 있는 걸로 보아서 이방은 작전 회의실이 분명했다. 그런 작전 회의실 안에 에레제드 작전참모 외에도 슈아로에와 리엔, 리에네도 앉아 있었다.

"마법 2중대 4소대 부소대장을 데리고 왔습니다."

"수고했네. 마법 2중대장은 물러나 있게."

마법 2중대장의 보고를 받은 에레제드는 그를 즉시 방에서 쫓아내었다. 순간 난 마법 2중대장이 우리 얘기를 끝내고 내가 방에서 나올 때까지 기다릴까, 아니면 이대로 자신의 중대로 돌아갈까 궁금해졌다. 그러나 그건 내가 신경 쓸 일이 아니기 때문에 난 시선을 에레제드 작전참모에게 고정시켰다.

끼이, 쿵.

마법 2중대장이 방 밖으로 나가고 뻘쭘하게 서 있는 나, 그리고 의자에 앉아 있는 에레제드와 그 외 사람들 사이에서 잠시 침묵의 공기가 흘렀다. 그러나 그 침묵은 오래가지 않았다.

"거기 앉게."

"예."

난 에레제드의 지시대로 테이블의 짧은 쪽 의자에 앉았다. 내 정면에는 메보사르트 후작이 앉는 듯한 자리가 있었고, 내 왼쪽에는 에레제드와 슈아로에, 그리고 오른쪽에는 리엔과 리에네가 앉아 있었다.

흐으, 이거 꼭 무슨 심문받는 것 같은 분위기잖아? 며칠 전에 있었던 도마뱀 인간 습격 사건에 대해서 취조를 할 생각인가? 으으, 사건 진술하는 거 귀찮은데. 군대에 있을 때 사건이 터져서 그에 관련된 진술을 해본 적이 있는데 정말 짜증났다고. 생각나지도 않은 걸 꼬치꼬치 캐물어대니 말이야. 가뜩이나 기억력 나쁜 인간한테 세세한 걸 물어본다고 해서 뭐가 나오냐?

"5일 전에 적에게서 습격을 받았다고 하는데, 사실인가?"

아, 드디어 시작되었군.

"예."

"적이 리저드맨(Lizard Man)이라고 하던데, 맞는가?"

리저드맨? 아, 도마뱀 인간이란 소리로군. 그냥 이 나라 언어로 도마뱀 인간이라고 하면 될 것이지, 무슨 리저드맨이야? 리저드맨이라고 말을 하면 뭔가 있어 보여? 응? 응?

"그렇습니다."

"리저드맨은 총 몇 마리였나?"

"아마 스무 마리 정도였을 겁니다. 교전 중이었기 때문에 정확히 세어보지는 않았습니다."

"그중 자네가 처리한 리저드맨은 몇 마리인가?"

잉? 보통 이쯤에서 아군 피해 상황을 보고하라고 하지 않나? 하긴, 만약 단순한 사건 진술이었다면 나보다 한 계급 위인 바온을 불렀겠지. 근데 굳이 부소대장밖에 안 되는 날 부른 건 뭔가 다른 의도가 있다는 뜻이겠지?

"본인이 처리한 리저드맨은 약 10마리 정도입니다."

난 마법 2중대 4소대 부소대장이라는 위치 때문에 나도 모르게 주어를 '저'에서 '본인'으로 바꾸었다. 그건 아마도 에레제드 앞에서 나 스스로를 낮추는 말을 하고 싶지 않아서인 것 같았다. 어쨌든 에레제드는 내가 '저'라고 말을 하든 '본인'이라고 말을 하든 크게 신경 쓰지 않는 듯한 눈치였다.

"자네가 10마리를 처리했다고? 듣기엔 그전에 이미 우리 쪽 병사들과 리저드맨이 근접전을 벌이고 있었다 들었는데?"

"그렇습니다."

"마법이 아니라 정령술을 썼다는데, 사실인가?"

"그렇습니다."

"……."

내가 너무도 당연한 듯이 긍정의 표현을 하자 에레제드의 표정이 묘하게 일그러졌다. 내 대답이 상당히 마음에 들지 않는 듯한 모습이었다. 그러나 에레제드는 일단 자신의 감정을 추스르고 나를 향해 물음을 던졌다.

"정령술을 쓸 수 있다면 어째서 지원 부대 입단 테스트 때 사용하지 않은 것인가?"

"……."

아하, 그 얘기였냐? 정령술을 쓸 수 있으면 마법 대신이라도 써서 테스트를 받은 후 그에 맞는 직위를 얻었어야 한다는 소리로군. 하지만 어쩌나, 그때는 실프가 매직포스 상태에서도 소환될 수 있다는 사실을 몰랐는걸.

"그때는 정령술을 능숙하게 사용할 수 없었기 때문에 사용하지 않았습니다."

난 일단 어설픈 변명을 늘어놓았다. 에레제드에게는 사실대로 말하고 싶지 않았기 때문이다. 그러나 에레제드는 내 변명을 곧이곧대로 듣지 않았다.

"그럼 자네는 단 며칠 만에 정령술을 능숙하게 구사하게 되었다는 말인가? 리저드맨을 10마리나 해치울 정도로?"

"그건 운이 많이 따랐습니다. 호위병들이 잘 싸워주었기 때문에 본인이 정령술을 사용할 시간을 벌었던 것뿐입니다."

음핫핫, 공을 호위병들에게로 돌리는 이 센스!

"흐음……."

에레제드는 잠시 침묵했다. 그러다가 나지막한 어조로 입을 열었다.

"자네…… 지금 그 테스트를 받는다면 성공시킬 자신이 있는가?"

흐으, 뭘 그런 걸 물어보시나.

"물론입니다."

"……."

내 대답에는 자신감이 철철 넘쳐흘렀다. 특히 매직포스 상태에서 실프를 소환할 수 있게 된 지금, 그 자신감은 철철 넘쳐흐르다 못해 하늘 위로 분출할 지경이었다. 에레제드 역시내가 허장성세를 부리는 게 아니라는 것을 느꼈는지 별말을하지 않았다. 대신 그는 나에게 의외의 제안을 했다.

"자네의 실력이라면 여기 있는 이안트리 인사참모나 리엔군수참모, 리에네 정보참모 다음의 계급을 얻을 수 있네. 자네가 이를 수락한다면 이안트리 인사참모 밑의 인사과장을맡게 될 것이야."

"……."

흐으, 인사과장? 지원 부대에 그런 계급이 있어? 군대에는그런 계급이 있지만 이 부대에서 과장이라는 직위는 처음 듣는데? 억지로 날 수뇌부로 끌어올리기 위해 만든 임시 계급아니야? 어차피 직위란 게 이름뿐이라는 건 알지만…… 별로마음에 들지는 않는군.

"잘 생각해요, 레지 군. 사람은 실력에 맞는 대우를 받는게 옳다고 보니까요."

여태까지 가만히 앉아서 나와 에레제드의 문답만을 듣고

있던 슈아로에가 처음으로 입을 열었다. 내가 쉽게 승낙할 것 같지가 않자 나선 듯했다. 사실 그녀의 심중은 이미 알고 있었다. 자신들은 수뇌부에 앉아 별 불편 없이 지내고 있는데 난 거의 말단으로 밀려서 안 해도 될 고생을 하고 있는 게 안타까웠던 것이다. 리엔과 리에네를 보니 그들도 슈아로에와 같은 생각을 하고 있는 것 같았다.

"본인도 슈아로에와 같은 생각입니다."

"본인도 마찬가지입니다."

리엔과 리에네는 짧고 간결하게 자신의 생각을 말했다. 그래서 난 잠시 갈등했다. 확실히 지원 부대 마법 2중대 4소대 부소대장보다는 지원중대 인사과장이라는 위치가 훨씬 편하고, 무엇보다 슈아로에와 같이 있을 수 있다는 점이 가장 큰 매력이었다. 그러나 이상하게도 내 마음은 인사과장이라는 곳에 있지 않았다.

"말씀은 고맙지만 본인은 현재 마법 2중대 4소대 부소대장입니다. 이제 막 부대 편성이 완료된 시기에 또다시 인사 이동이 있는 건 바람직하지 않다고 생각합니다."

"……!"

난 말을 돌려서 에레제드의 제안을 거절했다. 그러자 모두들 놀란 반응을 보였다. 높은 자리를 주겠다는데 사양하고 있으니 그럴 만했다. 특히 슈아로에가 가장 격렬하게 반응했다.

"왜 사양하는 거예요?! 부소대장 자리에 있다가는 또 위험해진다구요!"

이런이런, 그런 말을 밑의 사람들에게 했다가는 돌 맞는다.

"전쟁 상황에서 위험하고 위험하지 않은 자리가 어디 있어…… 있습니까? 인사과장도 위험한 자리라고 생각합니다. 그러나 이미 부소대장으로 내정된 상태에서 갑작스런 인사이동은 병사들에게 혼란을 가져올 것입니다. 그러니 그 제안은 거두어주십시오."

난 나도 모르게 평상시 슈아로에를 대하듯 말을 하려다가 급히 경어를 사용했다. 지금 이 자리는 사석이 아니라 참모급들이 모두 모인 공석이었기 때문이다. 그러나 슈아로에는 지금 이 자리를 공석이 아닌 사석으로 생각하는 모양이었다.

"무슨 소리예요! 레지 군이 적에게 습격을 받았다는 소릴 듣고 얼마나 걱정했는지 알아요?!"

"현재 보시는 대로 본인은 멀쩡합니다만?"

"지금은 멀쩡하지만 언젠가는 크게 다칠지도 모른다구요!"

"전쟁인데 다치는 건 당연하지 않은지요?"

"아아! 정말!"

내가 계속 말꼬투리를 잡자 슈아로에가 자신의 이마를 손으로 짚었다. 슈아로에가 제풀에 쓰러진 사이 리엔이 조용한 어조로 입을 열었다.

"레지스트리는 정말로 부소대장으로서 참전할 생각입니까?"

"예, 그렇습니다."

"어째서입니까?"

아니, 뭐 그렇게 물어볼 것까지야…….

"본인에게 병사를 지휘할 능력이 있다고는 생각하지 않기 때문입니다. 본인에게는 마법 2중대 4소대 부소대장이라는 지위가 가장 잘 어울립니다."

"……."

내가 워낙 확고한 어조로 말을 했기 때문에 모두들 입을 다물고 말았다. 사실 이미 고집불통 모드로 들어간 나를 말릴 수 있는 사람은 아무도 없었다. 그것을 느끼고 슈아로에가 마지막으로 질문을 날렸다.

"그럼…… 전쟁 끝날 때까지 다치지 않을 자신있어요?"

"다치지 않을 자신은 없습니다. 하지만 죽지 않을 자신은 있습니다."

"후우, 알았어요. 그럼 더 이상 말하지 않을게요, 마법 2중대 4소대 부소대장 씨."

슈아로에는 유난히 '씨'를 강조하며 자신이 삐쳤다는 것을 알렸다. 그리고 그녀의 말을 끝으로 이번 회의는 끝을 맺었다. 난 작전회의실 밖으로 나가기 전에 슈아로에와 리엔, 그리고 리에네를 쳐다보았다. 이번이 아니면 앞으로 당분간 볼 기회가 거의 없을 것이란 느낌이 들었기 때문이다.

하아~ 저 예쁜 선남선녀들을 못 보게 되다니 참 슬프군.

특히 이제부터 땀내 나는 아저씨들하고 살을 부대끼면서 생활해야 하다니 끔찍한걸? 그래도 어쩌랴, 이미 부소대장으로서 경험을 쌓아보고 싶다고 결정해 버렸는걸. 후회 같은 건 안 하지만…… 그래도 슈아로에를 보지 못하는 건 아쉽군.

끼이, 쿵.

난 마지막으로 잠시 슈아로에를 쳐다보다가 작전 회의실 밖으로 나가 문을 닫았다. 문을 닫기 전에 슈아로에가 울 듯한 표정을 지은 듯한 느낌이 들었지만 깊이 생각하지 않기로 하고 몸을 돌렸다. 몸을 돌리니 내 앞에는 마법 2중대장이 서 있었다.

"얘기 끝났으면 가자."

"예."

호오, 얘기 끝날 때까지 날 기다린 거야? 그나마 조금 책임감이 있는 인간이로군. 나 같으면 '네놈이 재주껏 요령껏 마음껏 찾아와라' 하면서 냉큼 돌아갔을 텐데 말이지.

저벅저벅.

나와 마법 2중대장은 말없이 막사로 돌아갔다. 애초에 마법 2중대장은 내가 작전 회의실에서 무슨 얘기를 했는지 전혀 관심이 없던 모양이다. 그는 날 막사 근처까지 데려다 주고는 이내 횡하니 자신의 막사로 돌아가 버렸다. 나로서는 차라리 그 편이 더 편했다.

"실프."

난 정오의 햇살이 내리쬐는 연병장에 서서 조용히 실프를 불렀다. 그러자 실프는 기다리기라도 한 것처럼 순식간에 내 눈앞에 모습을 드러내었다. 잘만 하면 생각만으로도 실프를 소환할 수 있을 것 같은 느낌이 들 정도였다.

"이제부터 경험한 적이 없는 험난한 길을 걷게 될 거야. 나 혼자서는 아무것도 못하니까 네가 날 도와줘."

난 그렇게 말하면서 실프에게 악수를 청했다. 그러나 정령이 인간의 풍습을 알 리가 없고, 안다고 해도 내 명령이 없는 이상 같이 손을 맞잡을 일도 없었다. 그래서 난 실프에게 부탁조로 말을 했다.

"너도 손을 내밀어 내 손 잡아. 앞으로 잘해보자는 의미니까."

《…….》

실프는 여전히 표정없는 얼굴이었지만 내 명령이 떨어져서인지 자신의 손을 내밀어 내 손을 잡았다. 그러나 체급부터가 매우 차이가 났기 때문에 실프의 손은 내 손바닥보다도 작았다. 게다가 바람의 정령이라서 손을 맞잡을 만한 형체도 없었다. 그래도 난 실프의 손을 잡는다는 생각을 하면서 실프와 악수를 나누었다.

누가 보면 '저게 뭔 뻘짓거리여?' 할 테지만 이건 내 나름대로의 마음가짐이지. 사람이라는 존재는 뭔가를 할 때 이런 의식 비슷한 것을 해야 안심이 되니까 말이야. 전쟁이 언제 본격적으로 일어날지는 모르지만 우리 둘이서 최선을 다해서 살아남아 보자고!

*　　　*　　　*

내가 지원 부대 인사과장 자리를 거절한 뒤 일주일이 흘렀다. 그동안 계속 위에다 소대원을 충원해 달라고 했지만 '지금은 인원 충원하기 어렵다' 라는 대답만 돌아왔다. 생각 같아서는 부책임자인 유리시아드나 레이뮤에게 직접 말하고 싶었지만, 그건 보고 절차를 무시하는 행위라서 참아야만 했다. 그래서 결국 우리 소대는 총 17명으로 지내게 되었다.

빵빠라방―

마침내 윈도우즈 연합 토벌군이 출정을 시작했다. 500명 가까이 되는 지원 부대의 궁수들과 마법사들은 비교적 일사불란한 움직임으로 대열을 맞추었다.

듣기로는 과거 매킨토시 연합이었던 지방부터 차례대로 수복할 계획인 듯했다. 우선 매킨토시를 수복하여 병력과 물자를 충원하고 본격적으로 윈도우즈 연합을 공격한다는 것이었다. 그러나 우리 편의 계획이 어떻든 나하고는 큰 상관이 없었다. 어차피 우리 소대는 뒤에 남아서 나중에 이동하는 보급 부대의 호위를 맡아야 했기 때문이다.

"아, 나도 저기 끼고 싶은데……!"

커트는 출전하는 지원 부대의 뒷모습을 쳐다보며 아쉬워하는 표정을 지었다. 본래 그는 전투에서 공을 세워 이름을 떨칠 생각으로 바온과 함께 이번 전쟁에 지원한 것이었는데, 바온이 후방으로 빠지는 소대에 지원하는 바람에 커트도 덩달아 후방으로 빠져버렸으니 아쉬워할 수밖에 없었던 것이다.

"전쟁 경험이 없을 때는 뒤에서 지켜보는 게 나아."

난 커트의 아쉬움을 달래고자 그렇게 말했다. 지금 나는 부소대장이고 커트는 소대원이기 때문에 공석에서는 커트가 나에게 존댓말을 사용하지만 주변에 사람이 거의 없는 때에는 그냥 편하게 말을 놓고 있었다.

"그래도 난 전방에서 싸우고 싶다고. 바온 씨는 실력이 좋은 데도 너무 뒤로만 빠진단 말이야."

내 위로를 받고도 커트는 여전히 불만을 터뜨렸다. 그때 어디서부터 들었는지 바온이 스리슬쩍 끼어들어 입을 열었다.

"임마, 아직 경력 1년밖에 안 된 전쟁 초짜를 데리고 어떻게 전방에 가냐? 다 너를 위해서 이리로 온 거야."

"그래도 같이 5년이나 용병 생활을 했잖아요. 그 정도면 충분하죠! 그리고 다른 용병들에게 들었는데, 바온 씨는 항상 후방 부대에만 지원한다던데요?"

"누, 누가 그런 소릴······!"

커트의 말이 정곡을 찔렀는지 바온은 약간 당황하는 모습을 보였다. 아무리 친한 사이라고는 해도 일개 소대원이 소대장을 놀려서는 안 되기 때문에 난 그들의 대화를 마무리시켰다.

"후방이든 전방이든 경력 18년은 멋으로 있는 게 아니야. 그리고 그 18년 동안 살아남았다는 건 그만큼 실력이 있다는 뜻이고."

"후후. 거봐, 알아들었냐?"

"······."

내 말에 바온은 의기양양해진 반면, 커트는 뾰로통한 표정을 지었다. 어쨌든 나의 중재로 둘 사이의 대화는 마무리되었고, 우리들은 소대원들과 함께 소대 청소를 시작했다. 다수의 병력이 빠져나갔기 때문에 그들이 있던 막사를 뒤에 남은 우리들이 전부 청소해야 했던 것이다.

"젠장, 우리가 뭐 청소나 하려고 지원한 줄 아나!"

커트는 청소하면서 연신 투덜거렸고 나 역시 속으로 '귀찮아!'를 연발하면서 대충대충 청소했다. 만약 내가 이 성에서 계속 살게 된다면 청소를 열심히 했겠지만 얼마 안 있어 작별할 곳이라 청소를 제대로 하고 싶은 마음이 전혀 들지 않았다. 그래서 우리 소대는 대충 눈에 보이는 것만 치워 버리고 물 청소 같은 자질구레한 청소는 일절 하지 않았다.

그리고 그 다음날.

덜컹덜컹.

우리는 약간의 식량과 대량의 무기 및 의복을 실은 마차를 호위하면서 먼저 출발한 본부대의 뒤를 따랐다. 선발 보급대가 많은 식량을 가지고 출발한 것에 비해 우리 소대가 속한 후발 보급대는 전쟁 물자 위주였다. 즉, 우리는 본부대가 전쟁을 시작했을 때 무기나 갑옷 같은 전쟁 물자가 떨어지면 그걸 보충해 주는 역할을 하는 것이었다. 한마디로, 직접 전쟁에 참여하지는 않고 뒤에서 부족한 물품만 채워주면 된다는 소리였다.

덜컹덜컹.

본부대보다 하루 늦게 출발했기 때문에 중간에 습격받을 일도 없었다. 그리고 이동을 시작한 지 3일째 되던 날 본부대와 윈도우즈 연합 간에 충돌이 일어났다는 소식이 들려왔다. 그 전투 결과, 우리 쪽의 압도적인 승리라고 했다.

흐음, 뭐 아직 매킨토시 연합 근처라서 윈도우즈 연합의 본병력이라고 볼 수는 없지만 그래도 압승이라니 다행인걸? 슈아로에나 리엔, 리에네가 다쳤다는 소리도 못 들었고. 레이뮤 씨나 유리시아드도 아직 본격적인 전투는 안 했을 테니 당분간은 괜찮겠군. 나도 후방으로 빠져서 싸울 일이 없으니 더욱 잘됐고. 이거 의외로 전쟁이 아무 위험 없이 쉽게 끝나는 거 아니야?

…….

국소적인 전쟁은 계속되어 매킨토시 연합의 상당 부분을 우리 군이 수복하게 되었다. 일단 윈도우즈 연합 세력을 몰아내자 매킨토시 연합 쪽에서 비교적 많은 도움을 주었다. 특히 그 도움 중에서 식량 지원이 가장 중요했다. 물론 그 식량은 힘없는 백성들에게서 갈취하여 우리에게 준 것이었지만 어쨌든 우리들만 배불리 먹고 전쟁에서 이기면 된다는 생각에 넙죽넙죽 받아먹고 있었다.

"점점 식량이 줄어드네요."

커트가 오늘 도착한 식량의 양을 보고 불만 어린 목소리를 내었다. 확실히 전쟁이 길어질수록 보급되는 식량의 질과 양이 떨어지고 있었다. 새로운 지방을 점령하거나 식량 갈취를 강화하지 않는 이상 그것은 당연한 수순이었다.

"우리가 점령하는 땅이 늘어날수록 보급이 잘 되고, 점령하지 못하면 보급이 잘 안 된다. 그건 기본 상식이다, 커트. 그러니 무슨 일이 있어도 이겨야 하는 게 전쟁인 거야."

바온은 커트의 어깨를 툭툭 치며 그렇게 말했다. 그러는 와중 후발 보급대를 이끌고 있던 리눅스 연합의 귀족 기사가 우리들에게 충격적인 소식을 전해왔다.

"매킨토시 연합의 중심지인 '애플' 성을 함락시키기 위해 우리들도 본부대에 합류한다."

"……!"

허억! 그런 말도 안 되는 일이?! 그건 7살 된 어린아이보고 20살 청년과 팔씨름을 해서 이기라는 소리와 똑같다고! 계속 보급대 호위만 맡아서 정신이 해이해진 이 인간들 가지고 무슨 놈의 전쟁이야? 그러다가 전멸한다고!

"드디어 제대로 싸우는구나!"

후발 호위대 투입 소식을 전해들은 사람 중 좋아하는 사람은 커트뿐이었다. 평소에도 전쟁터에 나가 공을 세우고 싶어했으니 그의 기쁨은 당연했다. 하지만 그 외의 소대원들은 도마뱀 인간 습격 사건을 거론하며 불안해했다.

"단순히 리저드맨 20마리와 붙었는 데도 우리 쪽은 8명이나 죽었다고. 몇천 명씩 붙는 전쟁이면······!"

"아, 제발 살아 돌아왔으면······!"

이런, 이 인간들이 벌써부터 약한 소리를 해대는군. 물론 나도 살아 있는 인간하고 싸워본 적은 없지만 그래도 푸가 체이롤로스라던지 페르키암 같은 거물하고 싸웠고, 허접스런 도마뱀 인간들과도 싸워봤다고. 이 정도면 전투에 어느 정도 경험이 있다고 말할 수 있지 않나? 그래도 죽이기 위해 달려드는 인간들과 싸워본 적이 없어서 불안하긴 하지만.

"부소대장, 너무 부담 갖지 마라. 자네가 리저드맨을 물리쳤을 때처럼 하면 돼. 어차피 싸움이란 면에서는 똑같으니까."

"예."

바온은 내가 떨고 있다고 생각했는지 날 격려하였다. 아무래도 도마뱀 인간 10마리를 처리했다고는 하지만 아직 겉보기에는 나이가 어린 청년이라 같은 인간을 죽여야 하는 전쟁에서 내가 긴장할 수밖에 없다고 생각한 것이다. 그러나 난 내가 직접 칼을 들고 살아 있는 인간의 살과 뼈를 바르는 게 아닌, 마법으로 매우 편하게 공격을 하기 때문에 실전에서 인간을 죽여도 별 자책감이 들 것 같지는 않았다. 대신 걱정스러운 것은 내가 마법 혹은 정령술을 쓰다 지쳤을 때 날 지켜줄 인간이 있느냐 하는 점이었다.

흐으, 만약 내 옆에 유리시아드나 휴트로 씨가 있다면 아무 부담 없이 마법을 쓸 텐데……. 날 지켜줄 보디가드가 없으니 마법을 마음대로 쓰지 못하잖아. 한마디로 페이스 배분을 하면서 마법을 써야 한다는 얘기인데, 여태까지 모든 포스를 긁어모아서 마법을 썼던 나에게 페이스 배분은 무리라고. 내가 뭐, 마법 스포츠 선수도 아니고 말이지.

덜컹덜컹.

하루 차이로 본부대 뒤를 따라가던 우리들은 결국 본부대와 합류하여 애플 성으로 향했다. 총 3,000명의 인원이 줄줄이 이동하는 행렬의 모습은 내가 보기에도 압박이었다. 단지 3,000이라는 숫자가 이러한데 10만 명 정도 되면 어떻게 보일지 상상조차 가지 않았다.

다그닥, 다그닥.

수뇌부로 분류되는 메보사르트 후작, 에레제드, 슈아로에, 리엔과 리에네는 잘 빠진 말을 타고 이동하고 있었다. 그들의 주위를 십수 명의 기사, 마법사들이 에워싸듯 이동하고 있었기 때문에 일개 부소대장인 나로서는 접근조차 불가능했다. 그런데 가장 최상위층인 사베루트 황제의 모습은 보이지 않고 부책임자인 유리시아드와 레이뮤의 모습만 보였다. 아마도 사베루트 황제는 이번 전쟁에 직접적인 참여는 하지 않는 것 같았고, 유리시아드와 레이뮤가 전체적인 통솔을 하는 듯했다.

흐음, 왠지 나 빼고 모두들 출세한 듯한 느낌인걸? 나 혼자 덩그러니 말단이라니……. 뭐, 인사과장 직을 주겠다는 걸 거절한 건 나였으니 할 말은 없다만… 저들은 말 타고 가고, 난 걸어가고 있으니 참…….

쿠웅— 쿠웅—

잘 훈련된 군인들이 발맞추어 행군을 하다 보니 땅이 뒤흔들리는 듯한 진동이 일어났다. 이 진동은 상당히 강해서 수 km 떨어진 곳에서도 느낄 수 있지 않을까, 나 혼자 그런 괴상망측한 생각을 해보았다. 아무튼 우리들은 신나게 전투식량을 축내며 이틀 정도 걸려 매킨토시 연합 내의 애플 성에 도착했다.

…….

우리의 토벌군은 대담하게도 애플 성 사람들이 다 보도록 성 주변을 빙 둘러쌌다. 토벌군이 성 주변을 빙 두르는 동안 난 애플 성에서 먼저 선제공격이 있을 것이라고 생각했다. 그러나 토벌군이 성을 완전히 포위할 때까지 애플 성 쪽에서는 그 어떤 공격도 하지 않았다.

잉? 왜 공격이 없어? 적이 포위하고 있는 걸 뻔히 보면서 공격을 안 하다니, 이건 대체 무슨 시츄에이션? 지금 나하고 장난치자는 거야? 설마 정정당당하게 '전투 시작' 이라고 하면서 동시에 공격하자는 건 아니겠지? 그렇지?

"소대장님, 지금 공격을 안 해요?"

난 현 대치 상황을 이해할 수가 없어서 바온에게 질문을 던졌다. 바온은 내 질문을 받고 콧수염을 매만지면서 친절하게 답변해 주었다.

"우선 항복 권고를 하는 거야. 그게 받아들여지지 않으면 공격을 시작하는 거지."

"근데 왜 저쪽에서는 우리가 성을 포위할 때까지 가만히 있어요?"

"간단해. 우리들 숫자가 적보다 많아서 그렇지. 아니면 뭔가 타협할 방법을 가지고 있던가."

흐음, 뭔가 미덥지 않은 대답이지만 그렇다고 틀렸다고도 볼 수 없으니 일단 넘어가자. 그나저나 대치 상황을 오래 끌지는 않겠지? 화장실 가고 싶은 사람을 생각해서 공격하려면 공격하고 말라면 말자고. 아, 왠지 큰 게 나올 것 같은 느낌.

……

토벌군 쪽에서 사신을 파견했고 사신은 별문제 없이 애플 성으로 들어갔다. 그러나 3시간이 지나도록 사신은 애플 성에서 나올 줄을 몰랐다. 그건 결국 사신이 애플 성에 감금되었거나 살해되었다는 뜻이다.

흐으, 사신만 불쌍하군. 아무튼 이제 슬슬 공격 명령을 내리겠지. 일단 적이 성안에서 꽁꽁 숨어 나올 기미를 보이지 않으니까 마법사들이 마법을 먼저 퍼부은 후 궁수들이 활을 쏘면 되겠군. 그사이 보병이 성문을 뚫고 기병과 창병이 돌진해서 마무리하면 될 것 같은데? 애플 성의 크기를 볼 때 아무리 많아봤자 1,000명 이상의 병사는 없을 것 같으니까 수에서도 우리가 압도적으로 유리하고.

쾅! 쾅! 콰앙!

그때였다. 갑자기 마법 1중대 쪽에서 불덩어리가 떨어져 내리기 시작했다. 하늘에서 불덩어리가 떨어지는 마법은 메테오 스트라이크였기 때문에 마법 1중대 사람이 사용한 것이라고 볼 수 있었다. 그러나 문제는 그 메테오 스트라이크가 아군의 머리 위로 떨어지고 있다는 점이었다.

"끄악!"

"으억!"

느닷없는 불덩어리 투척에 많은 수의 마법 1중대원들이 폭발에 휘말려 쓰러졌다. 그 때문에 아군의 진형이 엄청나게 흐트러졌다. 처음에 마법 1중대 쪽에 떨어졌던 메테오 스트라이크가 이번에는 기마 부대 쪽에도 떨어졌기 때문이다.

"왜 마법이 우리 쪽에서……!"

"누구야! 어떤 놈이 이런 짓을……!"

병사들 사이에서 커다란 동요가 일어났다. 그도 그럴 것이, 애플 성과 우리 아군 사이의 거리상 애플 성 마법사가 우리에게 마법을 사용할 수는 없었다. 그것은 결국 우리 쪽에 있던 스파이 마법사가 기습적으로 메테오 스트라이크를 사용했다는 얘기였다.

아니, 아무리 그래도 그 스파이 마법사가 메테오 스트라이크 코드를 외우고 있을 동안 옆에 있는 마법사들은 대체 뭘 한 거야? 나 같으면 '어이, 지금 뭐 해?' 하면서 방해를 했다고. 그래야 정상…… 설마 옆의 마법사들이 알아차리기도 전에 아주 빠른 속도로 메테오 스트라이크를 실행시킨 건가? 하지만 내가 알기로는 우리 마법사 중에서 그 정도의 실력을 가지고 있는 마법사는 없을 텐데? 슈아로에나 레이뮤 씨조차도 메테오 스트라이크 실행에 시간이 걸린다고!

"실프!"

난 급히 실프를 소환하여 메테오 스트라이크의 폭발에 대비했다. 이 세계에서 메테오 스트라이크라는 건 파이어 볼을 하늘 위에서 여러 개 떨어뜨린다는 개념이기 때문에 불덩어리의 개수가 많으면 많을수록 마법사의 마나량이 많다고 볼 수 있다. 그런데 지금까지 떨어진 불덩어리 수는 어림잡아 40개가 넘었고, 이는 메테오 스트라이크를 사용한 마법사가 최소 7서클의 마나량을 보유하고 있다는 뜻이었다.

"방어!"

우리 소대원들의 머리 위로 떨어지는 불덩어리를 난 실프의 힘으로 막아내었다. 메테오 스트라이크의 개수를 늘리다 보니 불덩어리 자체의 위력은 강하지 않아서 난 별 힘을 들이지 않고 불덩어리를 막아낼 수 있었다. 그러나 내 실력으로 모든 메테오 스트라이크를 막는다는 건 불가능했기 때문에 대다수의 불덩어리가 아군의 머리 위로 떨어져 내리는 걸 지켜보는 수밖에 없었다. 대신 나는 메테오 스트라이크를 사용하면서 나오는 마나 파장을 통해 마법의 발원지가 어디인지 찾아내는 것에 주력했다.

콰앙! 쾅!

잉? 지금 메테오 스트라이크가 떨어진 마법 1중대 쪽에서 엄청난 마나 파장이 나오고 있는 것 아닌가? 설마 놈은 자기 머리 위에다 메테오 스트라이크를 떨어뜨린 건가? 그럼 자신도 피해를 입을 텐데, 대체 왜?

탁탁탁—

난 실프를 대동한 채 마법 1중대 쪽으로 이동했다. 어차피 가까운 거리였기 때문에 도착하는 데 많은 시간이 걸리지 않았다. 가장 먼저 메테오 스트라이크를 얻어맞은 곳이라서 그런지 많은 사상자들이 발생한 상태였고, 나머지 사람들도 거의 패닉 상태였다. 그러나 그 와중에 온몸이 피로 범벅이 된 한 젊은 청년이 당당하게 마법 진원지에 서 있는 것을 보았다. 그에게서 흘러나오는 강력한 마나 파장은 그가 메테오 스트라이크를 실행시킨 장본인임을 알려주고 있었다.

"후후, 금방 또 보게 되는군."

가슴팍에 조그맣게 토벌군 문양이 새겨진 흰색 로브를 입고 있는 젊은 청년은 헐레벌떡 뛰어온 나를 보더니 씨익, 웃었다. 이미 얼굴까지 피로 범벅이 되어 있는 상태라서 난 그가 젊어 보인다는 점 외에는 아무것도 알아낼 수 없었다. 그러나 왜인지 느낌상 난 그의 정체를 알 것 같았다.

"설마, 넌……."

"기억력이 나쁘군. 너한테 마나 복사를 해준 분의 얼굴도 잊어먹었나?"

내가 일단 아는 척을 하자 젊은 청년은 나에게 순순히 자신의 정체를 밝혔다. 일단 목소리에서 어느 정도 짐작을 한 상태였던 터라, 젊은 청년의 정체가 그 의문의 청년이란 것은 그다지 놀라운 일이 아니었다. 단지 그가 왜 이곳에서 이런 짓을 했는지 알 수가 없어서 다짜고짜 현 사태에 대한 해명을 요구했다.

"무슨 꿍꿍이냐? 왜 이런 짓을 한 거지? 아니, 왜 네가 토벌군에 들어와서 이런 짓을 한 거냐?"

"후후, 뻔하지 않나. 내가 코르디안 왕과 협력 관계를 맺었기 때문이다. 맨 처음 보급대를 습격하도록 정보를 알려준 것도 나였으니까."

"……!"

내부에 첩자가 있을 거라고 생각하긴 했지만 그게 의문의 청년이었다니 의외로군. 대체 녀석은 누구누구와 손을 잡고 있는 거야? 날 제물로 삼겠다는 녀석도 있고, 코르디안 왕도 따로 있는 건가? 아니면 둘이 서로 동일 인물?

"보급대 습격이 무슨 의미가 있지? 아직 전쟁도 시작 안 한 시점에서 보급대를 습격해도 큰 효과를 보기 어려울 텐데?"

"뭐, 그렇지. 근데 어차피 난 네놈의 실력을 확인해 보려고 했던 거니까 상관없다. 너 혼자서 했든 남들의 도움을 받았든 리저드맨 20기를 처치한 건 칭찬할 만한 일이지."

"……."

나와 의문의 청년이 대화를 나누는 동안 아군들이 우리 주위를 완벽하게 에워쌌다. 메테오 스트라이크가 더 이상 떨어지지 않았기 때문에 아군들이 정신을 차린 것이다. 수천 명의 적군에게 둘러싸이게 된 형국이라 난 의문의 청년이 약간이라도 당황할 것이라고 생각했다. 그러나 의문의 청년은 한 치의 흔들림없이 여유로운 표정으로 나와의 대화에만 열중

했다.

"혹시 넌 성물이 왜 존재하는지 아는가?"

"……?"

이런, 적들이 눈에 불을 켜고 있는 데도 나와 농담 따먹기 하려는 이 인간의 센스는 어디서 나오는 거지? 아니, 그보다 왜 갑자기 성물 얘기를 하는 거야? 왜 자꾸 얘기가 삼천포로 빠지려는 거냐고!

"몰라. 그런 거에 관심없으니까."

"후후, 물론 모르겠지. 그리고 여기 있는 자들도 성물의 진정한 존재 이유를 모를 것이다."

하아, 그러시겠지. 당신은 참 위대하신 분입니다. 미천한 본인으로서는 할 말이 없군요. 그나저나 저 녀석이 방심하고 있는 틈을 노려 실프에게 공격 명령을… 내려봤자 녀석의 마법 실행 속도가 더 빠를 것 같군. 메테오 스트라이크를 가볍게 구사하는 녀석인데 나한테 승산이 있을 리 만무하고. 흐으, 대체 어떻게 해야 되지?

"넌 누구냐?!"

그때 윈도우즈 연합 토벌군의 부책임자인 유리시아드가 내 옆까지 다가와 칼을 뽑아 들며 위협적인 어조로 소리쳤다. 또한 그런 유리시아드의 옆에 레이뮤가 나란히 섰다. 그렇게 부책임자 둘이 적 앞에 나란히 서는 것을 보고 난 기겁했다.

아니, 이러다가 기습 공격이라도 받으면 부책임자 두 명이 한꺼번에 골로 가는 불상사가 생길 수 있다고! 게다가 왜 다른 사람도 아니고 바로 내 옆에 서는 거냐고! 저 녀석이 공격하면 나보고 알아서 막아내라는 뜻이냐?!

"후후, 레이, 오랜만이군."

그때 의문의 청년이 레이뮤를 보더니 환한 웃음을 지었다. 만약 녀석의 얼굴이 피범벅이 아니었다면 진정으로 가식없는 웃음이었을 것이다. 그러나 지금 그의 피에 젖은 웃음은 섬뜩해 보였다.

"날 아나요?"

레이뮤는 의문의 청년이 자신의 이름을 줄여서 애칭으로 부르자 약간 흔들리는 표정을 지으며 물음을 던졌다. 애칭이라는 건 친한 사람들끼리 주로 사용하는 말이기 때문에 나로서도 의문의 청년의 말이 의외이긴 했다. 어쨌든 의문의 청년은 레이뮤의 애칭을 부르는 게 당연하다는 듯한 태도로 말을 이었다.

"물론이지. 한때 내 약혼녀였던 사람을 내가 모른다면 말이 안 되잖아."

"……!"

잉? 약혼녀? 내가 알기로 레이뮤 씨의 약혼자는 500년 전에 죽은 걸로 알고 있는데? 그 이름이 뭐였더라? 아무튼 레이뮤 씨의 사정을 내가 다 알 수는 없는 거지만 레이뮤 씨의 약혼자는 한 명뿐일 텐데?

"로이……?"

레이뮤는 떨리는 목소리로 입을 열었다. 그 말을 하는 그녀의 얼굴은 여태까지 보여주었던 그 어떤 표정 변화보다도 격렬했다. 반면 의문의 청년의 얼굴은 그다지 얼굴 표정에 변화가 없었다. 단지 아쉬움만이 떠올랐을 뿐이다.

"좀 더 얘기를 하고 싶지만 그들이 왔군. 어차피 나중에 또 볼 기회가 있을 테니까 그때 회포를 풀자고. 물론 레이가 내 적으로 돌아서지 않을 때의 얘기지만."

"……."

잉? 그들? 갑자기 웬 그들? 여기에 우리 아군 말고 다른 녀석들이 오는 건가? 하지만 아무런 기척도 느껴지지 않는데?

"폭발."

의문의 청년은 매우 나지막한 목소리로 그렇게 말했다. 그 말을 듣자마자 난 즉각 실프에게 나와 유리시아드, 그리고 레이뮤를 둘러싸는 방어벽을 칠 것을 명령했다. 그리고 그와 동시에 레이뮤는 의문의 청년의 정체 때문에 심리적으로 흔들렸음에도 불구하고, 의문의 청년이 뭔가를 할 것 같자 즉시 실프가 친 방어벽 바깥에다 중력 마법을 걸었다. 폭발이 일어날 경우 폭발력을 전부 아래로 잡아당겨서 실프의 방어벽에 가해지는 충격을 최소화시키겠다는 레이뮤의 스타 급 센스였던 것이다.

그렇게 나와 레이뮤가 각자 방어를 펼쳤을 때 의문의 청년이 있던 자리에서 거대한 폭발이 일어났다. 그리고 난 똑똑히 보았다. 의문의 청년의 몸이 풍선 터지듯이 사방팔방으로 찢겨져 날아가는 것을.

콰콰콰쾅!

의문의 청년이 일으킨 폭발은 굉장히 강렬해서 실프의 방어벽이 견디지 못하고 무너져 버렸다. 다행히 실프의 힘만으로는 힘들 것 같다는 생각에 폭발 직후 Fire 대신 Wind를 매핑한 윈드 월을 실행시켰기 때문에 폭발력이 침범해 들어오는 것을 막을 수 있었다. 정령술의 달인인 리엔이나 리에네였다면 이 정도의 폭발 따위는 코를 후벼 파며 막을 수 있겠지만, 내 부족한 실력으로는 간신히 막아내는 정도였다.

"우아아—!"

그때였다. 의문의 청년이 자폭하고 나자 애플 성의 문이 열리며 몇백 명의 적군이 한꺼번에 쏟아져 나오기 시작했다. 아무리 숫자상으로 우리들이 압도적인 우위에 있다고 하더라도 우리는 메테오 스트라이크에 이은 자폭 공격으로 진영이 완전히 흐트러진 상태였고, 적군은 진영을 갖추고 나왔기 때문에 아군 쪽에 많은 피해가 발생할 수밖에 없었다.

이런, 이미 마법사 부대나 궁수 부대가 원거리 공격을 하기에는 적군이 너무 가까이 왔어. 이제 백병전밖에 없는데 우리쪽은 진영이 흐트러져서 제대로 싸우지도 못할 텐데…… 어쩌지?

"그쪽은 뒤로 물러나 있어요!"

아군이 속수무책으로 쓰러지는 것을 보고 유리시아드가 나를 향해 한마디를 날린 뒤 번개같이 적을 향해 돌진했다. 유리시아드의 실력이 어느 정도인지 익히 알고 있는 나는 백병전은 그녀에게 맡기고 우선 리프레쉬 코드를 실행했다. 실프에다 윈드 월까지 써서 마나가 바닥난 상태였기 때문이다. 반면 마나량이 넉넉한 레이뮤는 아군과 적군이 뒤섞여 혼란스러운 상황에서도 체인 라이트닝 볼트를 사용하여 적군만을 골라 쓰러뜨리고 있었다. 고도의 집중력이 아니면 성공하기 힘든 데도 체인 라이트닝 볼트를 가볍게 구사하고 있는 레이뮤를 보니 절로 존경심마저 들었다.

챙— 챙—

유리시아드와 레이뮤의 가세로 우왕좌왕했던 아군이 진영을 바로잡으며 수적 우위를 바탕으로 적군을 제압하기 시작했다. 원래부터 숫자 차이가 상당했기 때문에 일단 진영을 갖추고 제대로 싸우자 우리 쪽이 훨씬 유리해졌다. 굳이 나까지 가담해서 싸울 필요는 없을 것 같아서 난 부상자나 치료하자는 마음에 후방으로 빠지고자 했다.

그때 갑자기 레이뮤의 이마와 팔에 박혀 있는 정체 모를 보석에서 발광 현상이 일어나더니 레이뮤가 쓰러져 버렸다. 다행히 쓰러지자마자 곧바로 아군들에게 둘러싸여 보호받았기 때문에 적군에게 공격받지는 않았다.

"실프! 레이뮤 씨를 바람으로 데려와!"

아직 정령술에 대해서 잘 모르는 나는 간단한 명령어 대신 그냥 일반적인 언어로 실프에게 명령을 내렸다. 실프는 내가 무엇을 원하는지 바로 파악하고 바람을 일으켜 레이뮤를 내 쪽으로 옮겨놓았다. 레이뮤의 몸이 갑자기 붕 뜨자 부책임자를 보호하려는 아군 쪽에서 순간 당황했지만 레이뮤를 데려간 사람이 나라는 것을 알고는 다시 전투에 돌입했다. 아마도 아까 의문의 청년이 자폭했을 때 내가 레이뮤와 유리시아드를 폭발로부터 지켜냈기 때문에 날 믿어주는 것 같았다.

"괜찮아요, 레이뮤 씨?"

불길하게 핏빛을 내고 있는 보석을 무시하며 난 레이뮤를 안고 그녀를 불렀다. 다행히 정신까지 잃은 건 아니라서 레이뮤는 창백한 얼굴로 날 올려다보았다.

"가끔…… 있는 일이에요…….."

"보석이 빛나고 있는데, 그 탓인가요?"

"모르겠어요. 하지만 조금 있으면… 괜찮아지니까 걱정 말아요…….."

창백한 얼굴로 손끝 하나 움직이지 못하는 레이뮤를 보니 너무나 안쓰러운 마음이 들었다. 아마도 500년 넘게 살아오면서 뭔가 부작용 같은 것을 얻게 된 듯했다. 레이뮤의 이마와 팔에 박혀 있는 보석의 정체를 알게 된다면 레이뮤의 이번 증상에 대해서도 뭔가 알 수 있을지도 모른다고 생각했다.

"언제부터…… 매직포스 상태에서 바람의 정령을…… 소
환하게 되었나요……?"

"……."

아니, 지금 아파서 빌빌대는 상황에서도 질문을 해? 으아,
이마에서 식은땀까지 나잖아? 안 되겠다. 치유 마법이 먹힐
지는 모르겠지만 일단 써보자!

"Create space recovery, mapping metabolism, render
hundred."

난 무릎을 꿇고 레이뮤를 안은 상태에서 치유 마법을 사용
했다. 하지만 치유 마법을 사용해도 레이뮤의 안색이 풀어질
줄을 몰랐다. 아무래도 지금 레이뮤의 증상은 어디가 아파서
그런 게 아니라 어떤 저주 같은 것이라는 생각이 들었다.

"우오ー!"

그때 아군 쪽에서 우렁찬 함성 소리가 들려왔다. 그것은 아
군이 애플 성에 토벌군 깃발을 꽂으면서 외친 소리였다. 한마
디로, 토벌군이 매킨토시 연합의 중심지인 애플 성을 장악한
것이다. 그래서 난 그 소식을 레이뮤에게 알려주었다.

"우리가 이겼어요."

"그렇군요……."

레이뮤는 여전히 창백한 얼굴로 내 얼굴만 쳐다보았다. 언
제나 날 감싸주었던 레이뮤가 원인 모를 증상으로 아파하고
있는 데도 아무것도 할 수 없는 나 자신에게 환멸을 느끼며,

난 그저 레이뮤의 이마에 맺힌 식은땀만 닦아내었다. 힘이 빠져서 축 늘어져 있는 사람을 계속 안고 있는 건 분명 힘든 일이었지만 나보다는 레이뮤가 더 걱정되어서 차마 힘들다고 몸을 뺄 수는 없었다.

"괜찮냐?!"

그때 뒤에서 익숙한 목소리가 들려왔다. 굳이 고개를 돌리지 않아도 그 목소리의 주인공이 바온이라는 것을 알기에 난 그냥 고개만 끄덕거렸다. 괜히 큰 소리로 대답했다가는 레이뮤가 더 아파할 수도 있다는 생각이 들었기 때문이다.

"이제…… 됐어요."

바온이 뒤에서 헐레벌떡 뛰어오고 있는 동안 레이뮤의 몸에 박혀 있는 보석에서 빛이 사라지더니 레이뮤가 천천히 몸을 일으키기 시작했다. 평상시와 거의 똑같아진 안색을 보며 난 팔을 풀고 레이뮤를 일으켜 주었다.

"정말 괜찮아요?"

"그래요. 걱정하지 말아요."

바온이 바로 옆까지 다가왔을 때 레이뮤는 평상시와 마찬가지의 얼굴색을 띠며 비교적 멀쩡히 땅을 딛고 섰다. 그 모습을 보니 보석에서 빛이 날 때에만 레이뮤의 안색이 나빠진다는 것을 알 수 있었다.

아무래도 정말 저 보석은 레이뮤 씨에게 걸린 저주 같군. 500년 전에 일어났던 그 뭐시냐, 파괴의 마신의 왼팔이었던가 오른팔이었던가…… 아무튼 그놈하고 카이드렌인가 하는 드래곤의 영혼하고 소환돼서 맞붙었을 때, 그 폭발에서도 살아남았다는 레이뮤 씨, 그리고 그때 생긴 보석……. 뭔가 관계가 있을 테지만 지금은 아무리 생각해 봐도 모르겠군.

"괜찮으십니까?!"

바온이 내 옆에 와서 선 것과 동시에 수뇌부의 경호를 맡고 있는 기사들이 달려나와 레이뮤를 맞이했다. 그들과 우리와의 계급 차가 크기 때문에 난 바온과 함께 은근슬쩍 뒤로 물러났다. 그러는 동안 레이뮤는 내 얼굴을 한 번 쳐다보고는 이내 호위 기사들과 함께 애플 성으로 들어갔다.

"진짜 예쁘군. 저런 사람이 500년 동안 살아왔다는 게 전혀 안 믿겨져."

바온은 정신이 나간 얼굴로 레이뮤의 뒷모습만을 침 흘리며 바라보았다. 확실히 겉모습은 20대 중반 정도의 아름다운 여성이라 나 역시도 바온과 같은 생각이었다. 그러나 한편으로는 그렇기 때문에 안쓰러운 생각도 들었다. 외모는 젊지만 인생 경험은 너무 많은, 그래서 젊게 행동해야 하는지 연륜있게 행동해야 하는지 레이뮤 스스로도 갈피를 잡지 못하고 있는 건 아닌가 하는 느낌을 받았기 때문이다.

"참, 근데 우리 소대원들은 어때요?"

계속 레이뮤의 뒷모습만 쳐다보다가 커트 등의 소대원들이 생각나서 바온에게 물음을 던졌다. 바온은 레이뮤의 모습이 사라질 때까지 눈을 떼지 않은 상태에서 내 질문에 대답했다.

"몇 명 빼고는 괜찮다. 죽은 사람이 없다는 게 다행이지."

흠, 그건 불행 중 다행이로군. 얼핏 봐도 지금 마법사 부대는 절반 이상 붕괴된 것 같은데 우리 소대는 그나마 멀쩡하니까 말이야. 그나저나 그 의문의 청년… 분명히 내 두 눈으로 폭발에 휘말려 온몸이 터져 나가는 걸 똑똑히 봤는데……. 그 녀석은 그렇게 쉽게 죽을 녀석이 아니야. 게다가 다시 보자는 녀석의 말로 미루어봐서는 절대 자폭해서 목숨을 끊을 위인도 아니고. 그럼 그 인육의 파편은 가짜인가? 하지만 굳이 가짜 몸을 터뜨릴 이유가 뭐지? 아니, 가짜 몸이라면 어떤 식으로 만들어낸 거야? 으으, 젠장! 녀석의 행동은 하나같이 다 의문투성이라니까!

＊　　　＊　　　＊

애플 성에서의 전투는 토벌군의 승리였다. 하지만 그 승리를 위해 마법사 100여 명, 궁수 80여 명, 기사와 보병, 그리고 창병 각각 50여 명씩 총 330여 명의 병력을 잃었다.

이것은 토벌군 전체의 10%에 해당하는 전력이라 토벌군은 새로 병력을 충원할 때까지 애플 성에 머물기로 했다. 그리고 스파이 마법사를 구별하지 못해 이번 사태를 일으킨 책임을 물어 마법 1중대장이 파면되었다.

본래대로라면 부대장인 메보사르트 후작도 옷을 벗어야 하지만, 자신과는 관계없다는 식으로 발뺌하며 위기를 넘겼다. 사실 전쟁을 하고 있는 시점에서 부대장까지 갈아치우면 병사들의 사기에 지대한 영향을 미칠 수 있기 때문이라는 의견이 강해서 그런 결정이 난 것이다.

"수고했다."

바온은 부상자 치료를 끝내고 의무병 막사에서 나오는 날 격려했다. 보급 부대 중에서 의무병들이 있긴 하지만, 그들의 실력은 그야말로 우리나라 군의관 수준이었기 때문에 전혀 믿을 것이 못 되었다. 그래서 마법사들이 주로 부상자에게 치유 마법을 거는 식으로 치료가 진행되고 있었다.

"조금 피곤하네요."

나 혼자서 대략 10여 명의 부상병을 치료하느라 정신력의 탈진을 느낀 나는 마법 2중대 4소대 막사로 돌아오자마자 바로 드러누웠다. 치유 마법을 걸고 리프레쉬로 복원한 뒤 다시 치유 마법을 거는 것이 단순하기는 하지만 정신력을 많이 잡아먹는 행위라 금방 지쳐 버리고 말았다.

"넌 어떻게 치유 마법을 여러 번 쓸 수 있냐? 원래 3서클이면 최대 6번밖에 못 쓸 텐데?"

"하하, 다 꼼수가 있죠."

난 바온의 질문에 드러누운 채로 웃었다. 저들에게 리프레쉬 코드를 알려주는 게 어떨까 하는 생각도 했지만 저들이 과연 내 말을 믿고서 리프레쉬 코드를 쓸지, 그리고 리프레쉬 코드를 제대로 사용할 수 있기나 할지 의심스러워서 알려주는 건 관두었다. 어쩌면 나 혼자의 힘으로 공들여 알아낸 코드를 남들에게 무상으로 제공하는 게 싫어서일 수도 있다.

"어이, 4소대 부소대장! 면회다!"

그때 갑자기 마법 2중대장이 4소대 막사를 찾아오더니 그런 소식을 알려왔다. 순간 난 내가 아직도 우리나라 군대에 있는 듯한 착각을 일으켰지만 이내 정신을 차리고 마법 2중대장에게 되물었다.

"면회 말입니까? 누굽니까?"

"만나 보면 알아. 이건 사적인 면회니까 긴장할 필요 없다."

잉? 긴장? 누가 긴장한다고? 설마 날 보자는 사람이 나나 마법 2중대장보다 높은 계급인 건가? 그렇다면 왠지 슈아로에 일 것 같다는 느낌이 드는걸? 어차피 수뇌부 중에 죽거나 다친 사람이 있다는 얘기를 듣지 못했으니 슈아로에 등도 무사하겠지만, 그래도 직접 봐서 확인하는 게 낫겠지?

저벅저벅.

난 마법 2중대장을 따라 애플 성의 중심부로 들어갔다. 가는 동안 비교적 많은 검문을 받았지만 마법 2중대장이 다 커버해 줘서 안으로 무사히 들어갔다. 그 중심부에 해당하는 건

물 중에서 나와 마법 2중대장이 들른 곳은 1층에서도 가장 끝에 있는 조그만 방이었다. 본래는 창고 정도로 쓰이는 방이었는데 토벌군에서는 이 방을 면회실 같은 용도로 쓰고 있는 듯했다.

똑똑.

"지원 부대 마법 2중대장입니다. 면회자를 데려왔습니다."

"들여보내세요."

마법 2중대장이 노크를 하고 방문 목적을 알리자 안에서 출입 허가가 떨어졌다. 그러자 마법 2중대장은 나 혼자 안으로 들어가라는 제스처를 취했고, 난 언제나 밖에서 날 기다려야 하는 마법 2중대장에게 속으로 애도의 뜻을 표하며 방문을 열고 안으로 들어갔다. 내 예상대로 방은 그다지 넓지 않았고, 방 안에는 다 내가 아는 얼굴들이 집합해 있었다.

흐으, 슈아로에뿐만 아니라 리엔하고 리에네, 그리고 유리 시아드와 레이뮤 씨까지 한방에 모여 있군. 이게 무슨 단체 면회인 줄 아는지…… 아니, 그건 그렇고, 그 외의 두 사람은…… 설마?

"여, 오랜만이다."

"오랜만이로군요."

토벌군 수뇌부 이외의 두 사람은 나를 보며 아는 척했다. 한 명은 중국인들이나 입을 법한 흰색 긴 소매의 두꺼운 옷을 입은 40대 정도의 잘생긴 중년 남성이었고, 또 다른 한 명은 모든 피부를 철저히 가린 흰옷과 얼굴마저 가린 투명한 면사포를 쓰고 있는 20대의 젊은 여성이었다. 일단 지금은 12월이라 옷 자체가 처음 봤을 때보다 훨씬 두껍게 보였지만, 어쨌든 그들은 다름 아닌 나그네검객 휴트로와 소성녀 네리안느였다.

"두 분이 왜 여기 있어요?"

하도 예상외의 등장인물이라서 난 조금 놀란 표정으로 되물었다. 그러자 휴트로가 질렸다는 듯이 손을 휘휘 내저으며 대답했다.

"지금까지 몬스터 도발이 끊임없이 일어나서 그거 다 퇴치하러 다니다가 그 근원이 윈도우즈 연합의 코르디안 왕이라는 걸 알고 토벌군에 합류하려고 왔다. 듣기로는 놈이 흑마술사를 여기저기 뿌려서 몬스터들을 도발시킨다고 하더라. 그래서 녀석을 쓰러뜨려서 몬스터 도발을 막으려고."

호오, 그런가? 근데 뭔가 석연치 않은걸? 코르디안 왕이 왜 흑마술사를 여기저기에 뿌려 몬스터들을 도발시키지? 몬스터를 도발시켜서 얻는 것이 뭔데?

"코르디안 왕은 성물을 모으는 게 목적이 아닌가요? 몬스터 도발시키는 거하고, 성물 모으는 거하고 무슨 관계가 있어요?"

"응? 흐음, 생각해 보니 그렇군."

나의 문제 제기에 휴트로는 그때서야 의문점을 발견한 듯했다. 그러나 그렇다고 지금 당장 돌아갈 생각은 없어 보였다.

"뭐, 어때. 일단 녀석을 쓰러뜨리고, 그래도 몬스터들이 계속 날뛴다면 또 몬스터 퇴치를 해야지."

"……."

흐으, 한마디로 아무 생각이 없으시군. 뭐, 때로는 일단 저지르고 보는 게 나을 수도 있으니까 내가 뭐라고 할 만한 성질은 못 되지. 그나저나 네리안느도 그런 생각으로 여기 온건가?

"네리안느 씨도 코르디안 왕이 몬스터 도발의 원흉이라고 생각하세요?"

"꼭 그렇다고는 볼 수 없지만 어느 정도 연관이 있는 건 사실이에요. 푸가 체이롤로스를 소환했던 사람이 코르디안 왕이라는 걸 알아냈으니 그때의 책임을 물어볼 생각이거든요."

잉? 네리안느도 코르디안 왕이 푸가 체이롤로스를 소환했던 보라색 머리의 30대 남성이라는 걸 알아냈나 보군. 아, 그러고 보니 휴트로 씨가 그 보라색 머리 남성과 같이 있던 대머리 아저씨를 알고 있었던 것 같은데……. 설마 그 대머리 아저씨 때문에 토벌군에 합류하려는 건가?

"코르디안 왕과 같이 있던 대머리 아저씨…… 하고 휴트로 씨하고 아는 사이 아닌가요?"

"……."

내 질문을 받자 휴트로는 잠깐 움찔했다. 그러나 이내 평소의 표정으로 돌아와 입을 열었다.

"코르디안 왕의 근위대장인 그는…… 한때 내 친구였다. 이름은 '오터쉴트 메드포르'. 시피유 대륙의 '월라멧' 지방 출신이고, '펜티엄' 제국의 근위대장이었던 자다."

흐으, 휴트로 씨와 대머리 아저씨가 친구라는 점보다 월라멧이니 펜티엄이니 하는 말이 더 신경 쓰인다만, 하루 이틀 일도 아니니 그런 사소한 건 넘어가고. 한 제국의 근위대장이었던 사람이 왜 윈도우즈 연합의 근위대장 노릇을 하고 있지? 설마 투잡스 생활?

"나는 '애슬론' 제국의 근위대장이었다. 오터와 나는 어렸을 적부터 친구로, 나라가 달라서 서로 으르렁대는 처지였지만 그래도 둘도 없는 친구 사이였지."

휴트로는 잠시 옛날 일을 회상하는 듯한 포즈를 취했다. 휴트로가 애슬론 제국의 근위대장이었다는 소리를 들었음에도 다른 사람들은 별 반응을 보이지 않았다. 아마도 나 빼고 나 그네검객에 대한 소문을 모두 들어서 알고 있는 듯했다. 그래서인지 휴트로는 다른 사람보다 날 쳐다보며 이야기를 계속했다.

"적군이면서 동시에 친구였던 우리는 어느 날 한 여자를 동시에 좋아하게 되었다. 그녀는 '사이릭스' 왕국의 공주였다. 너무나 아름다운 여자였지."

"……."

흐으, 왠지 내용이 뻔한 쪽으로 흘러갈 것 같은 불길한 느낌이……!

"나와 오터는 그녀를 차지하기 위해 서로 싸웠고, 그 결과 내가 그녀와 결혼하게 되었다. 승부에서 진 오터는 근위대장 직을 버리고 은거해 버렸고, 나 역시 그녀와 결혼하기 위해 애슬론 제국의 근위대장 자리를 내놓았다. 내 평생 그녀만을 지켜주고 싶었으니까."

"……."

아, 네, 그러세요? 스토리가 너무 흔해 빠지지 않았나요? 하품이 나올 것 같습니다만. 뭔가 임팩트한 것 없으신지? 드라마가 너무 밋밋하면 재미없잖아요.

"그러다가 '비아' 왕국이 사이릭스 왕국을 침략하여 점령해 버렸다. 본래 난 여자는 집에서 살림만 하고 남자가 가족을 지켜야 한다고 생각해서 내 아내와 딸에게 무공을 가르치지 않았다. 하지만 전쟁이 터지자 난 가족은커녕 나라조차 지키지 못했다. 그렇게 난 아내와 딸을 잃었지. 만약 그녀들에게 무공을 가르쳐 줬다면, 그녀들이 집에서 죽음을 맞이하지는 않았을 것이다."

"……."

휴트로의 얘기에서 임팩트한 것을 원한 나였지만 막상 휴트로의 가족이 몰살당했다는 소리를 들으니 그런 생각을 한

게 미안해졌다. 보통 전쟁에서 젊은 여성을 죽일 때 얌전히 죽이지 않았을 것을 알기에, 그 분노가 꽤 클 것임에도 불구하고 휴트로의 표정은 담담하기 그지없었다. 그것을 보고 난 문득 휴트로가 여자에게만 무공을 가르친다는 말을 떠올렸다. 아내와 딸을 잃은 충격을 그런 식으로 벗어나려는 것 아닌가 하는 생각이 들었다. 그러는 동안에도 휴트로의 이야기는 계속되었다.

"내 아내가 죽었다는 소식을 듣고 오터는 은거 생활을 청산하고 윈도우즈 연합의 코르디안 왕 밑으로 들어가 온갖 구실을 만들어 비아 왕국을 침공했다. 그리고는 속국화시켜 버렸지. 난 그저 떠돌이 무사가 되어 이리저리 돌아다니기만 했다. 그렇게 나와 오터는 서로의 얼굴을 보지 못하다가 그 푸가 체이롤로스 때에 만나게 된 거다. 아마 오터와 같이 있던 그자가 코르디안 왕일 테지."

"말하자면, 휴트로 씨의 사적인 용무와 몬스터 도발 원흉 제거라는 공적인 용무가 함께 있는 셈이지요."

여태 가만히 앉아 있기만 하던 네리안느가 종합적인 말로 자신들의 목적을 알렸다. 그러다가 난 문득 여태까지 나 혼자 뻘쭘하게 서 있다는 것을 눈치 채고 말았다. 하도 명망 높은 사람들 앞에 있다 보니 내가 서 있다는 사실조차 몰랐던 것이다. 그런 나에게 슈아로에가 구원의 손길을 내밀었다.

"혼자 서 있지 말고 거기 앉아요."

"아, 예."

난 나도 모르게 슈아로에에게 경어를 썼다. 그것은 내가 슈아로에를 상급자처럼 대해야 할지, 친구로 대해야 할지 결정하기 못했기 때문이다. 그러자 슈아로에가 약간 인상을 찌푸리며 말했다.

"갑자기 왜 말을 높여요? 지금은 그냥 면회니까 편하게 말하라구요."

"아, 응."

우하하, 사실 이 방에 들어오기 전에 마법 2중대장으로부터 사적인 자리니까 긴장하지 말라고 한 걸 듣긴 했거든? 근데 그래도 명색이 내 상관인데 괜히 말 놨다가 혼날까 봐 그랬지. 내가 원래 간이 좁쌀만 하거든.

"근데 모두들 건강해 보여서 다행이네요."

난 자리에 앉으면서 운을 뗐다. 아직 이들이 이 자리에 모인 이유를 모르기 때문에 매우 기본적인 말부터 시작한 것이었다. 말하자면 본론 유도식의 발언이었는데, 가장 먼저 반응을 보인 사람은 노련한 레이뮤였다.

"갑자기 불러서 미안해요. 레지스트리 군을 부른 건 부탁이 있어서예요."

잉? 부탁? 아무 힘 없는 나한테 무슨 부탁을 한다는 거지?

"레지스트리 군이 토벌군 돌격대의 마법대장을 맡아주었으면 해요."

"......?"

난 레이뮤의 말을 쉽게 이해할 수 없었다. 그건 현재 토벌군에 돌격대라는 이름의 부대가 존재하지 않는다는 이유도 있었지만, 그보다 그녀가 나에게 '장'이라는 지위를 왜 주려는지 이해할 수 없었기 때문이다.

"돌격대? 마법대장? 그게 뭐죠?"

"이번 자폭 사건으로 지원 부대의 4할가량을 잃어버려서 군대 재편이 불가피하게 되었습니다. 다시 마법사를 충당한다 하더라도 시간이 꽤 걸리겠지요. 그래서 그전에 미리 마법사 정예 부대인 마법 돌격대를 창설하려고 해요. 마법사뿐만 아니라 기사, 보병, 창병, 궁수 등에서도 정예 인원을 선발하여 돌격대에 편성할 것입니다. 그래서 이번처럼 아군이 모두 모여서 공격하기보다 돌격대가 선제공격을 한 후 본부대가 본격적인 전투를 시작하는 식으로 전술에 변화를 꾀할 거예요. 그 편이 더 안전하게 적의 성을 공략할 방법이라 생각했습니다."

흐음, 먼저 선빵을 날리고 적이 공격하려고 할 때 카운터로 본부대의 쪽수로 밀어붙이겠다는 것인가? 뭐, 돌격대의 숫자가 적으면 돌격대를 잡으려고 성문을 열 테니 그걸 기회로 본부대가 성내에 진입하면 게임 끝이지. 근데 그런 작전이 통하기는 하는 거야?

"돌격대를 만드는 건 좋은데…… 인원을 얼마로 하실려

구요?"

"지금 생각에는 총 50명 정도를 편성하려고 해요. 수가 너무 많으면 돌격대의 의미가 퇴색하니까요."

"그럼, 마법사는 10명 정도 되겠네요?"

"그런 셈이죠."

"그 10명 중에 내가 포함되는 거예요?"

"그래요."

난 부정적인 대답을 원했지만 레이뮤는 당연하다는 듯한 반응을 보였다. 순간 난 '내가 왜?'라는 표정을 지었으나 그 표정을 보고 도리어 유리시아드가 어이없어했다.

"3서클에 정령술, 무공까지 자유자재로 구사할 가능성이 있는 그쪽이 빠지면 누가 돌격대에 있을 수 있다는 거죠?"

"그건 어디까지나 가능성이지, 내가 무공을 쓸 수 있는 건 아니잖아? 나 말고 3서클 이상인 마법사는 꽤 될 텐데?"

"물론 3서클 이상의 마법사야 꽤 있죠. 하지만 그중에 용언 마법을 쓸 수 있는 자는 소수고, 그 소수 중에 매직포스 상태에서 정령을 부릴 수 있는 자는 없어요. 그러니 그쪽이 돌격대에 들어가는 건 당연하고, 그쪽의 입장을 생각해서 마법대장에 앉히려는 거예요. 알겠어요?"

"……."

유리시아드가 하도 강경하게 나와서 난 잠시 입을 다물어야만 했다. 그러다가 문득 나도 모르게 토벌군 부책임자인 유리시아드에게 반말을 하고 있다는 사실을 깨달았지만, 이미 엎어진 물인 데다가 그 점에 대해서 그 누구도 개의치 않았기 때문에 그냥 넘어가기로 했다. 일단은 어떻게든 마법 돌격대 입단을 무마시키는 것이 가장 큰 선결 과제였다.

"아무리 그래도 3서클 마법사를 마법대장으로 앉히는 건 좀 그렇지 않아? 슈아로에도 있는데."

"슈아로에는 지금 지원 부대 인사참모예요. 그 자리를 비울 수는 없어요."

"그거 그냥 폼으로 있는 자리잖아? 없어도 상관없을 텐데?"

"그럼 욕망 덩어리 씨는 슈아로에가 전방에서 싸우길 바라나요?"

"……."

으윽, 갑자기 얘기를 그렇게 몰고 가면 할 말이 없어지잖아. 잉? 생각해 보니 슈아로에는 전방에서 싸우면 안 되고, 난 전방에서 싸워야 한다는 소리? 뭔가 열이 받는 이 상황…….

"아니에요. 저도 돌격대에 들어갈 거예요."

나와 유리시아드가 침 튀기는 설전을 벌이고 있을 때 슈아로에가 갑자기 자신의 입장을 밝혔다. 그것은 유리시아드의 예상을 벗어나는 것이었는지 언제나 쌀쌀한 표정의 유리시아드가 놀란 표정을 지어 보였다.

"슈아로에가 돌격대에?"

"네. 저만 뒤에서 아무것도 안 하고 있을 수는 없으니까요."

"……."

슈아로에의 말에 유리시아드는 갈등했다. 최대한 그녀의 안전을 보장하기 위해서 지원 부대 인사참모 자리를 유지하려 했던 것인데 당사자가 싫다고 하니 난감했던 것이다. 그러는 사이 잠자코 앉아 있던 리엔과 리에네도 자신들의 입장을 밝혔다.

"본인도 레지스트리와 같이 돌격대에 참가하고 싶습니다."

"본인도 마찬가지입니다."

"……."

지원 부대의 높은 자리에 앉아 있는 인간과 엘프들이 스스로 옷을 벗겠다는 사태에 유리시아드는 난감한 표정을 지었다. 그러나 레이뮤는 이미 이런 상황을 예상하고 있었다는 듯 아무런 표정의 변화 없이 담담히 입을 열었다.

"지금 우리의 전력은 많이 약해져 있습니다. 가능하면 불필요한 직위는 없애고 싶어요. 어차피 모든 부대가 같이 움직이는 상황에서 굳이 인사참모, 정보참모, 군수참모 등의 자리는 없어도 무방하다고 생각합니다. 따라서 부책임자 레이뮤 스트라우드는 슈아로에와 두 엘프 분을 돌격대 마법사로 편성하고 싶습니다."

"레이뮤님……!"

레이뮤의 선언이 예상 밖이었는지 유리시아드의 표정이 크게 변했다. 연타를 얻어맞고 있는 유리시아드가 조금 불쌍해져서 난 그녀를 구해주기로 했다.

"사람 수가 부족하니까 할 수 없잖아. 그리고 상관의 숫자가 많으면 많을수록 명령 전달 효율이 떨어진다고. 높은 사람이 많으면 의견 충돌만 일어나고 해결책을 모색하는 게 느려지거든. 뭐, 높은 자리에 있던 슈아나 리엔, 리에네 씨한테 다시 일반 병사로 돌아가라는 건 솔직히 부당하긴 하지만."

"아니에요! 부당하지 않아요. 그렇죠, 리엔 씨? 리에네 씨?"

"그렇습니다. 애당초 본인에게는 그 자리가 어울리지 않습니다."

슈아로에에 이어 리엔도 이른바 좌천을 전혀 개의치 않는 모습을 보였고, 리에네도 같은 뜻을 내비쳤다. 그건 아직 그들이 제대로 된 권력의 맛을 보지 못했기 때문이라고 보는 게 정확했다. 군대에 있을 때 서열과 상황이 꼬여서 편한 일을 하다가 하지 않아도 될 일을 다시 시작했던 경험이 있는 나로서는 절대 당하고 싶지 않은 것이 좌천이었다.

"하하, 모두 돌격대로 가는 건가? 그럼 나도 가야지."

그때 갑자기 휴트로가 그런 말을 꺼냈다. 사실 면회실에 휴트로와 네리안느가 앉아 있는 걸 보고 어느 정도 비슷한 상황을 예상하긴 했지만, 막상 그의 입으로 직접 들으니 당황스러웠다. 만약 휴트로에 이어 네리안느까지 돌격대에 들어간다고 한다면 거의 지구방위대 수준이 된다고 할 수 있었다.

"네리안느 씨도 돌격대에 들어갈 건가요? 네리안느 씨는 사제니까 돌격대에 들어갈 필요가 없잖아요?"

난 일단 먼저 네리안느의 의향을 물었다. 속으로는 네리안느의 마법 돌격대 입단을 예상하고 있었지만 소성녀씩이나 되는 사람이 일개 병사 신분으로 돌격대에 들어갈 것이라고는 생각하기 힘들어서 네리안느의 속마음이 궁금했던 것이다. 네리안느는 여전히 웃는 표정을 지으며 입을 열었다.

"나도 휴트로 씨와 마찬가지로 돌격대에 들어갈 생각이에요. 나는 사제니까 마법 돌격대에 들어가는 것이 가장 어울릴 것 같군요."

"……"

흐으, 네리안느도 마법 돌격대? 그럼 마법 돌격대에 나, 슈아로에, 리엔, 리에네, 네리안느가 소속되는 거야? 마법 돌격대인데 마법에 정령술에 신성력이라니…… 완전히 잡탕 돌격대로구만.

"네리안느가 마법 돌격대에 들어간다면 전력에 큰 보탬이 될 것입니다. 그리고 휴트로 씨는 보병 돌격대의 대장을 맡아 주었으면 해요. 돌격대의 각 대장은 현재 각 부대의 대장과 동등한 지위라고 생각하면 됩니다."

레이뮤는 네리안느의 마법 돌격대 입단을 전폭적으로 지지했다. 그리고 휴트로를 보병 돌격대에 집어넣으려는 움직임을 보였다. 나로서는 돌격대장까지 포함한 대장 급만 10명이 생기는 상황이 약간 불안해 보였지만, 돌격대장을 각 부대장 밑으로 편성할 경우 제대로 된 활동을 할 수 없다는 것 때문에 그냥 그러려니 여겼다.

"대마법사님의 부탁인데 거절할 수야 없지요. 그럼 내가 보병 돌격대장을 맡도록 하겠습니다."

휴트로는 흔쾌히 레이뮤의 제안을 받아들였다. 그리하여 레이뮤와 유리시아드를 제외한 모두가 돌격대에 편성되었다. 아니, 유리시아드는 부책임자 겸 기마 돌격대의 대장을 맡기로 했기 때문에 레이뮤를 제외한 모두가 돌격대원이라고 볼 수 있었다.

"이것으로 돌격대 편성을 완료하겠어요. 모두들……."

레이뮤는 회의를 끝내려는 움직임을 보였다. 그래서 난 급히 레이뮤의 말에 태클을 걸었다.

"저기, 나한테 마법대장을 맡기는 건 적절치 못한 판단이라고 생각되는데요."

"그 얘긴 끝났을 텐데요? 마법 돌격대 대장은 레지스트리 군으로."

"아니, 그러니까 그게 이상하다구요. 슈아로에도 있고, 리엔 씨도 있고, 네리안느 씨도 있는데 내가 대장을 맡는 건 말이 안 되잖아요. 실력이 좋은 것도 아니고, 나이가 많은 것도 아니고."

난 어떻게든 돌격대장 자리를 떠넘기기 위해 나 자신을 열심히 깎아내렸다. 내 성격상 남을 이끄는 것보다 남에게 이끌려 가는 게 편했기 때문에 굳이 나서고 싶지 않았던 것이다. 그러나 레이뮤는 어떻게 해서라도 날 마법 돌격대장에 앉히려고 했다.

"레지스트리 군은 23살입니다. 그 정도면 대장 자리를 맡아도 크게 문제될 건 없어요. 그리고 푸가 체이롤로스를 쓰러뜨리는 작전을 세우고 페르키암을 직접 제거하는 데 일조했던 레지스트리 군에게 실력이 없다는 건 어불성설이지요. 슈아로에나 리엔, 리에네, 그리고 네리안느 모두 레지스트리 군의 말을 잘 따를 것이니 걱정하지 말아요."

"······."

으으, 뭔가 반박을 하려고 해도 할 말이 없다. 어쩌다가 내가 푸가 체이롤로스하고 페르키암을 쓰러뜨렸던 거지? 갑자기 후회가 물밀듯이 밀려오는구나······.

"그럼 오늘 회의는 이걸로 끝내기로 해요. 좀 더 구체적인 사항은 내일 결정할 것입니다. 그리고 레지스트리 군은 미리 5명의 추가 인원을 생각해서 알려줘요. 마법 돌격대의 인사 결정권은 레지스트리 군에게 있으니까요."

"예······."

"모두 편히 쉬어요."

레이뮤는 그 말을 끝으로 면회 종료를 선언했다. 그리고 휴트로와 네리안느를 데리고 면회실을 빠져나갔다. 아마도 그들이 지낼 방을 마련해 줄 생각인 듯했다. 난 모두가 면회실을 빠져나가는 걸 쳐다보다가 한숨을 크게 내쉬고 일어섰다. 면회실 밖에는 마법 2중대장이 기다리고 있었기 때문에 난 그와 함께 다시 왔던 길을 되돌아갔다.

쓰읍, 이건 뭐, 면회가 아니라 회의였잖아. 면회라는 형식으로 날 방심시킨 다음에 말도 안 되는 일을 결정해 버리다니. 그렇다고 레이뮤 씨의 말을 듣지 않을 수도 없고…… 이래저래 난감하다. 리더 역할을 맡아본 적이 없어서 불안해…….

『매직 크리에이터』 4권에 계속

청어람 판타지의 재도약!!

혁신과 참신함으로 무장한
새로운 판타지 전문 브랜드의 탄생!

「알바트로스」
Albatros

판타지계의 커다란 근간을 이뤄온 청어람 판타지 소설!
새로운 브랜드 「알바트로스」라는 커다란 날개를 달고
거대한 웅비를 시작합니다.

알바트로스는 판타지의, 판타지를 위한 개척자이자 도전자로 존재하겠습니다.
알바트로스는 형식적이고 나태해진 판타지계의 구습을 벗어나겠습니다.
알바트로스는 판타지계의 도약을 위한 든든한 날개 역할을 묵묵히 수행합니다.
알바트로스는 변화와 혁신을 통해 새롭게 태어날 환상 공간입니다.
알바트로스는 판타지를 아끼고 사랑하는 이들을 향한 청어람의 굳은 약속입니다.

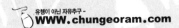

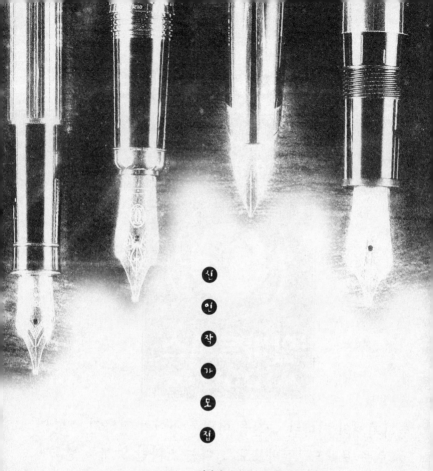

신
인
작
가
모
집

시작이 반이라고 했습니다.
작가의 길에 대한 보이지 않는 벽을 과감히 깨뜨리십시오!
청어람은 작가 지망생 여러분들의
멋진 방향타가 되어드리겠습니다.

저희 도서출판 청어람에서는
소설 신인 작가분들을 모집합니다.
판타지와 무협을 사랑하시는 분들의 많은 참여를 바랍니다.
소정의 원고(A4용지 150매)를 메일이나 우편으로 보내주시면
검토 후 출판 여부를 알려드리겠습니다.

주소:경기도 부천시 원미구 심곡1동 350-1 남성B/D 3F 우편번호420-011
TEL:032-656-4452 · **FAX:**032-656-4453
http://**www.chungeoram.com**
e-mail:chungeoram@chungeoram.com

화제의 베스트셀러 「삼성처럼 경영하라」의
저자가 제시한 제대로 사는 삶을 위한 성공 법칙!

Coordinated
People Who Live
Satisfactorily

이채윤 지음 | 값 8,900원

제대로 사는
통합형 인간

나는 여러분에게 지금보다 많은 것, 좋은 것을 찾는데 경주하기보다는 자신의 능력을 향상시키는데 주력함으로써 성취감을 느끼고 '제대로 살고 있다는 기쁨'을 느끼는 것이 중요하다고 강조할 것이다.
그렇게 함으로써 나는 여러분이 이 책을 읽고 자신의 능력을 하룻밤 사이에 두 배 이상으로 늘릴 수 있고 제대로 인생을 즐기며 살아갈 수 있는 방법을 제시하고자 한다!

제대로 사는 삶을 위한 5단계 성공 법칙!

- ◉ step 1: 자신의 재능이 선택한 삶을 산다
- ◉ step 2: 자신의 일 외에 다른 것에 집착하지 않는다
- ◉ step 3: 세상에 대해서 자신의 목소리로 말한다
- ◉ step 4: 심신을 조화롭게 유지하며 산다
- ◉ step 5: 뜻을 같이하는 멋진 동료들과 어울려 산다

2006년 7월 개봉 예정인 영화 다세포 소녀의
인터넷 원작 만화 전격 출간 결정!
300만 다세포 폐인을 열광시킨 상식을 뒤엎는 엉뚱한 만화 세계!!

다세포 소녀

'다세포 소녀'는 인터넷에서 300만 명의 '다세포 폐인'을 양산한 인기만화다.
'무쓸모 고등학교'를 배경으로 '뽀샤시한' 순정만화 주인공 같은 외모의 남녀 고교생들이 펼치
는 엽기적이고 황당한 내용과 성(性)에 관한 발칙한 상상력을 보여주면서 네티즌들로부터 폭발
적인 반응을 얻고 있다.
"제 또래들과 함께 나누고 싶은 성, 사회 문제 등을 짚어보고 싶었다"는 작가의 변에서 볼 수 있
듯 만화 속 이야기의 절반가량은 주변에서 전해 들은 '실화'를 참고했다. 작품에서 보여지는 비
꼬는 패러디와 냉소적인 유머에서 삶에 대한 진지한 성찰이 엿보이는 것은 그 때문이 아닐까!

외눈박이의 일기

오늘 영어 선생님이 성병으로 결근하셔서 담임 선생님이 대신 수업을 하셨다. 담임 선생님
은 "뭐, 원조교제 하다 보면 그럴 수도 있으니 이해하라"고 말씀하시더니 여자 반장한테도 병
원에 가보라고 하셨다. 반장은 눈물을 글썽이며 외쳤다. "너무해요! 선생님! 전 원조교제 같
은 건 안 했어요!" 그러나 매독이라는 담임 선생님의 말을 듣곤 벌떡 일어나 후다닥 짐을 챙
겼다. 그러더니 남자 부반장 면상에 욕과 함께 주먹을 날렸다. 부반장은 "습진인 줄 알았다"
고 변명했다. 그걸 본 다른 아이들도 병원에 간다며 서둘러 교실 밖으로 나갔다. 결국 교실
엔… "제… 제길! 나만 남았다. 그래, 나만 숫총각이다. 제기랄!" 담임 선생님은 자책하지 말라
며 "세상은 용모로 살아가는 게 아니잖아"라며 화를 돋우셨다. "뭐라구요? 지금 놀리시는 겁
니까? 선생님! 그래! 나 외눈박이다! 그래서 한번도 못해봤다! 크아악!!"